小真随笔

杜小真 著

漓江出版社

桂林

图书在版编目(CIP)数据

小真随笔 /杜小真 著. —桂林:漓江出版社,2018.9
ISBN 978-7-5407-8121-7

Ⅰ. ①小… Ⅱ. ①杜… Ⅲ. ①随笔－作品集－中国－当代
Ⅳ. ①I267.1

中国版本图书馆 CIP 数据核字(2017)第 133741 号

出版统筹:吴晓妮
责任编辑:叶 子
封面设计:李诗彤
内文排版:姜政宏

出版人:刘迪才
漓江出版社有限公司出版发行
广西桂林市南环路 22 号 邮政编码:541002
网址:http://www.lijiangbook.com
全国新华书店经销
销售热线:0773-2583322

北京汇瑞嘉合文化发展有限公司
(北京市经济技术开发区荣华南路 10 号院 邮政编码:100176)
开本:880mm×1 230mm 1/32
印张:10.75 字数:180 千字
2018 年 9 月第 1 版 2018 年 9 月第 1 次印刷
定价:48.00 元

如发现印装质量问题,影响阅读,请与承印单位联系调换。
(电话:010-67817768)

目　录

辑三

辑
一

读萨特的《厌恶》

法国现代作家尼藏（Nizan，1905—1940）说："萨特堪称一位法兰西的卡夫卡。"这话很有道理。因为萨特与被誉为"现代小说之父"的卡夫卡的小说都脱离了19世纪欧洲文学小说的传统，而继承、恢复、发展了18世纪欧洲哲理小说的传统。用小说的文艺形式来宣传自己的哲学观点，是这两位著名作家，也可以说两位存在主义代表人物的共同特点。

《厌恶》（*La Nausée*）是萨特的第一部长篇小说，这部小说在法国乃至西方世界都很有影响。萨特自己也最满意这部作品。《厌恶》一书经常与塞利纳（L. Céline，1894—1961）的《茫茫黑夜漫游》（1932）、马尔罗（A. Malraux，1901—1976）的《人的命运》（1933）、加缪（A. Camus，1913—1960）的《局外人》（1942）等法国现代著名作品相提并论,由此可见其地位之重要。正如法国现代著名作家加缪所说:"这是人们可以对他寄予无限期望的作家的第一部小说。他那种始终自然和灵活的极端有意识的思想,那种如此痛苦的清晰笔调,显示了作家无限的天赋才能。这一切足以使人们喜爱《厌恶》这本书,把它看作一种非凡的强烈精神的第一声召唤,我们渴望着将来读到具有这种思想的作品和教诲。"

—

萨特是 1931 年开始构思《厌恶》一书的。1936 年初完成草稿,原名为《忧郁》(*Mélanchollia*)。1938 年正式以《厌恶》之名问世。

《厌恶》一书有十五六万字,是以第一人称日记体写成的小说。全书由两页没有日期的日记和 1932 年 1 月 19 日至 2 月 25 日的日记组成。这本书扉页中有"献给加斯道尔"的题头。加斯道尔是萨特与朋友们在青年时代对西蒙娜·德·波伏娃的称呼。题头下面引录了塞利纳《教堂》中的两句诗。

《厌恶》的故事情节很简单,它讲的是名叫昂多纳·洛根丁的"我"在长期旅行之后来到小城布维尔定居。他要在布维尔研究 18 世纪冒险家罗尔邦侯爵。他独自一人经常出入市立图书馆,在那里认识了自修生。自修生是用按字母顺序读书的方法进行自学的。晚上,洛根丁到铁路工人餐厅去消磨时光,有时和饭店老板娘厮混。每当这时,孤独的洛根丁就会想起过去的情人安妮,他们俩已分离四年了。他渐渐对过去淡漠了,感到每天都越来越深入到一个陌生而又奇怪的现实中去。他感到自己本人的生活不再有意义,只是想投身到对罗尔邦侯爵的研究中去,以慰心灵上的寂寞。

但是,洛根丁有一天突然发现了自己感情上的变化,那就是"厌恶"。洛根丁以及他周围的一切都被这种感情控制住了。在开春的第一天,他明白了:原来"厌恶"就是被显露出来的存在——看起来是并且本来就是美好的存在。这时,洛根丁还存有一线希望:他希望安妮能改变他的心灵。安妮给他写了信,并很快与他见了面。但安妮已变成一个笨重肥胖、心灰意懒的女人了。他们两人都完全变了,之间再也没有什么可说的了,最后分手了。洛根丁又处于无处求援的孤独之中。周围的人是那样陌生,他们很高兴,但他们并没有意识到自己的存在。洛根丁感到再去研究罗尔邦已是毫无意义的事情了,他决定离开布维尔去巴黎。

《厌恶》的故事情节平淡无奇,但萨特正是通过这个简单的故事,花费了十几万字,十分细致生动地描述了洛根丁复杂的心理活动及丰富的感情变化,完整地叙述了洛根丁对世界、对自我、对存在等一系列问题的看法的形成过程，从而具体地体现了正在形成过程中的萨特存在主义的基本观点。

二

大家知道，萨特存在主义的体系是有一个形成过程的，前后也是有所发展变化的。一般说来，他的哲学思想发展可以分为三个阶段：

1. 第二次世界大战前。在这个时期，萨特主要以胡塞尔的方法论研究现象、自我等主观意识现象，这时萨特的哲学思想处于形成时期。1943 年《存在与虚无》(*L'être et le néant*)的发表则标志着这个时期的基本结束。

2. 第二次世界大战至 20 世纪 50 年代下半期。这一时期萨特主要受法国共产党的影响。他幻想把存在主义与马克思主义调和起来。

3. 20 世纪 60 年代以来，萨特的哲学向多元化发展。他与马克思主义决裂后，就把主要精力放在参加各式各样的社会与政治活动上。

《厌恶》一书是在萨特哲学思想发展的第一个阶段问世的，也就是说，是在萨特哲学思想正在形成时期完成的。1929 年，萨特毕业于巴黎高等师范学校，1931 年在阿弗勒尔任哲学教授。《厌恶》一书的构思也是在这一年开始的。1933—1934 年,萨特在柏林法兰西学院学习,这一段的学习对其哲学思想的形成具有决定性意义。从那时起,萨特接受了胡塞尔的现象学,并以胡塞尔的现象学作为他的方法论。事实上,胡塞尔对萨特的影响远在海德格尔之上。早在海德格尔《什么是形而上学》法译本出版前两年,胡氏现象学早已使包括萨特在内的一些法国反理性主义知识分子为之倾倒。1936 年,萨特在《自我的超越性》(*La Tran-scendance de l' ego*)一书中曾经谈到胡氏现象学给他思想带来的巨大震动:"……多少世纪以来,人们从来没有像今天这样感到如此现实的气氛。"萨特的亲密伴侣西蒙娜·德·波伏娃对此曾有过极其生动的描述:"他(指阿隆)对萨特谈到了胡塞尔的现象学。我们一起在蒙巴纳斯煤气灯咖啡馆度过了一个晚上……阿隆指着他的杯子说:'你看,我的小伙伴,如果你是现象学者,你就能谈论这酒杯,而这就是哲学!'这时,萨特激动得脸都发白了,或者说是几乎全白了;这正是萨特多年来所希望的:谈论他所接触到的那些东西,而这就是哲学……"从这一段描写中,我们可以看到在这个时期,萨特受胡塞尔现象学影响而急于要研究现实问题的状况。事实上,早在 1931 年,萨特开始着手《厌恶》的创作时,就在给德·波伏娃的信中谈到了他的早期诗作《树》(1929),他说:"我去看一棵树,为此,只需推开福熙大街美丽的停车场的栅门,并选择一个对象与一张椅子,然后就注视它。我观察这棵树。它很美,我毫无顾忌地把下面两件事载入我的自传中去:在布尔奇斯[1],我懂得了什么是教堂;在阿弗勒尔,我懂得了什么是一棵树……20分钟以后,在我用尽所有可以用作比喻的词来把这棵树变为其他的东西之后,我自得地离开了。"[2] 这里,萨特实际已经提出了关于意识对物体的关系问题,而对这个问题的思考与探试,在《厌恶》中又更加深入、更加明确。《厌恶》一书的正文是这样开始的:"最好是逐日记叙事件。记日记就是为了日后对此一目了然。不要放过事物的细微差异和小事情,即使这些差异和小事情看起来是微不足道的。特别应该把这些事件归纳分类。应当说出我是怎样看待这张桌子、街道、人们、我的烟袋的,因为正是这一点发生了变化……"[3] 因此可以说,《树》一诗的主题与写作动机就是《厌恶》一书的主题与动机。20世纪30年代中后期的萨特表现出强烈要求研究世界上最日常的面貌,哪怕是最令人反感的面貌的欲望。他反对以往一切把人性当作实体来看待的传统的对人生的研究方法,而渴望创立一种新的哲学。

1　布尔奇斯,西班牙城市名。城中有著名的哥特式教堂。

2　西蒙娜·德·波伏娃:《时代力量》(*La force de l'Age*, Gallimard, 1945),第111页。

3　《厌恶》(Gallimard, 1938),第9页。

这种哲学的唯一目的就是研究人的现实存在，研究现实具体的人的具体存在本身。这个目的也就是萨特写《厌恶》的动机。

这里还应提到的是萨特在《厌恶》一书发表前后的思想状况。在自传体著作《词语》(*Les Mots*, 1964)中，萨特非常坦率地谈到这个问题。他说他在写这本书时只有三十多岁。当时他看待人生的方法完全是虚无主义的。他那时认为人生不过是一场梦，人们无法知道它的来踪去向，因此无法掌握自己的一生。战前法国社会中的种种矛盾，以及欧洲 20 世纪 20 年代末 30 年代初的经济危机带来的恶果使萨特感到资本主义社会的阴暗，他迫切希望寻求解决现实问题的出路。但是，处在小资产阶级地位的萨特常常碰壁，因此他急迫地要对人生、人、自我与存在等一系列问题进行探讨研究，寻求答案。这种情绪代表了处在彷徨苦闷、悲观中的法国小资产阶级知识分子急于解决现实问题的希望。

综上所述，我们可以看出，萨特与《厌恶》一书的出发点，正是他哲学思想形成时期的出发点，恰恰是这些出发点，决定了萨特存在主义哲学的虚无性、浪漫性、幻想性。而这些在《厌恶》中都有极其生动的具体表现。

三

　　萨特的《厌恶》一书描写的是一个活生生的人。这个人不是司汤达笔下于连式的"自负伟大"的英雄。萨特所要描绘的是一个普普通通、平平凡凡的"我"。在书中,这个"我"苦苦思索着人生的意义,他在日记中自我谴责并自我发现。他的整个日记可以说就是对"我是什么"这个问题的答案。

　　萨特在书中不是抽象地给"我"下定义,而是从研究具体事物的具体存在的动机出发,把"我"置于具体实在的环境中。"我",即洛根丁就是在各种具体的环境中替萨特做思想探讨。从日记中可以看出洛根丁开始并没有对"我"有什么明确的认识。但在布维尔小城,他观察周围的人和物,思索着周围发生的一切,最后他明白了,他思考得越多,就会越清晰地意识到"我"的存在。他越来越感到"我"就是外在与内在相遇的场所。因此他说:"被解放出来,被释放出来的存在重返于我,故我存在。"[1] 在这里我们可以看到笛卡尔对萨特的深刻影响。萨特在后来曾经说过:"我们的出发点,实际上是个人的主观性;这是就其严格的哲学

_____

1　《厌恶》,第 141 页。

意义说的。"[1] "在出发点上,除了'我思,故我在'这个真理以外,不会有别的东西;而这个真理是意识的绝对真理……"[2] 而在《厌恶》一书中,萨特说过:"当我20岁时,我处于酒醉状态,我解释说我是属于笛卡尔类型的人。"[3] 在书中,他通过心理活动的描写,详细地论述了他从主观性出发的关于思维与存在的观点。经过了多次思考以后,洛根丁说:"我存在,是我维持我的存在……是我继续思维……我多希望能中止自己的思维!我去尝试,我成功了:我头脑中好像充满烟雾……然后,又重新开始:'烟雾……不思维……我不要思维……我想我不要思维。'我不应该想我不要思维。因为这本身就是一种思维……"[4] 这段议论明确地表明了萨特只要有我的存在,思维就不会停止的观点,同时他还认为我的存在与思维是不可分的。关于这点萨特还有更清楚的论述:"我的思维就是我:这就是为什么我不能中止我的思维的原因。我是通过我的思维而存在的。"[5] 在这里,我们可以清楚地看到笛卡尔思想的影响,同时也可以看到萨特在这个问题上与笛卡尔的不同之处。萨特不同

1　《存在主义是一种人道主义》(*Les Modernes* 杂志,Gallimard,1945),第26页。

2　《存在主义是一种人道主义》,第44页。

3　《厌恶》,第84页。

4　《厌恶》,第142—143页。

5　《厌恶》,第149页。

意笛卡尔的二元论。他反对把自在的存在与自为的存在即客观存在与主观思维分成两个区域，他认为二者是不可分解地联系着的，自在只是从使它获得意义的自为那里才能得到存在。

另外，在《厌恶》一书中，还有大量关于洛根丁对外界事物感受的描写，这些描写十分细腻生动。大至街道、城市、人群，小至扣子、领带、人脸上的汗毛，洛根丁都详细地记下了自己对它们的感受（这些感受一般都是消极、悲观的，我们下面还要谈到这个问题），并发出自己的议论。这些议论说明，被笛卡尔所否定的感觉与情感的作用，在萨特的书中都占有重要地位。他说："如果我存在，那是因为我惧怕存在。是我，是我把我从憧憬着的虚无中拉出来；仇恨，对存在的反感，都同样是使我存在的方式。"[1]萨特认为，我的存在也可以说是通过"自我"的身体对外界的感觉而存在的。他还认为，正因为有担忧、惧怕、厌恶等感情，才可感觉到外界事物，这个过程本身就是"自我存在"的一种方式。

由此，我们可以说，《厌恶》所要说明的"我"实际上就是"我的存在"，而"我的存在"在萨特看来，也就是"我"的主观性，即"我"的主观意识。

1　《厌恶》，第143页。这里，萨特所说的虚无就是指超脱存在的自由。

四

萨特从他的"我的存在"的思想出发,提出了他的存在主义理论中的一个独特概念——"厌恶"(也可译为"恶心")。这个词形象地表达了萨特对人生的看法,也表达了他的苦闷和忧伤。

萨特所说的"厌恶",就是被显露出来的存在,也就是"自我"意识到的外界世界的表现。他认为一个人若没有这种"厌恶"感,那他就没有意识到自己的存在;反之,只要意识到自己的存在,那就会产生"厌恶"感。

我们从《厌恶》一书中的主人公洛根丁的日记中,可以比较具体地理解"厌恶"一词的含意。

洛根丁在经过六年旅行之后,来到小城布维尔从事研究工作。他希望能安静地写作,摆脱人生的烦恼。可是,有一天,他突然感到浑身不适,只要他看见周围的东西、周围的人,只要他与别人接触、听到别人说话,就会十分难受。无论在家里、在图书馆里,还是在大街上、咖啡馆里,这种感受总是烦扰着他。他试图用回忆、用写作,或通过去找老板娘厮混来摆脱这种感受,但结果是无济于事。这到底是怎么回事呢?萨特通过细腻的心理活动描写及对周围事物的观察,借洛根丁之口说明这种感受实际上就是"厌恶"。在咖啡馆里,当女招待向洛根丁问话时,洛根丁感到"'厌恶'抓住了我……我甚至不知道我在什么地方,我看到五颜六色在我周围游弋。就是这样:从此,'厌恶'就没有离开我,它控制了我"[1]。在他看见老板娘的表兄阿道夫,观察他映在咖啡色墙上的蓝衬衣时,他说:"这衬衣也使人厌恶。或者说这就是'厌恶'。"[2]接着他又解释道:"'厌恶'并不在我身上:在那边墙上,吊带上,在周围的任何地方我都感觉到它。"[3]可见,萨特认为"厌恶"之感是人视、听、触觉器官与外界事物相遇的必然结果。在萨特看来,"厌恶"这种感觉就是主观意识对客观事物的反映,换句话说,也就是被外在遭遇抓住的内在遭遇。说到底,"厌恶"就是一种觉悟的表现,它给人揭示存在着的世界。

萨特认为,之所以会产生"厌恶",那是因为"我"以外的世界是丑恶的、荒谬的、不可捉摸的。值得我们注意的是,萨特在书中用来描写外界人和物的词是十分粗俗的。比如,在谈到自修生的手时说:"他把像白肥虫似的手放在我的手上";在谈到自修生的眼睛时:"它是透明的、软软的、混浊的,周围是红色,活像是鱼鳞。"又如,在2月19日的日记中,还有这样一段描写:"太阳在纸桌布上投下一圈

1　《厌恶》,第33页。
2　厌恶》,第34页。
3　同前。

光影。在光影中,有一只苍蝇在取暖,它迟钝地爬行着,前面的脚互相抓搔。"类似这样的描写在书中经常出现。萨特这样描写周围事物是为了渲染客观世界的丑恶,是为了说明,如此丑恶、令人反感的客观世界,如此辛酸、苦难、不可控制的人生反映到人的主观意识中只能产生"厌恶"。因为,在萨特看来,"厌恶"的感觉是人生的组成部分,谁也无法避免和摆脱它,甚至可以说,"厌恶"就是人生本身。1943 年,在哲学巨著《存在与虚无》中,萨特曾抽象概括了"厌恶"的哲学意义:"在没有任何一种痛苦、愉快与确切的烦恼是通过意识而存在时,'自为之物'不断投射在一种纯粹的、不加修饰的偶然性一边。意识总是'拥有'一个躯体。一般感觉的感情总和纯粹是对无色彩的偶然性的一种不定位的捕获,也纯粹是对客观存在的自我感知。这种通过我之'自为之物'对不离我身的、我欲摆脱而又不能的乏味感情——这也是我的感情——的长久理解就是在别处我们在'厌恶'名下所描写的那些东西。一种呆滞的不可克服的厌恶连续不断地向我的意识揭示我的身体:有时,我们为从中解脱而研究身体的愉快与痛苦;但是,每当痛苦或愉快通过意识而存在时,它们就表现出自己的虚伪性和偶然性,而它们是在'厌恶'这个基础上显露出来的。我们远不应该把'厌恶'这个词理解成从生理作呕引出的隐喻,正相反,是在'厌恶'的基础上,产生了一切具体的与经验的、引起我们呕吐的厌恶(比如腐肉、生血、垃圾等引起的厌恶)。"[1]

这一段论述比较明确地说明了"厌恶"的意义,这段话说明:人的"厌恶"的产生是以人的肉体存在为条件的,如果只有意识,人不会产生"厌恶"。另一方面,"我"若要认识世界,就必须同时认识我的身体本身,因为人通过感觉而与外界产生联系,"厌恶"是人通过感觉对于世界产生的最基本的、最起码的认识。"厌恶"形成的过程,也就是主观接触客观世界、面对客观世界形成意识的过程,客观世界只有被主观所意识到才具有意义,即"厌恶"的意义。在这个问题上,萨特极力强调的是人的存在的主观意识性,因而他说主观意识的"厌恶"是生理"厌恶"的基础。由此可见,萨特所指的存在并不是客观存在,而是人的主观性存在、思维的存在,即先有人的主观意识,先有主观意识与外界事物发生的关系,才可能谈到事物的本质。我们在这里可以明显地看到萨特的存在主义是主观唯心主义的。

《厌恶》一书是围绕着"厌恶"这个概念展开的。洛根丁在近三百页的日记中用自己的一段经历为萨特做了说明:"厌恶"的感受乃是人的存在处于清醒阶段对人生与自然的认识。洛根丁逐渐认识到这一点。当洛根丁被"厌恶"缠绕,感到这种感觉无处不在时,他很烦恼,开始产生

---

1 《存在与虚无》,第404页。

幻想。他与自修生接触,去图书馆整理罗尔邦的资料,他盼望安妮,迫不及待地与安妮相会,他企图从其中寻求慰藉,超脱于"厌恶"之外。但是在一次次幻想都破灭之后,他最后终于清醒了,那是在与安妮见面后,他发现连安妮也变了,也变得使他厌恶。过去的一切一去不复返了,再也抓不住了。昔日的情分绝不能再现,他们两人也没有可能重新一起生活了,唯一的生路就是分道扬镳。这时他说:"我猛地苏醒了。"[1]这是他最后的苏醒。他认识到他无法摆脱"厌恶"。即使有时偶然能感到一点轻松和愉快,暂时解脱出来,那也不过是短暂的一刻,那是"厌恶让我稍事休息一下。但我知道,它还要来的,因为厌恶才是我的常态"[2]。这就是洛根丁最后得出的结论。

五

虽然洛根丁时时感到"厌恶"的威胁,并认识到无法摆脱它,我们在书中还是能处处看到,他时时在努力挣扎,企图战胜"厌恶"。这种企图,越到日记的最后就表现得越强烈。我们还可以深深感到,自始至终,洛根丁都是在痛苦的努力中生活,他始终没有放弃与"厌恶"斗争(虽然,"厌恶"

---

1 《厌恶》,第219页。
2 《厌恶》,第220页。

顽固地跟着他)。

洛根丁是不甘心受"厌恶"摆布的,他是痛苦的,在最后的幻想破灭后(即与安妮分离后),他说:"我并不仅仅是因为离开她而感到难受;只是一想到又要回到孤独之中,我就极度畏惧……"[1] 在这种失望中,他又说道:"我是自由的,我再没有任何理由活着,所有我尝试过的理由都失去了,我不能再想象什么别的。我还年轻,我还有足够的勇气重新开始。但是,应该重新开始什么呢? 在我最恐惧、厌恶最深的时候,我是多么期待安妮能解救我啊。但只是在今天,我才真正清醒了。我的过去已死亡。罗尔邦死了,安妮的到来只是夺走了我的希望。我独自一人站在这花园环绕着的白色大街上。我是孤独的,自由的。然而,这种自由和死亡有点相像。"[2]

在日记的最后部分,洛根丁表达了他在失望中极其复杂的感情。一方面他对"厌恶"有了认识,也就是说对人生、对世界有了认识,他清醒了。另一方面,他又害怕孤独,欲摆脱孤独和"厌恶"。因此,他面前的路是艰难的。但是,洛根丁并没有绝望,他希望自己能从零开始。在离开布维尔之前,他在咖啡馆的飘逸歌声中,思考着自己的未来。

1　《厌恶》,第215页。
2　《厌恶》,第213—220页。

他希望，这次离开是他新生活的开始，他说："也许有一天，当我想到这一天、这一阴暗时刻……我会感到心跳得更快，我会说：'从这一天、这一时刻起，一切都又开始了。'"[1]因此在日记最后，失望的洛根丁并没有绝望。事实上我们在书的后半部，能隐约地感到洛根丁的希望所在。而且，读者也已经接触到了从"厌恶"中解脱出来的有关自由的概念。

洛根丁最后终于明白了，任何外界具体的东西、任何别人都是无法给他任何帮助的（在萨特的另一本书中，主人公说："他人是我的地狱。"[2]）。再说，外界世界虽使人"厌恶"，但它是不能毁灭的，人又因为有个讨厌的肉体，所以在现实中就总是"厌恶"，总是感到痛苦不安。在《厌恶》一书中，洛根丁并没有十分明确地指出解脱的道路，但是他已悟到了一个道理：现实无法改变，要摆脱现实，只有靠脱离现实的意识。《厌恶》一书的结尾便有此含义："夜幕降临。在波兰达尼亚旅馆的二层楼上，有两扇窗里的灯发出光亮。新车站工地传来浓重的湿木材的味儿；明天，雨将在布维尔降临。"书的结尾要读者明白，布维尔没有变，而洛根丁则要离开这里，他要开始新的生活。这也暗示读者：客观世界是老样子，而人必须脱离它才能有所解脱。这个思想经过

1　《厌恶》，第249页。

2　《禁闭》，第167页。

萨特的总结概括,发展成了具有哲学意义的概念。在《存在与虚无》等哲学著作中,萨特使这个概念理论化。萨特认为,"存在"自己是不能超越存在的,只有虚无才能超越存在,人的意识能在想象中超越一切实际存在,人凭借特有的天赋想象力,可以自外于事物、自我外化、自我超越,或自我隐退、自我掩盖,这样就可以使自己从周围现实的困扰中摆脱开来,达到"自由"的目的。蒙田(M. de Montaigne, 1533—1592)曾有一句名言:"每个人的处境佳否,全视他自己的思想,快乐的,是那自己觉得快乐的人,而不是那别人认为他快乐的人,只有信念能使快乐真实。"萨特与蒙田在企图用自己的心境去改变客观世界的这一唯心论观点上是一致的。

《厌恶》一书在1938年出版时,并没有引起什么特别强烈的反响。而在十八年后的1956年再版时,却获得了巨大成功,引起了广泛的注意。

20世纪50年代是存在主义在法国发展的鼎盛时期。萨特的存在主义反映了小资产阶级对生活不抱希望,然而又充满个人幻想的心理,这迎合了战后法国社会中普遍存在的悲观、彷徨的情绪。而残酷的现实使人们希望和平能带来安宁与幸福的善良愿望彻底破灭,使得这一情绪进一步发展。因此,存在主义就在这种社会情绪中迅速发展起来了。而使萨特存在主义哲学形象化的文艺作品《厌恶》,

则随着存在主义在法国的兴起，随着萨特声誉的不断提高，成为一本有很大影响的畅销书。这是《厌恶》在 20 世纪 50 年代得以成功的一个重要原因。

应该指出的是，《厌恶》一书整体来讲笔调是低沉的，充满忧郁、悲观的情绪。但不能否认，书中还有另一面，那就是乐观主义的一面。尤其是书的后一部分，萨特表现出一种强烈的摆脱丑恶现实、不顾一切寻求生路的欲望，使读者感到不管外界如何，萨特还是要奋斗的，不甘心命运的摆布，不甘心为"厌恶"征服。萨特的哲学体系和世界观从根本上讲是主观主义的，但尽管如此，他在清醒地看到使人厌恶的资本主义世界后，仍然不屈服，仍然强调主观能动性，这不能不说是一种含有痛苦的乐观主义，并非没有可取之处。在动荡而又令人厌恶的资产阶级社会中，萨特始终保持了反叛精神。他不论在什么环境里，都不放弃奋斗，都为自己认为是美好的理想、为自己信仰的真理不屈不挠地奋斗，一生如此，始终不渝。这种精神与他在自己的著作中宣扬的精神是一致的，这一点也足以使他逝世（1980 年 4 月）后，受到法国人民和各国人民的哀悼和同情，也是他的作品得到全世界广泛重视的原因之一。

1980 年 1 月

含着微笑的悲歌

《西西弗的神话》中译本后记

　　古今中外,曾有多少文人墨客面对动荡不安的世界、变幻无常的人生,苦苦地思索着……这本《西西弗的神话》就是千百首咏唱人生的悲歌中的一首。

　　加缪在完成这本哲学随笔的时候,只有 29 岁(1942年)。和他的小说《局外人》《鼠疫》等名著一样,《西西弗的神话》也属于他的成名之作,影响历久不衰。这本书语言简朴,风格淡雅,没有华丽的辞藻和鲜艳的色彩,但在平淡之中,我们感受到作者清晰的哲理,在其近乎白描的叙述中,体会到作者火热的激情。

　　谈到《西西弗的神话》,我们不能不简单地介绍一下作者本人。加缪1913年生于阿尔及利亚。父亲是管酒窖的工人,在第一次世界大战中应征入伍,负伤身亡,那时加缪只有1岁。加缪随母居住在贫民区里,后来经人帮助获得奖学金,上了中学,又进入阿尔及尔大学。为了上学,他勤工俭学,当过机关职员、汽车推销员、气象员。17岁时又染上肺结核,真是尝尽了人生艰辛和世态炎凉。但他却从不怨天尤人,而是尽情地享受着大自然的馈赠:地中海的阳光和海水。他在大学攻读的是哲学,深受他的老师(后来成为他的挚友)让-格勒尼埃怀疑论的影响。1934年,他曾加入法国共产党,但第二年由于法共对阿尔及利亚民族主义运动的立场改变而退出。1936年完成毕业论文《基督教形而上学和新柏拉图主义》,主要是通过普罗提诺和圣奥古斯丁思想的论述说明希腊精神与基督教精神的关系。由于身体原因,加缪没有参加哲学教师学衔的考试。1937年,他在好友帕斯卡·皮亚(Pascal Pia)主办的具有社会主义思想倾向的报纸《阿尔及尔共和报》担任记者。

在第二次世界大战中,加缪始终站在反法西斯战争的立场上,他反对绥靖政策,反对反动暴力。他不肯屈从新闻检查,因而触犯当局。他任主编的《共和晚报》被查封,于是回到法国,任《巴黎晚报》秘书,后来因为政治观点不同而离开,再度失去工作。这之后的一段时间里,加缪回到奥兰,完成了《局外人》《西西弗的神话》以及剧本《卡里古拉》,并开始酝酿《鼠疫》。他积极参加抵抗运动,并在北方解放运动"战斗"组织中担任工作。1942 年,《局外人》和《西西弗的神话》先后出版,加缪一举成名。

加缪认为:"伟大的作家必是哲学家。"如果说,《局外人》是以文学形式对"荒谬"进行形象的描绘,那么,《西西弗的神话》则是用哲学语言对"荒谬"进行系统的论证。

《西西弗的神话》是一部哲学随笔,副标题就是"论荒谬"。在加缪的哲学思想中,"荒谬"是作为起点而提出的。加缪从"荒谬"这个前提出发对心灵进行探索。

加缪的"荒谬"实际上就是一种感受,它类似于萨特所说的"厌恶"。它是一种人的主观意识对于外部世界的非反思的领悟,即对自在的非反思的领悟。一个我们习以为常的世界,一个我们平常非常熟悉的女人,突然间会变得那么陌生,从此变得比"失去的天堂还要遥远,我们不再能理解它们……"这种加缪称之为在非人性因素面前产生的不适感,在我们所见的东西面前引起的堕落就是"荒谬"。"荒谬"取决于人和世界,二者缺一就不成其为"荒谬"。"荒谬"是"人与世界之间的唯一联系"。人一旦在平庸无奇、习以为常的生活中提出"为什么"的问题,那就是意识到了"荒谬"。"荒谬"开始了,而人也就清醒了。一方面,人看到了这毫无意义、杂乱无章的非人的世界,它是希望的对立面;另一方面,人自身中又深含着对幸福与理性的希望,"荒谬"就产生于"这种对人性的呼唤和世界不合理的沉默之间"的对抗,"荒谬"清楚地说明了欲求统一的精神与使要求统一的意念失望的世界之间的分离。非理性因素、人的怀念以及与二者同时出现的"荒谬"就是造成人生悲剧的三位主角。

既然我们面对的是注定悲剧的人生,是无情无义的荒谬世界,那么,"荒谬"是否就必然要引出自杀的结果以结束这种在世的生活呢?加缪这位崇仰古希腊哲学的哲学家,具有先哲们的清醒和冷峻,但他又是受地中海阳光海水哺育的文学家,具有诗人的激情和感受,他对严肃的人生问题做出了这样的回答:要对生活回答"是",要对未来回答"不"!这看似平淡的答案不知震撼了多少麻木的心灵,又不知激励过多少破碎的灵魂!

加缪责备他的启迪者克尔凯郭尔,甚至现象学的先驱胡塞尔都没有正确地回答人生这最重要的哲学问题。至于萨特,加缪声称他的这本《西西弗的神话》就说明了他与萨特的存在主义毫不相干。加缪决不同意把希望寄托于将来,不希求什么永恒与舒适,不惧怕飞跃产生的危险。穷尽现在——不欲其所无,穷尽其所有,重要的不是生活得最好,而是生活得最多,这就是荒谬的人的生活准则。完全没有必要消除"荒谬",关键是要活着,带着这种破裂去生活。人有精神,但还有至关重要的身体,精神依靠身体去穷尽现在的一切。正如法国人格主义代表人物慕尼埃（E. Mounier, 1905—1950）所说，还没有人曾像加缪那样歌颂身体的伟大——身体、爱抚、创造、行动，人类的高贵于是在这毫无意义的世界里重新获得其地位。

在加缪看来，没有任何一种命运是对人的惩罚，只要竭尽全力去穷尽它就应该是幸福的。对生活说"是"，这实际上就是一种反抗，就是在赋予这荒谬世界以意义。因而，自杀是错误的，它绝不应是"荒谬"的必然结果。自杀实质上是一种逃避，它是反抗的对立面，它想消除"荒谬"，但"荒谬"却永远不会被消除。加缪反对自杀，他对生活充满爱恋，和西西弗一样，他迷恋蔚蓝的天空、辽阔的大海……他要穷尽这一切，他要对生活回答"是"！正是在这一点上，他认为陀思妥耶夫斯基是一个存在主义小说家而不是"荒谬"小说家。

加缪不相信来世，他认为，人若为了寻找生活的意义，为了某种目的、适应某种偏见而生活，那就会给自己树起生活的栅栏。"荒谬"则告诉他：没有什么明天，没有什么来世，要义无反顾地生活。这就是人的深刻自由的理由，这点是和萨特的自由观不同的。因为萨特的存在主义自由是要脱离日常混沌，超越现在，而加缪所说的荒谬的人则是下决心要在这冰冷而又燃烧着的有限世界中生活。这世界并不像存在主义者所说，一切都是可能的。在这样的世界里生活,就意味着对将来无动于衷并且穷尽既定的一切。加缪认为,存在主义对生命意义的笃信永远设定着价值的等级,而荒谬的人则是在清醒地认识到"荒谬"之后,最后投入到人类反抗的熊熊火焰之中。加缪就这样从"荒谬"推论出我的反抗、我的自由和我的激情。总之,加缪所推崇的荒谬的人是"不肯拔一毛以利永恒的人",是追求自我穷尽、追求穷尽既定一切的人。这就像戏剧演员不间断地穷尽他的各式各样的角色一样,就像他们在两小时的短暂时间内享尽他们扮演的角色的全部荣光一样。

加缪通过他的人生哲理给我们描绘了一幅人生的图画:风尘仆仆的西西弗受诸神的惩罚把巨石推上山顶,而石头由于自身的重量又重新从山上滚下去,西西弗又走下山去,重新把石头推上山顶。诸神认为再也没有比进行这种无效无望的劳动更加严厉的惩罚了。但是西西弗坚定地走向不知尽头的磨难,他意识到自己荒谬的命运,他的努力不复停歇,他知道他是自己命运的主人,他永远前进。他的行动就是对"荒谬"的反抗,就是对诸神的蔑视。他朝着山顶所进行的斗争本身就是在充实一颗人心。西西弗对"荒谬"的清醒意识"给他带来了痛苦,同时也造成了他的胜利"。应该认为,西西弗是幸福的。

但西西弗的命运毕竟应该说是悲剧,只不过悲剧从本质上讲是对苦难的反抗。从这点上讲,加缪不愧是法国当代的伟大思想家。他观察世界及命运的眼光是那样犀利、冷静,近于残酷;但对人生、对大自然却充满无比的激情和热爱,他认为,为了这个热爱,就必须历尽苦难。因为痛苦和幸福本来就是同一大地的两个产儿,"荒谬"是能够产生幸福的。这里,我不禁想起加缪的老师和挚友让-格勒尼埃在《加缪全集》第一卷前言中的一段话:"很难把加缪列入伊壁鸠鲁和芝诺的行列,虽然这两个流派是那样地吸引过他——前者是由于身体学说,后者则是由于精神学说。然而,加缪的伊壁鸠鲁主义是社会的,他的斯多葛主义则是微笑着的。"加缪在《西西弗的神话》中咏唱的的确是一首"含着微笑的悲歌"。

自《西西弗的神话》这本书出版到现在,四十多年过去了,但加缪在其中提出的问题仍然是引人注目的。一位法国朋友曾对我说,加缪的《局外人》和《西西弗的神话》是她18岁时的床头书。这说明,加缪曾是战后一代青年的精神导师。这不仅仅因为他是法国最年轻的诺贝尔奖获得者,也不仅仅因为他在文学、戏剧、哲学上的成就,更重要的是他以独特而清晰的思维提出了一代人关心的问题,而他明知不能根除世上的邪恶而仍以西西弗下山的坚定步伐走向"荒谬"的精神,则更加强烈地激励着受到严重心灵创伤的战后一代。四十年后的今天,这本小书若仍能启发人们的思考,帮助人们加深理解西方当代人思想的发展和变化,那么翻译这本小书的目的也就达到了。

1986 年 3 月

一切都始于感觉
《文学与感觉》中译本译序

优秀的文学批评应是文学的文学、意识的意识，它以文学为对象，但又站在更高的层次上。如看一下让-皮埃尔·理查（Jean-Pierre Richard，1922—）这本评司汤达与福楼拜的论著，对此会有更深的体会。

"一切都始于感觉"，这是理查的根本出发点，由此展开的评论脱离了从时代背景、历史原因出发，对细节进行分析然后进行整体归纳的传统文学批评的道路，而是从作家与笔下人物的自身感觉、自我意识，即从作家及其人物本身迸发出的激情与外部世界发生的碰撞出发探索作家深邃的内心，追寻作品的内在价值。没有感觉这个首要前提，就不会有文学。在理查看来，文学是作家感觉的流溢，作家由此使其笔下人物对自身、对周围的时空、诸物、他人的关系进行体验。若借用萨特存在主义的术语,这个过程是一种整体化的过程,对于这种过程的阐述,绝对不能运用分析的方法,只能依靠激情的流泻,依靠从整体出发回溯至感觉的途径。

让-皮埃尔·理查是法国当代颇具影响的文学批评家,是日内瓦学派的重要成员。他早年毕业于巴黎高等师范学校,并获文学教师学衔。他一直从事文学批评,并有著述多种。他最关注的是法国 19 世纪文学,对马拉美、兰波、普鲁斯特、司汤达、福楼拜等都进行过较深入的研究。他深受著名作家、文学理论家布朗肖的影响,而且还接受了法国存在主义代表人物马塞尔(G. Marcel)、萨特、梅洛-庞蒂等人的影响,也吸取了具有浓厚存在主义色彩的新黑格尔主义者让·华尔(Jean Whal)以及集文学家、哲学家、科学家、诗人于一身的巴什拉的许多重要思想。他的文学批评既不纯粹从观念出发,也不纯粹从物质出发,而是着重于人物对他的第一空间(肉体、物、气候等)的感觉,文学由此闯了出来:作家在可感物的深处从各个方面寻求它的真实面貌。这就使我们想到 20 世纪 30 年代在法国出现的《走向具体》(让·华尔)的倾向;想到主客体相互渗透,知觉变得模糊暧昧的主张(梅洛-庞蒂);想到"意识是对异于自我的他物的意识"的论述(萨特);想到由胡塞尔的意向性引申而至的"意识是对某物的意识,也是来自某物的"思想(让·华尔)……理查的文学批评广泛汲取了诸家思想的精华,他的论述渗透着深刻的哲学思想,但又实实在在讲的是文学,讲的是那个文学描述的知识与温情交替的场所——世界,即那个远离一切理论的处在物的中心——精神的中心——的理论。

在这本书中,理查选择了两位他认为最典型的作家司汤达与福楼拜以说明他的感觉理论。他认为,这两位19世纪文豪的作品与他们自身的激情最完美地融合在一起,他们笔下的人物在积极的活动中与自我完善的整体化吻合起来。他们的作品描述的都是人在激情之下对自身真实前景的发现,展现的是存在的真实奇遇。

理查从认识与激情的关系入手对司汤达进行评论。在冷峻的外貌下,司汤达的笔中蕴藏着爱的深情,无论是《红与黑》中的于连,还是《巴马修道院》中的法布利斯,他们都充满激情,他们从感觉出发逐渐获得自我意识,就是说在激情的引导之下对自己、对外部世界有所认识,在激情的推动下去争取、追求最高的、炽热的幸福。司汤达是一个深受自然科学精神熏陶的作家,他具有数学家清晰的逻辑精神,他渴求达到真实;而另一方面,他又是一位狂热的情人,永远满怀梦幻和激情。这就形成了司汤达作品的最根本的特征:冷峻与温情的共在与融合。也正是这种强烈的精神反差使得司汤达笔下的人物具有震撼人心的感染力。

理查对福楼拜的评论也沿循着同样的思路。他历数福楼拜作品中人物内心不可遏止的强烈欲望的冲动。他特别提出了福楼拜作品中的形态创造的问题。他阐明了福楼拜精心安排的形态表现与主人公内心欲望、激情的密切关系。福楼拜的每部作品都是一个整体，主人公表现出来的姿态，周围环境的形状，乃至高山的峻伟、水流的无形无一不在表现主人公如火般燃烧的欲望与追求，表现着主人公对对象物的渴求及绝对吞食、占有它的激情，这实际上体现了福楼拜所追求的外形与本质、精神与物质、主体与对象的融合统一，而这种统一的前提仍然是感觉的激情。

　　无论从评论还是文学的角度来说，理查的这本论著都是耐看的。它展现的观点新鲜而又耐人寻味，拓展了读者的视野。加之它的行文流畅，而且涉及美术、音乐等多方面的知识，这就不但使读者对两位大文豪有更深的认识，而且在阅读中能获得一种艺术享受。因为，这部著作本身就是由作者对文学的热爱、对文学的激情推动而产生的。在阅读这本书时，我们不是随时都可体会到作者对其评论对象最深切的感觉吗？

1988 年 3 月

精神的武士

读克莉思特娃的《武士们》

　　《武士们》[1]并不是一部写得很好的小说:它结构松散,对话冗长,有时还有些生硬,情与思的描写显得分离,融合得也不够自然。但这的确是一部好小说,好就好在它写的是一个值得纪念的历史时期中的知识分子,而且是世界文化中心巴黎的一群最优秀的知识分子,读完了它,你会思考很多,并且会清醒很多。

　　《武士们》是克莉思特娃(Julia Kristeva)的第一部小说。克莉思特娃原籍保加利亚,1965年22岁时来到巴黎,很快成为新思潮学术杂志"太凯尔"(tel quel)小组的重要

　　1　《武士们》(*Les Samouraïs*),法亚德(Fayard)编,1990年4月。

成员,并且以符号学、语言学的研究享誉欧美。《武士们》实际上是一部纪实小说,记述了二十多年来她与她的朋友们所经历的风风雨雨,真实地再现了这些人精神上的动荡、冲突。书中的主人公奥尔加·莫雷娜就是克莉思特娃的化身,其他人物也都明显地对应于20世纪60年代以来的法国思想界的一些著名学人:埃尔维是"太凯尔"小组核心人物菲利浦·索雷(Philippe Sollers),萨伊达是后结构主义代表人物、解构理论家德里达,舍埃尔内是结构主义人类学家福柯,伍尔斯特是著名新马克思主义理论代表人物阿尔都塞,布雷阿勒是著名新文学批评家罗兰·巴特,埃德勒曼是存在主义理论评论家戈德曼(Goldmann),罗赞是精神分析学家拉康,等等。奥尔加在1965年冬季的一个下雪天里,手捏着仅有的五个美元只身来到巴黎,她一进入这个陌生的世界,就结识了这一群才华横溢、醉心于革命的年轻"武士"。迎接她的是一个生机勃勃、绚丽多彩的精神世界。这些有着新思想的武士热情友好地接待外貌酷似中国人的、从"那边"来到巴黎的美丽姑娘奥尔加,用火热的激情、智慧的光明熏陶她的身心。奥尔加则像饥渴已久的孩子,迫不及待地汲取营养:她读遍本维尼斯特、列维-斯特劳斯、巴特、戈德曼等人的著作;她走遍巴黎的大街小巷,她参加"现在"(即"太凯尔")杂志小组的重要活动。对她更具决定意义的是她与埃尔维的狂热爱情,她享受到爱情的欢乐,体味到从未有过的精神与肉体的至高幸福。与这些人在一起，奥尔加身上蕴藏着的所有激情、欲望、智慧、力量都像火山爆发那样喷涌而出。奥尔加与她的朋友们一起思索、一起行动……他们在1968年5月走上巴黎街头，亲历具有历史意义的革命风暴；后来他们又去纽约工作，还去过以色列、加利福尼亚……奥尔加的命运就这样与这一代优秀学人的命运紧密交织，息息相通。

20世纪60年代后期的巴黎确是学人荟萃、各种新旧思想流派交替变换的文化中心。60年代后期在巴黎崛起的这一代优秀思想家最突出的共同特点就是：不再相信什么绝对、统一和至高无上的真理，他们崇尚的是"分"的思想，重视的是"区别"与"重复"。他们要与"体系""整体"告别，要向形而上学进攻，要打倒"纪念碑"式的思想家。他们是一群向经典理论挑战的"武士"。日本的"武士"擅长战争的艺术，也擅长俳句、书法和茶道。而这一群人，他们是现代社会中的沉思者，面对一个毫无神圣可言的社会，这些"武士"要穷尽生活的一切意义，以至穷尽自身。

奥尔加和她的朋友们与上一代思想家的这种重要差别成为新的思想流派的起点，也导致了这一代人以个人欲望为行为准则的伦理观。后结构主义代表人物德勒兹与吉拉德（Girard）都被看作是"欲望哲学"的重要代表，他们的思想集中体现了这种伦理观：欲望是创造的起始，欲望不意味着欲望什么,而意味着要欲望。只有这种欲望之火才能燃起生命的烈焰,才是创造力——物质的、精神创造力的真正根源。"跟着你的欲望走,这就是你要做的一切,永远跟着你的欲望走。"奥尔加与她的朋友们正是以这种思想为引导、为准则去希求通往幸福与快乐的道路。

这部小说首先是描写爱情的,同时又是一部展示精神动荡的小说。它还有一个极重要的主题,那就是死亡。现代的思想武士与日本武士一样,不但要勇敢争斗,而且要直面死亡:"我发现,武士的道路就是死亡。"现代思想者的精神动荡不仅仅堕落于死亡之中,而且最终堕落于对死亡的欲求之中。克莉思特娃虽是女人,但她的笔触却异常残酷:她细致地刻画了一群沉醉于自我的知识分子,他们在经过一番精神追求、曲折和风波之后如何"乞求"在死亡中得到认同,他们的命运一点一点地被摧毁的欲望紧紧缠住。这些以自己的独特思想风格名震一时的学者结局往往十分悲惨:邦塞拉德(本维尼斯特),这个最先把友情给予奥尔加的好人最后贫病交加,瘫痪在医院里,失去说话能力,完全和死人一样;布雷阿勒(巴特)在神情恍惚中游荡于街头,终于遇上车祸,受了致命伤。这位每个细胞都发出智慧火光,行文流畅如水的大批评家在弥留之际向他曾爱过的奥尔加发出永别的信号,他毫不留恋人生,没有人知道他那智慧的大脑最后在想些什么;罗赞(拉康)这个大精神分析学家不幸受到错误的分析,死于医院的误诊;埃德勒曼(戈德曼)突生暴病而亡;最令人感叹的是伍尔斯特(阿尔都塞)的结局:他在精神病发作的情况下扼死了妻子,牺牲了他所钟爱的人,同时也牺牲了他全部的思想。在六七十年代,他身后追随着多少崇拜者啊!这样一个永不愿意停息理论战斗的杰出思想家最终竟成为一具名副其实的活动僵尸[1]。他曾那样相信历史,历史却碾碎了他。看到这些人的结局,忆起他们曾经拥有过的辉煌,听着后一代的新骄子说"这些人的死再自然不过了,他们过时了",不禁使人悲从中来。

的确,想通过思想方法、思考方式的改变使自己幸福,那纯粹是幻想。而那些不断滋养这种幻想的人,人们叫他们知识分子。其实,人们能够从语言中汲取的好处、从思考中求得的救助实在是太微小、太微不足道了。许多知识分子往往会有痛苦和哀伤,那就是因为他们的心理不平衡,因为他们往往希望自己创立的新方法、自己崇尚的精彩论断、深刻理论能带来点什么,能或多或少被社会、历史、民众所接受。但事实是,在大多数情况下,这些东西什么也带不来,你会感到,原来这些谁也不需要,特别是时过境迁,你更会有一种失落感。所以,你要平静,要心理的平衡,就不要

---

[1]　阿尔都塞于 1990 年 10 月去世,完成了他最后的身体死亡。

想带来些什么，而是要像武士一样，什么都不计较，为自己的信念勇敢奋斗，把自己所钟爱的精神财宝珍藏于灵魂深处。

　　或者，能不能不滋养这样的幻想？奥尔加认为不能。我想起萨特在20世纪60年代写《词语》时的感受：他发现他几十年的辛苦写作似乎并没有什么用，但既然他粘上了知识分子这张皮，那就再也脱不下来了，他还要写作。

　　那奥尔加就还要滋养这种幻想。

1990年11月于瑞士弗里堡山中

虚空帝国

西里维奥·方迪(Silivio Fanti, 1919—1997)是瑞士著名心理医生、精神分析专家。从1943年开始,他就沿循弗洛伊德精神分析的传统方法从事医学实践,获得了成功和荣誉。但是,十年之后,他改变了工作方法,试图将分析更加推进一步。他用这种新的分析方法在十多年的时间内,为世界各地不计其数的病人进行治疗。他在瑞士古外(Couvet)幽静而舒适的住宅里与这些病人共同生活,进行长时分析对话。这种新的方法就是微精神分析的方法。

这种改变源于一次意外事故:方迪在1953年曾为某国一著名政治人物做过精神分析治疗——治疗9次,每次45分钟,是传统精神分析的程序。不幸的是,这位病人在奉召回国后,不久就自杀了。这次失败对方迪震动极大。作为一个热爱精神分析医疗事业的医生,方迪对自己说:"要么你停止精神分析实践,要么就必须改变方法。"他选择了后者。他的微精神分析研究也就由此开始……

何谓微精神分析？微精神分析（Micropsychanalyse）,就是对人的生活最微小的细节进行分析,与精神分析相比,它要求对被分析者进行长时间的分析,每次分析治疗要长达数月,每星期至少要治疗 5 次,分析者与被分析者每周至少需共同工作 15 小时以上,而分析治疗则可能要延续六至十个月。这样的治疗所获得的有关病人的情况要比通常的精神分析深刻得多,也更富有个人特性。1981 年出版的《微精神分析学》就是方迪二十多年来长期临床实践的总结。

正统的精神分析方法从某种意义上讲,是意识与无意识的"往—来"（Va-et-Vient）。精神分析学把人的尝试本能归于无意识。从根本上讲,方迪继承了弗洛伊德的精神分析方法,他同样承认尝试的重要性:"人,其肉体与精神,是一个由许多尝试组成的尝试。"方迪通过在世界各地的精神分析活动,与各种人接触,了解他们的感受,确立了这种观点的普遍性。但是,他不能满足,他希求的是要能超越无意识,探索心理—物质现象的本源与基础。在长时分析治疗过程中,方迪发现任何思想在外在化时都会导致一系列细微思想,这些细微思想可分解为复现表象与无意识情感。方迪发现,这些复现表象与情感最终并不是归于无意识,而是归于虚空(vide),也就是说,弗洛伊德描述的心理病态的极端之外不是无意识,而是蕴藏着中性能量的虚空。

虚空的理论是方迪微精神分析学的根本立足点。虚空的概念是从物理学借用来的:人们越是深入研究物质和粒子,就越感到面对的是虚空。正是由于虚空的存在以及它的心理—物质的连续性,能量能够从一种思想转到一个分子上,从一种情感转到一个原子上……就这样,方迪构想了一种模式以解释能量转换如何通过无所不在的虚空完成。

这种模式的独特意义在于:虚空并不是抽象的结构,它不是单纯的概念,而是通过长时分析能够触摸到的可分析的事实。从微精神分析角度看,两个东西若要发生关系,它们之中必有一虚空存在。换句话说,能量的转换必须有虚空。当弗洛伊德谈及"力比多"或心理能量时,他立足于已经完成结构化的水平上。而微精神分析所说的能量是超越无意识的,是尚未完成心理和物质结构化的中性的能量。精神分析学是意识与无意识之间的桥梁,而微精神分析分析学则专注于在生命开始之前及结束之后的事情……

方迪是在"虚空帝国"的基础上构建他的微精神分析的。正是从虚空出发,中性的动力转化为尝试本能。这个从物理学借用来的虚空概念,方迪赋予它生理和心理的解释。方迪告诉人们:神经细胞之间的联结叫突触,它的活动是建立在两个细胞轴突的裂缝之中,也就是虚空之中的。

现代胚胎学甚至揭示，"血液循环不是产生于胚胎，也不是产生于母体，而来自母体与胚胎之间的 no man's land"，方迪称之为母体—胚胎的突触，也就是来自虚空。同样，这种解释也适用于心理：心理生活和它的结构化过程同样建立在虚空和突触机械论之上。通过长期分析，在对梦的回忆及联想中，被分析者会体会到：人的一生就是尝试。人从出生起，就在为逃避虚空而做尝试。我离开母体来到人世，实质上就是尝试逃避原始的虚空，因为，我在母体中要实现外在化的冲动，不属于任何东西，而虚空才是我的生命之源，人的一生就是从虚空而来，回到虚空之中去的尝试过程。

微精神分析学的方法就是要通过治疗，使被分析者逐渐感受到虚空的存在，使被分析者能够仔细研究他过去进行的尝试，超越无意识去追踪或再现这些尝试的轨迹，并由此明白精神分析学三要素是千真万确的：1. 我的细胞甚至血液都不源于我；2. 我所具有的尝试本能及其能量不源于我；3. 所有我做的梦只是一个梦，不源于我。这样，被分析者认识到无意识不再是精神分析的终极，努力使自己回归于虚空，最终获得应有的宽厚与超然的状态。

微精神分析的一个很重要的特点就是超越了弗洛伊德为达到真正的经历所设定的象征，比如水代表母亲。在弗氏精神分析（对拉康精神分析也同样）中占重要地位的象征理论于方迪没有什么价值：它只是分析工作应超越的被压抑的经历的镜像。而方迪则是以虚空的能量组织理论为基础，奠定了不但能够解释心理状态又能解释其他科学学科的根据：微精神分析通过长时分析揭示了人的真正根源，它适用于对人的生物及哲学的解释。从这个意义上讲，方迪多年来沿着"继续弗洛伊德"方向进行的探索是极有意义的，他为精神分析与其他科学的结合能够深入发展做出了积极的贡献。

最后，我们不妨摘录一位被分析者在接受长时分析治疗后谈到的对微精神分析的体会："微精神分析教我关注物质，或者说是造就我的物质……它教我关注构成我的宇宙—原子的虚空……这虚空纺织我的形体——运载我的能量……微精神分析，就是整个的人……"在方迪看来，他的微精神分析其实旨在研究人及其一切，它引导各种各样的人走向平缓和安静。在经过微精神分析之后，人不再会发出强烈的火光。人们会理解到：人生活的地方既不是乐园，也不是地狱，必须终止怒火中烧和爱的忧伤。人们知道：生活就是这样，但它值得去经历。这样，人们深刻地去体会它，也就真正地与宇宙力量相通了。这就是方迪的《微精神分析学》的最后宗旨所在。

以"词语"为生的人

写《词语》[1]的萨特要比写《存在与虚无》的萨特可爱得多。

他一扫写哲学专著的沉闷、晦涩的笔风，娓娓动听地叙述着他从书中开始的生命。我听到了他和着词语的行进节奏向前延伸的生命节奏，我看到了一个从词语中走来的真实的萨特存在着。

他是在词语中发现存在的。如果《词语》仅仅是一部纯粹的童年自传，那它不会给人以如此震动。古今嗜书为命的文人可谓多矣，但清醒地认识这种"偏见"，敢于正视这种"偏见"并加以解剖并不是人人都能做到的。

1　萨特：《词语》（*Les Mots*，Gallimard，1964）；中译本参考潘培庆译文，生活·读书·新知三联书店，1988。

伟大的忏悔录

优秀的自传的产生大概要有两个条件：一是与要写的对象有时间距离，二是要对所写的对象有足够的反思。萨特的《词语》实际上在 1953 年就已初成轮廓，1964 年方正式出版。出版时间的滞后很大程度上就是要考虑这种距离与反思的需要。第二次世界大战前后近二十年的时间里，萨特实际上是在一种写作的狂热中生活，他唯一的工作就是写作。时至 50 年代，萨特经历沧桑，对历史重新进行反思：对曾向往过的苏联模式的失望，对阿尔及利亚战争的反感，对非洲饥荒的震惊，对超级大国冷战的恐惧……于是，发生了一次深刻的精神危机：他突然感到除了写作之外还有许多别的事情，甚至是更重要的事情。他困惑地自问：自己前几十年的写作狂热，自己为之忍受的困苦和寂寞，为之付出的辛劳与精力是否值得？又是否真正改变了什么？《词语》正是这次精神危机的产物，是一个被评论界称为"苏醒阶段的萨特"对自身存在进行反思的结果："我突然清楚地看到统治着我以前全部作品的那种狂热……我冷静地看到我生来就是为着写作的。为了证明我的存在的需要，我曾把文学当作一种绝对。我花费了三十年的时间才从这种精神状态之中挣扎出来。当我不得不与共产党分手时，我就决心写我的自传。我要指出一个把文学当作神圣的人是怎样过渡到行动中去,虽然这个行动始终是知识分子的行动。"(法国《世界报》,1964 年 4 月 18 日,萨特与《世界报》记者的谈话录)正因此,年逾"知天命"之年的萨特写出了《词语》,他把童年当作一面镜子,用成人的目光审视它,在童年面前重新发现自己。与此同时,他的《词语》也在向世人袒露自己。萨特不但继承了启蒙学者卢梭等人主张自由、平等的人道主义,而且继承了他们对世界、他人,对自己严峻而近于冷酷的解剖精神。从这个意义上讲,《词语》是一部忏悔录:对过去的反思,对自身狂热的反省。曾是萨特挚友,后又成为敌手的加缪有过与萨特同样的精神危机,也有过类似的狂热。他们都用相近的文学形式进行自我忏悔,而且语言优美晓畅。因此,把萨特的《词语》与加缪的《堕落》共誉为 20 世纪西方最伟大的两部忏悔录是不为过的。

存在精神分析法

《词语》的动人之处还在于他是萨特"存在精神分析法"的一次实际应用:回溯到童年寻求他后来狂热的根源以说明成年的萨特何以如此。这种前进—逆溯的方法在萨特看来是解释具体个人的唯一正确方法。20 世纪 50 年代以来,萨特极力想克服他在理论上的矛盾与困难,希望求助于马克思主义。存在精神分析法就是这种努力的一个重要步骤。把马克思主义的历史前进方法与存在主义的逆溯方法结合起来,即在深入时代(历史)的过程中前进地规定生平,同时又在回溯生平的过程中规定时代(历史)。在研究波德莱尔,特别是研究福楼拜时,萨特运用的就是这种方法,在研究自身时他用的亦是这种方法。

从词语来,回到词语去

萨特在童年中找到了自身狂热的根源,他用《词语》证明他苏醒复原了。但是,他却还没有摆脱狂热,摆脱那不可逾越的童年造成的偏见。被驯化了的野兽尚能在某一时机恢复野性,进行反叛,人则更是受到童年的制约——在生命长河的任意一点上都会找到它的印记。

从词语中走出来的萨特必然要回到词语中去,不管后来的历史如何作用,也不管他本人如何企图摆脱,纯粹知识分子的这层"膜"黏在他的身上,就永远也脱不了了。

1991 年 8 月

在博学与哲学之间

　　吕西安·戈德曼（L. Goldmann，1913—1970）称他的《隐蔽的上帝》是一部属于"总的哲学"范畴的理论著作。更明确地说，这部出版于法国存在主义思潮趋于衰落而结构主义尚未到达顶峰时期的著作，应是一部运用整体的辩证唯物论的哲学观点，对文学及思想作品做客观判断和研究的批评理论力作。作为沿袭黑格尔、马克思、青年卢卡契思想的哲学家（戈德曼说过："我首先是哲学、文学的社会学家，但又是马克思主义社会学家……我认为……把马克思主义方法运用到马克思主义本身是非常重要的。"）和社会学批评学家的戈德曼实际上是要在经验现象研究和对现象进行概念本质抽象之间找到一种方法，也就是在博学和哲学之间找到一个契合点，展开社会学批评。

戈德曼理论研究的出发点是整体。戈德曼认为任何人与事都镶嵌在总体的结构之中，而对这些结构的理解导致对部分和相对的整体性的研究。故对人和事的认识就同时是"理解的"和"解释的"。"理解"是对结构的内在研究并为"判断"留出地盘；而"解释"外在于"判断"，并求助于包含结构的历史、社会、文化背景。比如，理解剧作家拉辛的思想及其悲剧，就要弄清楚支配他的每一作品的总体的意义结构，而理解他所处时代的冉森极端教派的结构，就是解释拉辛的思想与悲剧的根源。同样，理解冉森教派，也就是解释冉森极端派的根源。而理解 17 世纪法国社会中的阶级关系，就是解释穿袍贵族（中世纪官僚贵族）的演变历史。但另一方面，戈德曼又与形式结构主义有别，他认为整体与部分都是在运动之中，历史的整体化只是因为有非整体化。人类因而不能达到纯粹的对象性，而只能实现"相对的整体化"。也就是说，戈德曼不认为结构与根源如结构人类学家列维-斯特劳斯所说的那样水火不容，他选择的道路深入结构，但又不对历史关闭。戈德曼认为这样就可避免两个障碍：一是不确定对象的界限，即没有构建理论模式的研究；二是脱离历史背景条件的对象研究。戈德曼关注的是科学的研究，也就是达到对事物的科学实证性的认识，这就是他的"社会学认识"。而要达到这种认识，必须使用"世界观"这个工具，因为，在戈德曼看来，任何伟大的艺术和文学作品都是世界观的表现。

戈德曼的《隐蔽的上帝》就是运用上述辩证唯物论方法、世界观进行批评的一次绝好实践。它主要是对帕斯卡尔和拉辛思想及作品的理论批评，也就是对二者共有的结构——悲剧观的理论批评。论著的前两篇概述了戈德曼总的立论及其植根的精神传统和社会基础，评论部分与整体的辩证关系。后两篇则具体运用理论观点分析帕斯卡尔和拉辛的作品，并进一步阐发作者的观点。我们从中可以清楚地看到，戈德曼在同时具有实践、理论和情感特点的悲剧观基础上构建了理智、意义、整体的结构存在。这种结构首先是以在场又不在场的"隐蔽的上帝"和人的悖谬本性为特征的。所以，尽管在冉森极端派、帕斯卡尔《思想录》、康德的批判哲学以及拉辛的戏剧之间存在着种种差异，悲剧的结构还是通过所有这些差异构成这四者之间的思想和运动的共同本质。这种结构既对立于唯灵主义，又对立于神秘主义，从而实现了从个体主义（理性的、怀疑的）到辩证思想的过渡。

在笛卡尔、马勒伯朗士、斯宾诺莎那里代表真理、永恒和秩序的上帝，在帕斯卡尔、拉辛和康德那里是隐蔽的。戈德曼认为，这个在隐蔽处注视世人但又影响个人思想、行动的上帝是悲剧观组成的第一要素。在尘世中，人对世界、生活充满欲望和期待，但凭经验人们不能预料命运会把他们带到哪里,在现实世界得不到依靠,于是人把希望寄托于超验的上帝的存在上。于是上帝的存在变成了人的希望,人要把自己押在对上帝的存在和上帝的神佑的赌注上,为不确定的东西而努力,受到机遇法则的制约。在任何东西也没有实现的地方,一切都是可能的,而唯有奇迹是真正的实现。"在上帝面前,只有奇迹是真实的"(卢卡契,《心灵与形式》),这就是生活在上帝目光下的悲剧的人的立足点,使我们理解到这个问题对悲剧思想家和作家是多么重要。

博学向哲学思想提供必不可少的经验认识,哲学思想反过来又指导博学研究,就众多事实的不同程度的重要性给博学以启示。戈德曼在博学与哲学之间提出了自己的创见。今天再读这部三十多年前写的论著,仍颇引人兴味,还会令人想到很多……

心中的书

　　我小时候读的第一本"字书"，是《普希金童话诗》。那是20世纪50年代初，我还是一年级的小学生，已经不记得书是从哪里得到的，但那本书的模样，里面的故事，我至今不忘。特别是《渔夫和金鱼的故事》中善良的渔夫和贪心的老太婆，那聪明可爱的金鱼，成为了我幼年的第一启蒙。不要总想得到不属于自己的东西，不要总欲望别人有、你没有的东西。这看似简单的真理，在生活中却并不那么容易被理解。

　　小时候还经常读的一本书是叶圣陶先生的《稻草人》。我在前几年曾写过一篇小文《难忘的稻草人》，讲到这本书给我的启迪和教益。至今我还会常常想起那个为帮助别人而屡屡遭罪的邮递员，他一直是我心中的"英雄"形象。可惜，这本书在"文革"中和许多其他"坏书"一起被装进麻袋抄走，再也没有找回。前几年，偶然看到《家庭》杂志中的一篇文章，又让我想到了《稻草人》。文章是叶圣陶先生之孙叶大奎写的，文中写了叶圣陶先生对子女、孙辈的言传身教，也写了他自己在动乱时代的坎坷经历。读后令人唏嘘不已。

"文化大革命"结束了我在中学时代形成的"幼稚"思想。我从法国被召回来"参加革命"，由于家庭和自己的原因，很快就从"阻碍革命者"变成"逍遥派"。不久我们中的一部分人到北京外语学院，从那个时候起，就开始了真正的"秘密阅读"。我有一个初中时的好友在外院读留学生预备班，是学习阿拉伯语的。她经常找我聊天，有时发发牢骚。也是凑巧，她最早借给我的是梅里美的两本书，一本是《〈嘉尔曼〉和〈高龙巴〉》，还有一本是《查理九世时代轶事》（其实她也是借来的）。我清楚地记得她兴奋地对我说："太好了，看了还想看，说不出的好。"我看后的激动与感慨有过之而无不及。几年之后，我在外文书店的仓库中买到十多部法文原文名著，其中有一部苏联出版的梅里美小说选，我想，我对法文、法国文化思想的真正热爱，应该说是由此开始。我常常对自己说，能够读梅里美法文原著，真是我这辈子的造化，此生堪称足矣。梅里美的作品数量不多，但几乎每一篇都是精品。那曲折动人的情节，散发异国情调的韵味,"多重美丽"的女性形象,与大自然融为一体的世俗风情,还有那由于人性和时代冲突造成的出人意料的复杂结局和他考究而洗练的文笔完美结合,真是有难以言说的无穷魅力。前面说的那位学阿拉伯语的好友,她的男朋友是外院对马路的解放军艺术学院的学生,因为军队派系斗争,被当作反革命拘禁。她从始至终"立场坚定",铁心等他。我还记得,她怕看守认得她,就让我假装找她男朋友的"战友",把一包当时非常稀奇的樱桃辗转送到男朋友那里。我多次为自己的"勇敢"自豪(那个时候我还做过不少同样的事情),三十多年过去了,现在我和这位好友都在大学教书,时而会有联系。我发现虽然在流逝的岁月中我们历经命运的变动起落,但内心的许多东西可能会保留到生命的最后。我坚持认为,这多半因为我们都读过梅里美。可能我的朋友会忘记樱桃的故事,但我相信她一定不会忘记嘉尔曼,不会忘记高龙巴,还有马铁奥、伊尔的美神……

梅里美作品的魅力,最初在很大程度上来自中译本。"文革"期间读的大概是傅雷先生的译本,文字优美而又传神。后来自己读了法文本,还常常会欣赏一下中译本,也是享受。近些年来,开始有了重译本。七年前,有幸获得我先生的老师张冠尧先生惠赠《梅里美中短篇小说全集》中译本,也是非常喜爱,觉得另有韵味,有很多独到的译法。比如把《双重误会》译作《阴差阳错》，确有文字背后的深切感受。张冠尧先生是北大"才子"，中法文皆极佳，而且人品、风度被很多后学奉为"经典楷模"。可惜张冠尧先生仙逝已两年有余，他的匆匆离去，让很多人一想起来就会落泪。但每次想到梅里美，看到他的赠书及签字，又感到他和梅里美其实还留在人世间，心里又会有些许安慰。

在那动乱的年代里，我经常阅读的还有法国浪漫主义作家雨果。《九三年》《悲惨世界》《笑面人》《巴黎圣母院》等，每一本我都读过多次。尤其是处在那个"革命年代"，读到雨果对"革命"和历史事件场景的描述，读到他对历史命运和人的命运之间矛盾和冲突的展现，读到那些脱离通常意义上的"善恶"的人物的命运，心里常常会涌出难以名状的感触和情绪。从当年至今，我对外界人和事所持的态度，其实都是这种感触和情绪的结果。我特别喜欢雨果小说中的旁白议论。我在里面更多读到的是对历史、人物及其复杂情感的深刻剖析。近些年来，我常常会为自己至今仍然喜爱雨果而"难为情"，因为很多人会觉得他的作品有些过时，也有些读者受不了他冗长的议论。而我改变不了自己心中对雨果的热爱，虽然我也知道我确实有些"幼稚"，就像我喜欢古典音乐，也喜欢邓丽君的歌，也常常为之"难为情"，但我却不能否认我心中的喜爱。我想，喜欢什么书或什么歌，往往是和你在什么时候第一次读和听有关系的。记得去年夏天到伊斯坦布尔参加世界哲学大会，世界哲学学会前主席戈谢请吃饭，两位法国哲学家费拉里和布尔热瓦也在座。谈到高兴处，费拉里教授问起法国文学在中国的接受情况，最后问席间每位最喜欢的19世纪法国作家是谁。真是凑巧，记得当时绝大多数在场者，不论是法国人、中国人都选择了雨果。最后，布尔热瓦教授提议为我们共同的雨果干杯。当时我很为世界上不止我一个"幼稚"的雨果读者而感到激动。

还有一本应该提到的书是张芝联先生翻译的莫里亚克的《戴高乐将军之死》。那是在"文革"后期内部发行的一本薄书。那时候，我不知从头到尾读了多少遍，甚至有的句子和段落都能背下来。这部记叙戴高乐最后年月的传记，篇幅不长，但内涵丰富，感人至深。特别令人难忘的，是作者对这位伟大政坛人物，杰出的国家英雄戴高乐的晚年内心世界的揭示。书是从戴高乐离开政坛开始讲起的，他回到了洛林的柯龙贝—双教堂村，回到他早逝的爱女安娜身旁，他和他的夫人也将在这里走完人生，永远与女儿相伴。1980年底我在法国访问时，曾有法国朋友陪我去柯龙贝—双教堂村，参观了戴高乐故居（已经交赠国家）和墓地。戴高乐在此安眠已有十年。朴素的房舍，简单的墓碑，都让我想起书中的描述。记得我当时很想拍一张墓地照，刚拿起相机，就有人前来阻止，说这是戴高乐家人的意思，也符合戴高乐生前一贯的处事原则。如今，又是二十多年过去了，已经临近戴高乐先生晚年所说的"脑子里的死者比生者多"的人生阶段，我还经常会翻翻这本《戴高乐将军之死》。无论是过去还是现在，这本书中的戴高乐最让我感动、最让我难以忘怀的，还是他与安娜、与家人以及朋友的深厚亲情和友情。重亲情、友情的伟人才是真正的伟人！

当思想变成历史

　　多斯(F. Dosse)是法国当今很有特点的历史学家。他的每一部著作都受到关注,特别是有关著名学者或学术思想流派的历史专著。他叙述一个人的历史,一种思想的历史,一种学说的历史,常常使读者会忘记这个人、这种思想、这种学说的事实本身,而更多地感受到历史的变迁、沧桑、复杂,有时甚至是无奈。曾经读过他写的长达数百页的《保罗·利科——一种生活的诸多意义》(*Paul Ricoeur : Les sens d' une vie*, Editions La Découverte, 1997),在对利科(多斯的另一部非常有影响的著作《意义的帝国》[*L' Empire du sens*, Editions La Découverte, 1995, 1997],就是献给利科的)这位法国当代杰出思想家的历史叙述中,我们听到的是时代的脉搏,感受到的是心灵的跳动。如烟往事过去后,留下的是历史:历史不如烟。读过《结构主义史》(*Histoire du structuralisme*),我有同样的感受。

这部《结构主义史》,我在近几年的教学和写作中曾多次引用,一如多斯的其他作品,是以史学家的角度展现思想。20世纪曾经在西方风靡一时的结构主义思潮,在多斯的笔下,成为了一幕幕波澜壮阔的历史剧,只不过剧中出场的作为"演员"的学者教授个个闻名遐迩,来回过往,令人眼花缭乱,他们性格鲜明、生动可信。剧中人物和剧情发展的关系跌宕起伏,线索分明。一部思想知识史写成这样,真是很不容易。[1] 也只有法国人能这样写历史。

任何戏剧演出的序幕拉开,都需要有各种准备。结构主义的出场准备可以追溯到20世纪初:美国人常说的所谓结构心理学,也被叫作"结构主义",是一种与功能心理学针锋相对的方法,用心理现象的种种构成因素(感觉、形象、倾向等)解决心理现象并且规定其各种维度,所以它也是一种分析心理学。但是,就这个概念在所有人文科学方

---

[1] 多斯的著作多为长篇,因为他首先注重史料的运用,他引用的历史材料数量之大、之丰富令人惊叹。特别是他引用了大量现在还健在的见证者的采访记录,更增加了作品的历史感和时代感。这让人联想到不久前发表的一部类似的著作,即刚刚离世的法国哲学家雅尼克(Dominique Janicaud)的《海德格尔在法国》(*Heidegger en France*, Albin Michel, 2001),同样是以大量史料和见证人的采访为基础,触及当时的人文科学、自然科学及社会的各个领域的历史及现状,在这样的历史背景下讲述一个思想家及其思想在法国传播、接受的历史。

面的现代意义而言,结构主义应用的真正起点应该来自语言学的发展演变。应该说,索绪尔的《普通语言学教程》(1915)影响了整整一代人,他努力使语言学从经验主义和心理主义的束缚中摆脱出来,要让语言学高度抽象化、系统化、形式化,以有助于其他学科采用这种语言学的纲要和方法,使之成为一种准确并能普遍应用的科学。《普通语言学教程》在20世纪20年代末,受到了俄国人(雅各布森[1896—1982],特鲁别茨科伊)和日内瓦人(巴利等)的关注,他们在海牙的国际语言大会上,多次引证索绪尔著作中的系统思想,这确实是开启了结构主义纲要的源头。而后来结构语言学为结构主义在诸多社科领域带来的震撼和革命,也大都是对《普通语言学教程》的阅读和反思的结果。

多斯不但非常清晰地勾画出结构主义从这种语言变革出发的演变过程,而且分析了结构主义在50年代的风头正健何以可能的历史原因。正如多斯所说,结构主义出场和演戏一样,为了取胜必须先扫除某种先前的偶像,这个要扫除的形象,就是一代知识分子的代表萨特。第二次世界大战前后以萨特为代表的存在主义经历了顶峰时期后,已经失去了往日的辉煌。以主体的绝对自由为理论根据和主导思想的萨特,号召知识分子"介入"一切实践,认为只有异化和"自欺"才能阻挡自由。而战后的形势使人们逐渐厌倦了英雄主体的豪言壮语,厌倦了混乱和无序,厌倦了正统的理想和至高目标,取而代之的是对不确定性的怀疑,对结构、规则、信仰、次序的向往和追求。另一方面,知识分子已经失去了对社会所有领域都可进行指导和评判的能力,很多人都更愿意回到自己的专业理论。比如结构主义运动的两个重要人物杜梅齐尔和列维-斯特劳斯都明确地表示要与萨特式的传统模式决裂(1962年,列维-斯特劳斯在《野性的思维》的最后部分猛烈抨击萨特的《辩证理性批判》,是这种决裂的最集中的表现)。语言学的革命为人们提供了一条可以进行严密、精确思考的科学的、理性的道路。这样,结构主义就作为一个"事件"开始走上历史的舞台。所以,多斯把结构主义的登台,或者说结构主义的主要创始者或奠基人称作"科学结构主义",或者叫"符号结构主义"的代表,是言之有理的。比如列维-斯特劳斯、格雷马斯、托多洛夫、拉康、米歇尔·塞尔(哲学)等,他们都精细地运用语言学的模式,像涂尔干那样把诸多社会现象视为静物,寻求与自然科学、天然法则的关联。特别有意思的是,拒绝"结构主义"称号的宗教史学家杜梅齐尔,其实是最早使用语言转换观念,最坚决要和传统决裂并且靠近科学的思想家。正如本维尼斯特的传人、天才语言学家海然热[1]指出的,是

---

1 海然热(Hagege)和雅各布森相像,绝对是个语言天才,他会几十种语言,而且会说许多方言,甚至可以用上海话交谈。他的中文名字海然热是著名学者赵元任起的。他也是后来提出让主体和语言"和解"的代表人物之一。

杜梅齐尔改变了宗教科学的面貌：理性赋予混沌以秩序，他用清晰明确的思想结构代替含糊暧昧的宗教狂热。无论如何，他是结构主义史诗的创始人和先驱之一。

多斯把阿尔都塞、布尔迪厄、韦尔南、德里达、德勒兹、福柯或年鉴派整个第三代等归类于"历史化或认识论的结构主义"，他丝丝入扣地陈述和分析了这些代表人物把结构主义拓宽到社会科学各个领域的理论发展过程。也是由于他们，20世纪60年代中期走到鼎盛的结构主义发生了"分裂"。而事实证明，这种"分裂"的趋势，正说明了结构主义在历史的发展中走向成熟和深刻。促进这种变化的一个根本的原因是1968年"五月风暴"的发生。身为历史学家的多斯，对于这一点的理解和感受尤为深切和独到。"五月风暴"的发生，其结果是推动了"结构主义在制度上的胜利"，而更加重要的是，这场政治社会风潮，使"纯粹的"和"可普遍应用"的"科学方法"没有可能进行到底，而反过来推动了"结构和历史的和解"，不同程度地摆脱了早期结构主义的"反历史""反文化"的倾向。正如多斯所说："远离历史的结构主义微乎其微，而回归历史的结构主义却比比皆是。"当然，最突出的代表是福柯、德里达等，但通常人们愿意称他们（特别是美国人）为"后结构主义"和所谓"后现代"。而从历史观点看，他们实际上代表结构主义纲领实践过程中的一个"阶段"。他们其实很早就对（早期)结构主义提出批评,或者说,他们其实是站在结构主义的立场对结构主义进行解构,说到底,是对历史,对任何传统已定的概念和框架,即对西方形而上学的哲学传统进行解构,对主体至上的传统进行解构。之所以把他们归于结构主义,是因为他们虽然对结构主义有形式不同的批评或改动,但他们并不摧毁结构,而是在结构主义的道路上进行更加深层的思考,以真正把各种社会科学的研究融会贯通。今天,回顾这段过程,结构主义的这次辉煌(或者说是与历史的和解)首先应该归功于历史学家,比如勒高夫、拉迪里、雷韦尔,还有大名鼎鼎的杜比(G. Duby)等。正如多斯所指出的,对于不同的"相异性"或"他者"的关注和研究,使得"结构人类学""历史人类学"和"精神分析"这三种不同的研究可以相安并行。三者都在努力揭示西方理性的另一面,实际上是向至高无上的"哲学"提出了勇敢的挑战。

结构主义"围绕一个共同的'方法论核心',融会贯通一切社会科学"的雄心壮志并没有实现,和以往一切形形色色的知识分子想要用思想改变社会,想要建立一种科学和理论的普遍范式(以代替哲学)以事普遍理想的希望一样,落幕是必然的。再辉煌的流行思潮在历史的长河中也只是转瞬即逝。结构主义发展的第三个阶段,就是幻灭的阶段。"分裂"的阶段已经在宣告以纯粹科学研究为中心的思想运动在历史事实面前撤退了。因为历史一次次地证明：用单纯的知识，用纯科学方法，用各种思想运动改造世界是徒劳的，多少年来，寻求政治义务和专业实践、政治与科学理论融合的努力从来就没有修成过正果。面对历史，"知识分子能够如何"的问题，也从来就没有过令人满意的答案。多斯在《结构主义史》下卷题为"幻灭"的几章中，用许多例证告诉我们，正是由于以上原因，随着结构主义的渐逝，多次盛行的"终结说"没有一个真正"终结"。从20世纪70年代起，就出现了所谓的"伦理学""哲学""宗教"以及"历史""主体"等的回归。而与此同时，一些过去迟迟因所谓"中立"的立场而被抨击或被"轻视"的学者，却渐渐地受到应有的关注，比如利科、扬凯列维奇（Jankélévitch）、阿隆……特别是利科，他被视作结构主义的"对手"，但多斯饱含深情地展现了利科对法国20世纪思想的巨大贡献，这种贡献不在于创造时尚的词语和概念，而是吸收各种思想的合理积极部分——语言并非世外之物，而是要和人、人的行动结合起来，他是从哲学立场出发沟通社会科学的全部成就的思想家。这种种"回归"现象，表明了结构主义已经成为历史，而在20世纪80年代前后结构主义史诗中的许多重要人物"非正常地"离开生命的舞台，其实只不过是结构主义成为历史的过程中的一些重要的符号。也因此，这部历史被蒙上了悲剧色彩：思想成为历史。

不过，我们还是能够从多斯这位历史学家的历史叙述中,隐约体会到历史学家的倾向、希望。追求是一回事,而历史又是另一回事,特别是处在历史事件发生过程中的人,过后反思,会意识到行为的动机往往终结于对最终行为的错误判断。这就很令人悲哀。所幸回溯历史可能还有另外一种态度:虽然人不能改变历史,只能回忆自己的历史,依靠别人的叙述了解别人的历史,但人却能够感受历史。多斯的《结构主义史》表明,他是感受历史的历史学家,并非所有的历史学家都能摆脱那种"冷冰冰"的面孔。所以,我喜欢读多斯的书,喜欢读他的感受,喜欢感受他的感受。

讲述"她"的故事

我们把这些我们必须讲述的故事的女主人公称作"天才",因为她们的故事与她们在思想和人类的发展中做出的发明和创新、与她们提出的大量问题和创造的愉悦是密不可分的。

——克莉思特娃

这是女性写的书,写的是名字通常与一些大名鼎鼎的男士连在一起的女士,因此别有一番味道。正如《永恒的女性》丛书主编、比我年轻许多的友人徐菲女士所言:这部丛书的目的在于讲述那些被著名男性的光彩遮掩的杰出女性,她们的名字要出现在她们自己的,而不是那些男士的传记中,因为她们不是他们的陪衬,而是独立的、具有自己独特魅力的主角。法国著名女符号学家、女权运动的杰出代表克莉思特娃恰好也在今年出版了她的"天才的女性系列"之一《充满激情的思索——汉娜·阿伦特》,我感到她似乎也怀有同样的意图:不是讲"他"的,而是讲"她"的故事。

汉娜·阿伦特(1906—1975)的故事无疑是最动人的"她"的故事之一。她曾说过,要知道你是谁,就请讲述你的故事。在她看来,生活就是叙事,而一个女人的生活就是她的叙事。通常,人们是在海德格尔的故事中读到阿伦特的故事的,她与海德格尔的爱情故事尤为引人注目:1924年,这位年仅18岁的犹太姑娘只身来到马堡师从长她17岁、在德国哲学界已露锋芒的海德格尔。阿伦特与海德格尔的师生情谊很快就发展成为恋情。在这个故事中,我们很容易看到,海德格尔对阿伦特的吸引,首先,而且始终是思想的吸引。在柏林,她听说了海德格尔及他的有关思想,这种思想是从对"人是生于世界之中"这一简单事实的狂热偏爱中发展出来的——他认为除了人生本身,再不可能有其他最终目的。她接受了这种吸引,从此全心全意地投入到这种"爱的生活"中。在那时,对她来讲,生活就意味着爱海德格尔,如果失去了对海德格尔的爱,她就失去了生活的权利。为了这完全不可能有结果的爱,阿伦特心甘情愿地遵从海德格尔的一切安排。通常人们认为是海德格尔深深地影响了阿伦特,而没有注意到,在这个故事中,阿伦特的激情和智慧对海德格尔也有过特别的影响。阿伦特原本就是一位天资聪慧、才华非凡的女思想家,海德格尔承认"没有第二个人能像阿伦特那样理解他",应该说,她比海德格尔更理解海德格尔。她在许多方面对海德格尔的哲学进行了可贵的补充和充实。1924 至 1928 年阿伦特和海德格尔交往,这几年是海德格尔一生中最富创造激情、思维最为活跃的阶段,他完成了最重要的两部著作:《存在与时间》和《康德与形而上学》。当然,我们还不应该忘记,多年后,还是阿伦特在美国为海德格尔思想的传播、为海德格尔著作英译本的翻译和出版工作四处奔波,可谓功不可没。

而海德格尔对阿伦特则相反,他最看重的是自己的地位和前途,不是为情感不顾一切的人,他与阿伦特的关系始终都是不平等的。另外,他与通常的男士一样把生活和思想、事业清楚地分开。因此,事实上他与阿伦特对爱情、生活的理解相去甚远。阿伦特曾经先后发表过《爱与圣奥古斯丁》(师从雅斯贝尔斯期间的博士论文)、《极权主义的起源》《现代人的条件》《文化的危机》《论革命》等极重要的著作,但海德格尔对阿伦特的哲学成就和思想光辉并不留意,他根本不读她的书,至多随意翻翻。所以,海德格尔和阿伦特最后分手也是不可避免的,虽然其中还有其他一些复杂的原因。

阿伦特与海德格尔的这段恋情,只是"她"的叙事中的一个光亮的片断。对这样一位杰出的女思想家,我们应该知道她更多的故事。这本《充满激情的思索——汉娜·阿伦特》的传记的特点就是沿着阿伦特的"生活线索"讲故事。她在离开海德格尔之后所经历的种种生活磨难、悲欢离合，包括战争、逃亡、为正义呐喊，与布鲁希尔的颇为曲折又情深义重的爱情与婚姻，特别是与存在主义大师雅斯贝尔斯及其夫人近半个世纪的深厚友情等，读来感人至深。应该说，这些故事虽然表面上没有她和海德格尔的故事那样刻骨铭心，却可能更是阿伦特自己的故事，这些故事在关心她的人心中可能会更加长久，因为这些是真正的"她"的故事。"她"是叙事的真正主人公，"她"的魅力，"她"的杰出，"她"的爱都是源于"她"自身，而不是"他"。

有人会说，这些故事没有具体分析主人公的学术思想。不过，正像克莉思特娃所说，阿伦特这样杰出的天才女性，她们的作为行动的生活和思想是合二为一、不可分割的。如果这样的传记能够让读者在读过故事后想继续了解"她"、想继续读"她"的著作的话，那讲故事的人一定会感到欣慰和愉快的。

2000 年 1 月

遥远的目光

1983 年，列维-斯特劳斯的名为《遥远的目光》的文集出版。书名是从日本人世阿弥那里借用来的。列维-斯特劳斯所提出，世阿弥所提出"真正的演员必须善于用观众看你的方式——以一种遥远的目光——来看自己"的看法，贴切地反映了人种学家观察社会的态度：像无论在时间还是在空间上，都远离这个社会的其他观察家观察这个社会那样观察自己的社会。这种态度概括了列维-斯特劳斯科学研究的总视角，也可以说是这部对话体传记的一个重要特点。在友好轻松的气氛中，我们时代最伟大的思想家之一与著名记者谈今论昔，他们立足今天并远远地回视列维-斯特劳斯从世纪初开始的风雨历程，遥望已逝去的那些日月，重温那一幕幕人生戏剧；与此同时，两位对话者似乎又常常站在那遥远的过去，远远地审视着我们现今的时代和社会。正是通过这远与近、昔与今的纵横交错，我们面前的这位20世纪文化巨人的形象渐渐清晰起来。

列维-斯特劳斯是法国当代著名哲学家、人种学家、人类学家、法兰西学院名誉教授、法兰西科学院院士。从他半个多世纪曲折的学术生涯和思想旅程中，我们看到了一位伟大的学者，一位时代的见证人，从未停止过知识探索和追求的激情洋溢的思想家。正如评论家卡特林·克莱芒所说："这位国际公认的伟大人类学家，学识渊博、精深……他是真正的文化理论的奠基者之一，却对自然中原始、整体的东西情有独钟。"他与萨特等存在主义哲学家是同代人，但他却属于"怀疑的一代"，他曾清醒而冷静地批判了法国战后的"哲学迷醉"的狂潮，而主张以理性科学的态度对待历史、社会，从对立结构与语言符号的深层意义出发分析人以及人与人之间的关系。

我们从列维-斯特劳斯对自己思想、作品及学术活动的回顾中，可以看到他从最初的研究开始，就显示出上述这种对自然与文化之间联系的关注。从《亲属关系的基本结构》(1949)、《忧郁的热带》(1955)到《神话学》三卷(1964、1967、1968)，从《结构人类学》(1958、1973)到《野性的思维》(1962)和《赤裸的人》(1971)，列维-斯特劳斯在进行大量历史考察、实地研究的基础上，分析了人类许多现象的历史与文化史的关系。例如,禁止乱伦作为自然界的普遍事实,也作为一切文化的东西被认可;联姻、异族通婚就是肯定自然到文化过渡过程的动因;而语言学就是研究信息的交流,经济学研究财产的交换,部落则互相交换女人。这样,任何社会生活都可同化于符号交换的过程,列维-斯特劳斯的人类学也就意味着向符号学的一种回归。正如他自己明确指出的那样:"任何文化事实上都可被看作符号系统的总体,语言、夫妻制度、经济关系、艺术、科学、宗教则位于这些系统的前列。所有这些系统意在表述肉体生活和社会现实的某些方面与这两种类型的现实之间保持的诸种关系……"列维-斯特劳斯使用结构主义的方法,实际上是在把人整合于自然的过程中,把长期以来独霸哲学舞台的知识宠儿——主体的概念抽象化,进行了解构,把理智的东西与感知的东西调和了起来。所以,可以把列维-斯特劳斯的结构人类学看作扩大了的理性主义,即他所谓的"一种超理性主义"。

读者面前的这部传记清楚而又生动地描绘了这种理性主义的发展演变过程,与此同时,列维-斯特劳斯还明确地阐述了他的思想与20世纪60年代后风靡法国的结构主义先锋人物的思想的不同:与一些结构主义代表人物相比,列维-斯特劳斯更是一位学者,他天生不会趋炎附势,大多数时间是"在自己的贝壳中"著书立说。他自认与那些结构主义风云人物毫无共同之处，而更接近另外的知识流派：本维尼斯特、杜梅泽尔、让-皮埃尔·韦尔南等学者。正因如此，他在谈话中经常流露的是一种宽容、大度的学问家风范，即使在谈到曾对他有过不同意见的同代人时，他亦是谈学术观点，而绝无人身攻击或诋毁之言。这在法国当代学界的长期纷争动乱中是值得称道的，他也是少数几个"温良平和"的学者之一。

这部传记的最后一部分谈到了列维-斯特劳斯有关文学、绘画和音乐的一些观点。读者从中可以领会到这位人类学大师极高的艺术品位。我们也由此可以理解为什么列维-斯特劳斯的许多学术著作会那么引人入胜、趣味无穷，字里行间散发着浓郁的艺术气息，读之如文学佳品，又富于音乐节奏感；观之如精美画作，形象栩栩如生……

《今昔纵横谈》是近年在法国较有影响，为许多结构人类学者、列维-斯特劳斯研究者引用的重要参考书。今天，有幸把它作为第一部有关列维-斯特劳斯的著作中译本奉献给读者，我们感到由衷欣慰。希望它有助于读者了解这位 20 世纪法国伟大思想家，有助于理解、认识他丰富、深邃的思想及其发展、演变过程，继而对 20 世纪法国及西方思想有更加深入、准确的把握。凭借遥远的目光，我们会看得更清楚、更明白……

1997 年 1 月 15 日

信仰是沉重的

信仰是精神的绝对创造，就是精神本身，就
是绝对，上帝在我们之中创造了他。

——拉缪（Lagneau，1851—1894）

有人把薇依的《重负与神恩》与帕斯卡尔的《思想录》
相提并论，并称薇依为"当代的帕斯卡尔"。这位法国20
世纪杰出的宗教思想家，沿循的是帕斯卡尔的神秘主义信
仰之路：信仰不是拿来炫耀之物，而是艰难的重负。《重负
与神恩》不是系统的专门论著，是薇依的朋友、著名宗教学
家梯蓬（G. Thibon，1903—2001）在薇依身后从她的大量手
稿、言谈记录中整理成书的。这些闪烁着精神之光的篇章
渗透着薇依的深邃思考，显示了薇依的伟大心灵和崇高的

信仰,在 20 世纪基督神秘主义思想史中是一部不容忽视的著作。

一

薇依 1909 年生于法国巴黎一个文化教养很高的富裕中产阶级家庭。我们可将她的思想、著述经历分为四个阶段。

1. 1926 年到 1931 年,薇依进入巴黎高等师范学校从事哲学学习、研究。这个阶段深深刻印着她在亨利四世中学高师预备班的老师、著名哲学家阿兰(Alain, 1868—1951)的影响。薇依在 1928 年进入巴黎高师后,继续为阿兰写一些文章,比较重要的发表在《自由言论》(*Libres Propos*)上。受阿兰的启迪,她对古希腊思想、笛卡尔哲学、康德哲学等都有深入广泛的研究。她早期的一篇名为《美与善》的文章表现了她的一些独特观点:她认为善是为摆脱物质进行的精神运动,这种摆脱则成为感知美的条件。在高师学习期间,马克思主义与工团主义对薇依的影响也很大,她对社会问题、对劳苦工农及受压迫的底层人民的苦难有着天生的深切感受。

2. 1931 年到 1934 年,薇依先后在外省的几所中学任哲学教师。她积极参加各种政治活动,对社会问题进行思考。她在希特勒上台后发表长篇调查,深入分析德国形势。1934年,薇依完成题为《关于自由与压迫之原因的思考》的论文。论文第一部分是对马克思主义的思考。薇依认为,技术与劳动组织的进步既不能使生产不断增长,也不能削减人的力量。论文的第二部分分析了压迫。薇依指出,在反压迫的斗争中,被压迫者的反抗若没有同时被粉碎,就只能导致压迫集团的更换和压迫形式的变化。论文的第三、第四部分,致力于对自由的条件、对日常生活和劳动中人的思想获得解放的方法的研究。薇依的思考是冷静的,也是非常尖锐的。

3. 1934年到1940年,薇依开始从自己的经历与感受出发思考时代的问题:贫困、不平等、弱者所受的屈辱、专制权力与官僚制度对精神的摧残。为对世上的苦难有切实的体验,1935年,她到阿尔斯通、雷诺等工厂像真正的工人那样从事重体力劳动。这段经历使薇依体会到自己就是受苦大众中的一个,而基督教就是受苦人的宗教。她也由此认识到,宗教对受苦者更为真实和适合,因为革命有着许多不足和弱点,革命是领袖、导师们的宗教,它只把人的苦难作为理论来谈论。基督教则是不幸者、受苦人的宗教,正是出于对卑贱者的爱,薇依趋向基督教。她感到必须超越政治才能真正求得自救。1937年春,薇依在阿西西(Assise)第一次跪在十字架下,感受到了上帝的恩惠。1938年在索莱斯姆修道院,她听到基督经受尘世的痛苦直至喊出:"上帝,你为何遗弃了我?"从此,宗教在薇依的思想中占据了最重要的地位,她意识到不论是做礼拜用的还是《圣经》中的记载,宗教的文字都是为着认识与表达人世间的不幸,也是唯一能称得上美的文字。

4. 1940年到1943年,这是薇依著述最多也最为重要的几年。薇依对以往的劳动、战斗、政治参与、社会活动的经历进行理论总结。在马赛、纽约,最后在伦敦,她写了一本又一本的笔记,内容涉及哲学、宗教、历史、政治……直至1943年因饥饿、重病死于伦敦郊区的修道院。

薇依在世时只发表过文章,其中大部分刊登在《南方手册》《社会评论》《自由言论》《无产阶级革命》等杂志上。薇依死后,她大量未发表过的手稿被收集整理成书:《重负与神恩》(1947)、《期待上帝》(1950)、《札记》(三卷本,1950—1956)、《工人的条件》(1951)、《超自然认识》(1949)、《希腊渊源》(1953)、《伦敦论文集》(1957)、《历史和政治论文集》(1960)、《关于爱上帝的杂谈》(1962)、《论科学》(1966)、《诗集》(1968)等。薇依的《作品全集》已由伽利玛出版社于1997年勘校出版,全集分7集:1. 早期哲学著述;2. 历史与政治著述;3. 诗集;4. 马赛时期的著作,其中收入了薇依有关哲学、宗教、科学及其与希腊文明、印度文化等的联系的论述;5. 在纽约和伦敦的著述;6. 札记;7. 书信。这部历经十几年艰苦工作而编辑成功的全集结束了薇依法文版著作较为零乱、缺乏系统性的状况,为了解、研究薇依的思想提供了全面而可靠的根据。

薇依的基督信仰思想是从她深刻的人生与社会体验中得出的,特别是战争惨剧对欧洲文明的摧残使她感到欧洲从 1914 年以来就受到内病的侵蚀[1]。欧洲病的发生原因就是取消了宗教问题——人应该永远直面的善恶之选择的问题。多少年来,人们运用两种方法来解决这个矛盾:一是"非宗教"的方法,即否认善恶对立,以"一切都平等"的原则把人与作为"定向努力"的人的"本质"脱离开来,使人陷于烦乱。另一种方法是偶像崇拜,实际上是在对伪装成神明的社会现实的绝对崇拜的意义上讲的宗教方法。这种方法意在划定善与恶这两个对立面"无权进入"的围墙,使人产生这样的幻觉:可以在监护人的围墙之外免除任何伦理责任。这两种方法都使欧洲走向失效,前者使欧洲分崩离析,后者造成专制的恶果。

薇依探寻的是第三种方法:神秘主义。薇依的神秘主义"超出善与恶对立的范围之外,而这是通过灵魂和绝对的善的统一实现的"[2]。薇依的神秘主义信仰的神秘合一

---

1 薇依:《这场战争是一场宗教战争》,载《伦敦论文集》(Paris,NRF,Gallimard,1957)。

2 薇依:《这场战争是一场宗教战争》。

的对象是耶稣基督的上帝。这是真实的爱的结合,灵魂在这之后"总是变成他者"。灵魂为了这种变化应该赞同上帝。薇侬的神秘主义在基督信仰的神秘主义思想史上占有独特的地位。薇侬始终坚持理智精神指引下的基督信仰,她把基督信仰与宗教信仰区别开来,也就是说基督精神不等同于基督宗教。虽然她一直拒绝受洗和参与圣事,置身于教会、基督团体之外,但她的实践和思考却证明她是一位真正意义上的基督徒。

薇侬的唯基督论与泛基督论汇合于她的基督信仰之中。她认信上帝,认为唯有基督的上帝是真实的上帝。这种信仰的确立是经过较长时间的激烈甚至痛苦的思考的。最初,薇侬对上帝还只是感情上的认同,在理智上仍有抵触:"我仍有一半在拒绝,这不是我的爱,而是我的理智……一个人绝不会纯粹为了理智去虔心祈祷上帝。"[1]理智的深厚根底和科学知识的较高素养使薇侬怀疑超自然的存在。但是,她通过理智上的努力,找到了理智与上帝接触的点,这就是理智的注意力(attention),感情与上帝的接触方式是祈祷,而理智与上帝接触的方式是注意力。这种注意力并不是要证明上帝、推论上帝是否存在,而是把自身的注意力引向上帝,使心智趋向和接受上帝成为可能,而不能

---

[1]　薇侬:《期待上帝》(Paris, La Colombe, 1950)。

相遇的上帝永远在期待之中。薇依对上帝的这种感悟，令人想到法国伟大的犹太宗教哲学家列维纳斯（E. Levinas）的"来到观念之中的上帝"（De Dieu qui vient à l'idee）[1]。希伯来《圣经》证明的上帝意味着上帝的超越，把存在与神秘联系在一起的超越。上帝的在场与不在场、可见与不可见都无关紧要，重要的是超越者通过入神状态超越本质以期待"未被存在染指的上帝"。其实，柏拉图是最早为这种期待精神咏唱颂歌的人，他区分了两种真理：通过判断得出的真理、抽象的真理，即存在的表象；还有人通过静思、体验得出的真理。而静思是注意力活动的最终形式，具有神性本质，犹如马勒伯朗士的祈祷形式，神恩对之予以回答。也就是说，被认识的对象和认识的主体，即爱与知之间的对立被超越了。身在不完美的尘世中的人只有在对完美存在的期待之中获得信仰的真谛。

二

德日进（Teilhard de Chardin）神父在 37 岁时曾写过这样的话："我很早——10 岁以前——就注意到自身明显存在着一种对绝对的爱。当然，那时我还不清楚这是什么。

1　列维纳斯：《来到思想之中的上帝》（La Haye, Nijhoff, 1974）。

今天，我可以毫不犹豫地承认这是对绝对的爱。总之，从我的童年开始，想拥有某种绝对的需求就成为我内心生活的轴心。在这个年龄应有的种种快乐中，我只对一种根本的快乐感到幸福，这快乐就在于拥有（或思考）某种更珍贵、更稀少、更坚固、更持久的东西。"这段话真像是出自薇依之口。正如著名哲学家伊波利特（J. Hippolite）所说："如何能忘记她谈到斯宾诺莎的那些时刻？在对斯宾诺莎的探索中，有一种对上帝的陶醉，对基本的绝对的激情。"薇依确实天生怀有对绝对精神、神圣精神的执着之爱。以追求真理为目的的理智必须由爱指引。如若上帝即我们期待之中的真理，唯有心灵才可触通，帕斯卡尔言之有理：真理根本不存在于无爱的人身上。她从乌托邦式的理想革命转向了爱的宗教："爱上帝是各种信念的唯一源泉。"[1]在深深体验了尘世的痛苦、经历了理智在心灵之中的撕裂之后，薇依从爱的生活走向爱的沉思，爱成了她沉思的中心。而薇依的爱的沉思与不幸的沉思是紧密相关的。

薇依认为，不幸是绝对的。人的存在的不幸是无法消除的。薇依尖锐地指出，任何社会形态——哪怕是最接近完美的社会形态，都不能消除人的不幸，不幸不同于不义，

1　薇依：《柏拉图作品中的上帝》，载《希腊渊源》(Paris，NRF，Gallimard，1953)。

所以革命不能代替人的救赎,而只能掩盖不幸,忽略、看轻人的不幸,这也就是柏拉图所谓的猛兽式的社会性的残忍。而在薇依看来,基督教是受苦人的宗教。极度重视人的不幸,上帝本身就成为了不幸,当人通过不幸爱上帝时,就是真正地爱上帝。不幸之于爱犹如神秘之于理智。"基督教的伟大源于它并不寻求某种超自然的药剂来治疗痛苦,而是超自然地利用痛苦。"[1] 薇依对基督教精神的体认极其深刻,她从基督受难、从基督所置身的悲惨不幸境地中看到了"赐福"的不幸。上帝在不幸与痛苦之中创造了爱,上帝与不幸的相遇就是与基督的相遇,上帝在人的不幸处境中遇到了活生生的、真实存在的基督。这也是薇依信仰的最可靠的理由。

薇依由此把握了基督教最深的奥秘(虽然会有相当多的人难以接受):爱与受难、不幸与爱是同一的,所以这爱是一种圣爱,但唯有为上帝之爱奉献出来的受难之心才有可能承纳这种爱。"爱是一种神圣的东西。若深入内心,就会将它撕裂。人心被创造出来就是供撕裂的。当它被其他东西撕裂时,就是最可悲的浪费。但它宁可被其他东西而不是被神圣的爱撕裂。因为神圣的爱只撕裂自愿被撕裂

---

1 薇依:《重负与神恩》(Paris,Plon,1947)。

的心。这种自愿是困难的。"[1]这就是说，并非人人都能承受神圣之爱的重负，因为在不幸中创造的上帝之爱是一种炽情之爱，它完全践行于矛盾、厄运、撕裂和把自己全部付出的苦行过程中。不幸就像一颗钉向灵魂深处的钉子。爱是灵魂追求的方向，当灵魂被钉子穿透，钉在宇宙中心时，它仍朝向上帝。这颗由神圣的爱创造的钉子穿过把灵魂与上帝隔开的屏障，使灵魂超越时空，来到上帝面前，到达创世和造物主相会之点，这个交点就是十字架的交叉点。[2]还应指出的是，薇依对上帝之爱的理解是与生活实践紧密相连的。在薇依那里，基督精神的世俗性和神圣性神秘合一，上帝无处不在，是无限小的黑芥子、田野里的珍珠、面团里的面起子、食物中的盐……神圣进入我们的世俗世界。上帝通过不幸在道成肉身中把神圣置入世界，人不应该在世界之外寻求神圣。上帝之爱永远与人间的不幸、与不幸的人相依共存。

没有人能否认这是一种至高的爱，这种爱的追求证明薇依具有真正的基督教信仰，信仰从本质上讲不是安慰，而是一种重负：上帝的不在场造成不幸，应该爱这不在场的上帝。因为薇依认为上帝已化为不幸的爱和爱的不幸。正如

1　薇依：《超自然的认识》（Paris，NRF，Gallimard，1949）。
2　薇依：《期待上帝》。

刘小枫博士指出,这种"无神论"表明信仰者是在一种极度疲惫的状态中走向超自然的神恩,它体现的是一种最纯正的圣爱有神论,人与人之间的爱的有神论——真实的上帝已倾空自己而成为这种爱。[1] 谁能否认这种精神信仰——无神地信仰上帝——具有更虔诚更深刻的内涵呢?这种信仰意味着使信仰非形而上学化,并在世俗的存在中活出上帝的映像。信仰最终成为一种生活实践。因此,"人的注意力、信念和爱几乎全都集中在上帝非人的方面,这样的人可能自称为无神论者,而实际上他们却是真正的信徒。还有比太阳更动人更准确地代表上帝的东西吗?酷爱太阳的人便不是偶像崇拜者"[2]。薇依就是这样一个一心去拥抱信仰,肩担重负去实践信仰的基督徒。

三

薇依的信仰神秘思想体现了基督信仰神秘主义的共性,但也具有独特的个性,散发着浓厚的现代气息,对当代人颇有启迪。

首先,薇依区分了基督精神和基督宗教、信仰和信教,

1　刘小枫:《信仰的重负与上帝之爱》。
2　薇依:《超自然的认识》。

相信人在有形教会之外凭借神秘信仰接受神示而获救。这种"无神论"很值得今人沉思：问题不在于证明以往是否有过关于上帝的经验，也不在于考证上帝的存在与不存在，这些都是外在的形式问题；问题仅仅在于如何在不幸与爱的融合中与基督的上帝神秘合一，每个认同基督之爱和真理的个体，都应在自己的生活实践中承担本书所充分论述的爱的重负，在受难的心灵中接受无限的神恩。在具有崇尚形式、轻视信仰而又善待伪神偶像传统的无神地域，薇依用自己的生与死、血与肉铸成的信仰应是一声振聋发聩的呼唤。

其次，薇依以基督论为支点，提倡"诸说混合"，极高的文化修养和丰富的自然、社会科学知识，使她坚持她所理解的大公信仰的意义。她认为包含真理的思想存在于不同的宗教经典、文学与科学著作中，真理遵循不同的途径显示在人们的精神中。比如希腊几何学和诗歌、中国的道教、埃及的俄赛里斯教、印度佛经等，都融合了天主教所包含的真理。在印度、希腊、中国，历来就有实践沉思的传统，这与基督教神秘主义者的沉思相似，是超自然的。而柏拉图与受难的圣约翰之间有一种特别重要的关系，印度的《奥义书》和受难的圣约翰之间也存在着同样的关系。中国的道家也很接近于基督教的神秘主义。这些思考从历史与信仰的神学意义的深层次上启示偏重秘修或灵修、忽视信仰真理本质的文化传统,对坚持排除"异端"和狭隘信仰的倾向也是一种善意的批评。

只有在像帕斯卡尔和薇依这样罕见的神秘主义者的论著中,人们才能感受到一种不是通过呼喊与冲动,而是通过源于自然、与另一种实在相关的祈祷。应该说,薇依在这动荡不安的躁动人群中达到了另一种实在,并且超越了摧毁人类至高价值的各种虚无主义。马多勒(J. Madaule)说:"能够改变一种生活的书是很少的,而薇依的书就属于这类书。读了她的书之后,读者很难还保持读前的状况……"相信任何人——无论是赞同还是反对她的思想的人——都不会对这本《重负与神恩》无动于衷。

1999 年

他不应该被遗忘

> 在历史之下,是记忆和遗忘。在记忆和遗忘之下是生活,但书写生活是另外的历史。没有终结。
>
> ——保罗·利科

在法国 20 世纪的哲学、思想发展历史中,一些非法裔的思想家产生过十分重要的影响。比如二三十年代对德国哲学介绍到法国起过决定性作用的科热夫(Kojève)、让·华尔(Jean Whal),最早把德国现象学和存在哲学介绍到法国的列维纳斯等哲学家,还有扬凯列维奇(Jankélévitch)、西约朗(Cioran)……当然,还应该说到五六十年代以来颇受瞩目的托多洛夫、克莉思特娃等这些多来自俄国或中、东欧的法国思想家实际上已经与20世纪的法国哲学、思想的历史融为一体,他们的名字为法兰西文化增添了一道道亮丽的光彩。

但是,有一个名字多年来很少被人提起。这位学者曾对当今许多重要哲学家产生过不可忽视的启迪和影响,他的学术成就和曲折的人生经历令人感叹、深思。他就是二次世界大战后在法国知识界享有盛名的越南裔学者陈德草(Tran Duc Thao,1917—1993)。

陈德草早年从河内的法语学校毕业,之后赴法国巴黎,他天资聪慧,勤奋好学,成绩优秀,先后就读于路易大帝中学和亨利四世中学。1939年,他考入巴黎高等师范学校攻读哲学。他是有史以来这个思想家摇篮接受的第一位亚裔学生(第二个亚裔学生进入高师要等到三十多年之后,是一位极出色的华裔女性,以当年第一名的成绩入校。她就是当代法国著名汉学家程艾蓝)。1943年,陈德草以第一名的成绩通过法国大中教师学衔考试。陈德草和当时大多数法国知识分子一样,热衷于左派革命运动。他在学校期间加入了共产党,并且坚持民族主义的立场,明确地支持越南在战争中的态度,为此他还进过监狱。

陈德草是法国现象学运动中的重要人物。早在20世纪40年代初,他就对胡塞尔的现象学产生了浓厚的兴趣。他曾与法国现象学运动的另一重要代表人物梅洛-庞蒂一起在 1944 年亲赴比利时卢汶大学胡塞尔档案馆，因为那里保存着从纳粹重压下抢救下来的大量胡塞尔未发表过的珍贵手稿：这是比利时青年学者万·布雷达（Van Breda）神甫在胡塞尔逝世（1938 年）后不久冒着危险去弗莱堡，从胡塞尔夫人家中得到的。胡塞尔夫人害怕这些珍贵手稿会遭厄运被烧毁（因为，那时胡塞尔大部分的重要论述都尚未公开发表），而且她自己也要离开德国去美国避难。布雷达向胡塞尔夫人建议由他负责把这些手稿带出纳粹德国。胡塞尔夫人于是信任地把约四万张手稿托付给了布雷达。在比利时驻德使馆的帮助下，这批手稿被装进外交文件箱，由有宗教身份掩护的布雷达悉心护送，从弗莱堡辗转到达柏林，然后又从柏林最终被安全地转移到卢汶。这个功劳在现象学历史上真是有口皆碑。而胡塞尔的两个学生欧仁·芬克和路丁·兰格瑞伯马上就开始了整理、誊抄工作，卢汶也从此就成为了世界各地的现象学者查找资料、学习研究的一个重要中心。陈德草这次卢汶之行还带了部分胡塞尔的手稿誊抄件回巴黎，为法国现象学研究提供了宝贵的资料和根据。

应该说，德国哲学，特别是德国现象学进入法国是具有历史意义的事件。从某种意义上讲，德国哲学改变了法国哲学的面貌。从列维纳斯开始，梅洛-庞蒂、萨特、利科等一代学者都是从现象学起步的，他们对德国哲学的阐释和论说奠定了法国现象学研究的深厚基础。直到今天,谈到法国现象学运动,人们会很容易地说出《整体与无限》《知觉现象学》《存在与虚无》等书名和它们的作者的名字,但一部同样重要而且可能与法国现象学运动发展关系更加紧密的著作现在却鲜为人知。那就是陈德草在 1951 年发表的《现象学和辩证唯物论》。1998 年夏,笔者在巴黎见到法国著名哲学家德里达,曾提起过陈德草的名字和他的这本书。德里达先生首先对现在有人(还是亚洲人)提到陈德草感到意外。然后,他毫不掩饰地表示,他和他的许多从现象学开始哲学生涯的同代人都受到过陈德草的《现象学和辩证唯物论》这部著作的影响。在德里达的第一部著作《胡塞尔哲学的起源问题》(*Le Problème de la genèse dans la philosophie de Husserl*,1962。这是他的博士论文,这部早期著作实际是研究德里达思想的一个入口,也是了解德里达哲学发展不可不读的重要论述)中,德里达曾多次由陈德草的这本书引发评论并提到他的其他一些文章。在 1999 年出版的德里达最新的一本访谈录《关于言语》(*Sur Parole*,法国文化台曙光丛书)中,德里达也谈到,他最早的现象学研究就特别注重科学对象和数学问题,他从现象学中感到了提出科学和认识论问题的必要性,而《现象学和辩证唯物论》在这个研究方向上使他受益匪浅。

《现象学和辩证唯物论》是陈德草从 20 世纪 40 年代开

始从事德国现象学和马克思主义的深入研究的结果。在这部书中,陈德草指出现象学是唯心论的最后形象,不过是怀念实在论的唯心论,他依靠马克思主义的分析极力要为现象学奠定一块唯物论的基石。特别是这部书的第一部分被公认为是当时对胡塞尔现象学的原则及其发展的最深入的理论分析之一。这部分的写作始于1942年,用陈德草的话说是"立足于纯历史的观点,而且立足于胡塞尔思想本身的视角"。这部书的第二部分则完全立足于辩证唯物论,依靠动物心理学和经济历史的材料,提出一种有关意识根源和理性生成的理论,这种理论要求辩证唯物论,要在革命斗争中从哲学观点确立政治和人类的介入。德里达后来认为这是"经验批判主义和心理主义的出色统一"。这些思考涉及当时法国知识界内部的许多重要的争论。

《现象学和辩证唯物论》出版后,引起了很大的反响。那正是法国存在主义的时代,是革命的、热情的时代。陈德草强调行动的优先地位和劳动的最高价值,希望在马克思主义基础上"实现"现象学,这符合当时知识界的主要倾向,故而一些评论称《现象学和辩证唯物论》为"令人震惊"的作品,它观点的大胆和陈述的清晰都足以使之列入"经典"。许多学者纷纷对之做出各自的反应:梅洛-庞蒂、罗兰·巴特等都写了文章,利科也在《论现象学》中发表了评论,这些评论都对陈德草的著作予以高度评价。不过,利科在肯定这本书的第一部分后,批评了陈德草把"实践劳动"视为一切的极端观点,是"要让实在劳动的结构成为全部语言意向性的根源,并由此产生逻辑理性的全部建构"。利科的评论甚至引起了《精神》杂志内部的一场争论。

随着《现象学和辩证唯物论》的影响渐起,陈德草在法国学界被看好,他完全有可能像二三十年代那些流亡到法国的知识分子那样在法国从事哲学研究。但是,这位越南爱国青年知识分子却选择了另一种道路,这种选择也决定了他的另一种命运。1954年,他的祖国获得独立,他义无反顾地回到河内。他在1956年开始担任河内大学历史系的主任。但是,他的教学生涯只延续了两年:他很快就被赶出课堂,因为,他被指控为"托洛茨基分子",是一个特殊小集团的"头子"。为生计所迫,他不得不做些翻译。陈德草后来直至1992年的情况,我们现在没有办法知道,但从我们的那一段历史可以想见这位在异乡做出过那么多文化贡献的爱国知识分子、优秀哲学家可能受到的对待和可能承担的苦难。从此,他的名字就消失了,绝少有人会谈起他……

但是,陈德草的故事却悲剧性地结束在他曾经辉煌过的巴黎。三十八年瞬息而过,其间风雨沧桑不堪回首。1992年,陈德草回到法国。曾经与他相熟的法国著名科学哲学家、萨特的亲密战友德桑第(Jean-Toussaint Desanti,1914—2002)把他介绍给了哲学家马尔谢斯(T.

Marchaisse），因为马尔谢斯为著名的色伊出版社主持了一套哲学丛书。在与马尔谢斯的谈话中，他解释了他来欧洲的原因：他说他在 20 世纪 80 年代支持苏联戈尔巴乔夫的改革，而苏联第一号人物的离去引起了越共中央领导的变化。他所代表的路线立刻就受到批判，于是，"那些人"就要他去法国接受审判。于是他得到一张去巴黎的单程机票，要在巴黎接受由法共党员组成的审判庭的审判。"一切按程序进行，我可以讲话，我长时间地为事业辩护。不过，我在审判前就已经失败……我像一个叛徒被判罪并被驱逐……"他说，他在判决后接到越共的一封信，被告之他的所有财产已被没收，他知道他失去了一切。他踯躅街头，衣食无着，无依无靠，困顿于巴黎。看来，他是要在巴黎度过最后余下的时日……马尔谢斯记录下了陈德草上面的讲述，但这份资料并没有公开发表。这究竟是一个专制恐怖制度造成的妄想，还是真的有过从莫斯科到巴黎的对一个越南人的审判，没有人能够真正知道。马尔谢斯说，这更是因为"陈德草的时钟停在了 50 年代初"。在谈话中，陈德草流露出想见见他信任的为数极少的几个哲学家中的一个——利科。马尔谢斯马上写信给利科，并安排了陈德草与利科的会面。不久，马尔谢斯接到了利科有关的信件，信中，利科不无痛心地这样说："我几个星期前见到了他，这次会见让我震惊。我不知道在无论如何已被恐惧和谎言腐蚀的关系中什么是虚构,什么是真的……我感到这是一个受到过死亡威胁的人……我不知道,我们能给予他什么真正的帮助。"笔者1999年在巴黎与利科先生会面时也谈起了陈德草,谈起了这次会面,利科先生也对有人还记得陈德草感到意外。在回忆他与陈德草的会见时,我看到这位饱经沧桑的老人的脸上露出了痛苦和无奈的神色。他说:"我真想不到他会变成那个样子,我不知道他说的什么是真,什么是假,太可怕了!"

在利科与陈德草会见后不久,即在1993年的春天,那个像影子一样来到巴黎的陈德草像影子一样离开了巴黎,这次他是永远地离开了。陈德草在四十年之后回到巴黎,结束了他的一生。

利科先生今年9月出版了可能是他的封笔之作《记忆、历史和遗忘》,在这本书中,利科先生说:"在历史之下的是记忆和遗忘,在记忆和遗忘之下的是生活"。面对陈德草的个人生活的历史,我真不知道这部叙事该如何书写。我只知道,那个在巴黎曾为亚裔学生增光的陈德草,那个在法国现象学运动中立过功绩的陈德草,那个曾让德里达等著名学者如此敬佩的陈德草真正地消失了,连同他那充满秘密、永远无法知晓的人生的后四十年……而唯一留下且不可能被遗忘的是他的作品,是他那本《现象学和辩证唯物论》……

难忘的稻草人

　　去年，我偶然在一期《家庭》杂志上看到叶大奎先生的一篇回忆他祖父的文章，不禁又想起那本难忘的《稻草人》，那本我四十多年前开始读而且伴随我的童年的《稻草人》……

　　我第一次看到它是在小学二年级。当我在父亲的藏书中发现这本显得很旧的书时，立刻就被它的封面吸引住了：我清楚地记得封面是黄色的，上面画着一个可爱的稻草人。现在回想起来，封面很可能是丰子恺先生画的，书也许是开明书店出版的。我猜想这书大概是父亲早年在上海当学生时留下的。书中收入了十几个童话，每一篇都深深地打动了我。特别是那篇关于邮差的童话，我不知为之流了多少次泪。那个善良淳朴的邮差，为了帮助一个又一个需要关怀的弱者寻找失散的亲人屡遭磨难和欺侮,最后成为残废,流落他乡而不后悔。书中插图里的那个架拐的邮差形象深深地刻在我的脑海之中,至今仍然清晰,难以抹去。也就是从这本书开始,我知道了叶圣陶这个亲切的名字。

事有凑巧,1955年,我随父亲从广州到北京,进入北京东城府学胡同小学三年级学习。我和叶大奎同学分在同一个学习小组,课后几个家住得近的同学到叶大奎家做作业。我于是知道叶大奎原来就是叶圣陶老人的长孙!我曾不止一次骄傲地对叶大奎说:"我知道你爷爷,我看过《稻草人》!"遗憾的是,多次去叶家,我只远远见过老人一次,但已足使我这个小学生兴奋许久。叶大奎的妈妈很关心孩子,经常过来问长问短。从叶大奎的文章中,我才知道那位端庄秀丽的中年妇女就是著名学者夏丏尊先生的女儿。

后来,我在五年级时转入西城宏庙小学,毕业后又先后在师大女附中、女十二中上学。《稻草人》陪伴我从童年、少年走向青年。那位邮差的善良始终让我感动,触我心灵之深处。后来,我去异国学习,再后来就是回国:国事、家事都发生了难以预料的变化。家人告诉我,抄家时,造反派用多个大麻袋把家中大部分书都抄走了,其中包括父亲多年来珍藏的,甚至在抗战流离中都没有丢掉的史书,还有我从初中起存留的俄国、法国文学中译本。自然,那本《稻草人》也难逃厄运。为此,我真的伤心了许久。"文革"后,曾多次查找都没有结果。20世纪80年代,我也多次在书店里寻觅,希望能找到同一版本的《稻草人》,但都没有找到。《稻草人》没有回来。

四十多年过去了,这么多年来,我读了很多书,后来自己也写书,翻译书。但我心里明白:我对那些为各种目的读的书的感情都无法和我对《稻草人》的感情相比。因为,最令人难忘的书,是那些一下子就触动心灵,甚至会影响人的精神历程的书。读了叶大奎先生的文章,感慨万分。不知道叶先生是否还记得我这个儿时一起做作业的同学,这个从小就喜欢读他爷爷的《稻草人》的同学?

《梦想的权利》译者后记

> 科学引发的不再是由神力推动造成的世
> 界——内在于现实的世界——而是通过内在于
> 精神的理性推动造成的世界。
>
> —— 巴什拉[1]

《梦想的权利》[2]收入 20 世纪法国杰出的科学哲学家、
新认识论奠基人、诗人、艺术理论家、批评家巴什拉
(1884—1962)1942 年至 1962 年写作的有关艺术思想理论

---

[1] 巴什拉:《新科学精神》(*Le nouvel esprit scientifique*, PUF, 1934), 第 13
页。

[2] 巴什拉:《梦想的权利》(*Le droit de rêver*, PUF, 1970)。下文中凡对此
书的引用,均只随文标明页码。

的多篇论文。在翻译工作完成后，译者——更确切地说是读者——很想借中译本出版之机，再说几句话。称之为"读后感"比"译者后记"更恰当。

一

第一组文章关注的是艺术家的创作：那些绘画、雕塑、铜版画……展现的是画家、雕塑家所"看见"的。巴什拉在此提出了一个重要问题：那就是美是"看"出来的，也是世界、世间之物和人的注视互动的结果。"世界要被看见：在'看'的眼睛存在之前，水的眼睛，静水的大眼睛已在观看花朵怒放。正是在这反射——表现的反面的反射中，世界获得对自己的美丽的最初意识。"（第13页）比如，"看"莫奈的《睡莲》，其实是"看"莫奈"看"睡莲。莫奈画睡莲，展现的是他"看到"的睡莲之美，而莫奈画睡莲的目的则是让观画者"看"他画中体现的睡莲之美。莫奈的绘画，展现的是他看出来的自然之美，并让观画者领会到他心中的睡莲之美，他一方面激励世间一切趋向美的事物，另一方面则用其全部生命发展他看到的一切美（第13页）。再比如，把《圣经》展现为"图像之书"的俄裔法国画家夏加尔，他的画面上飞翔的人物和飞鸟，各种闪光的形象，天空中"鸣响"的钟，还有那奇异的色彩，显示了沉迷于"看"的画家的生命力量。他懂得看世界，懂得爱世界，在他眼里，天堂就是一幅美丽的画（第14页）。他的画面就是用颜色表现的语言，正在说话的图像，观画者面对他创作的《圣经》画，用注视抚爱画中人物，去"聆听"他们的故事，无论是画面上的夏娃、亚当，还是乔布、但以理、伯沙撒、乔纳、约珥，他们都在夏加尔的画笔下成为"精神性的存在"（第20页），观画者都会从画面上的人物中得到强大的推动力，经历一种"永恒的历史"。所以巴什拉说："夏加尔的眼中有这么多的形象，在他看来，过去保留着丰满的色彩，保存着渊源的光亮，它所阅读的一切，他全看在眼里。他所思考的一切，他把它描绘出来，把它刻画出来，把它记录在物质材料里，使之光彩夺目，闪耀真实光辉。"（第37页）

巴什拉从现象学角度出发的"看"远不仅是视觉的看，而是成为感知活动、思想活动的"看"。也就是说，"看"的开始就意味着"思"的开始[1]。思的目的在巴什拉看来是要追寻画面上的不可见，即那肉眼看不见的"空白"，说到底，就是那抽象的美之所在。因为"画家本人注视的是他没有看见的东西"（第15页）。画家莫奈、夏加尔、西蒙·塞加尔、布拉克……雕刻家瓦洛基耶、马科西斯、弗洛贡……这

---

[1] 法国现象学对欧洲现象学的一个重大贡献在于，把"不在场"引入绘画话语分析。画面显现为"可见的"和"不可见的"双重现象，如果没有"思"同时在活动，那"不可见"就看不出来。

些艺术家的成功就在于能够提供一个空间,展现一个经过"思"的艺术对象,能够最大限度让观者"看"到眼睛没有或无法看到的东西。这是"看"艺术作品和"看"艺术作品中表现的自然真实的人、物、场景的根本区别,唯有前者方能让观者达到"审美"的层次,即思想的最高层次。也只有在想象和反思艺术作品时,自然世界中的景观、人物才能成为审美维度上的认识对象。巴什拉要告诉我们,艺术家在"看"和"思"——想象和反思——的活动中,用艺术作品呼唤哲学回到简单的童年图像,回到思想的源头,引导观画者去认识在哲学解释之前"已经变得复杂和激荡的世界"(第5页),也就是那在"成为真实之前就是美的世界","在得到证明之前就已经被欣赏的世界"。[1]

二

第二组文章围绕《文学》的主题,巴什拉把对艺术作品的思考扩展到了文学、诗歌。其中巴什拉对物质想象的理论思考值得注意。巴什拉认为,艺术作品的产生和欣赏都需要想象。他依次对火(《火的精神分析》,1938)、水(《水与梦》,1942)、空气(《空气和梦想——论运动的想象》,

---

1　巴什拉:《空气和梦想》(*L' air et les songe*, José Corti, 1943),第216页。

1943)、土(《土地和静息的遐想》,1948)等四种元素进行精神分析,由此论证了建立在理性心理学基础上的诗学现象理论:"感知的现象学本身应该让位于创造性想象的现象学。"[1] 在巴什拉看来,物质想象先于静观,人在静观之前梦想。诗学的批评理论就是要在每个诗人那里揭示物质的四重想象。四种元素是想象力的"荷尔蒙"。我们自身的存在基础也遵循着针对这四种物质的想象法则。文学批评的功能不是为了使文学理性化,而是对激情和理智的表达进行研究,两者缺一不可。这是美学应该特别关注、研究的问题。

其实这个问题在书的前一部分已有涉及。比如,巴什拉分析莫奈的《睡莲》组画时说,莫奈对水之华的想象和沉思之后产生创作灵感和激情,才可能把他心中的美丽展现给我们。再比如他在赏析夏加尔的《圣经》画系列时指出,夏加尔的画是他想象《圣经》文本的结果,《圣经》文本是需要我们阅读的语言,而夏加尔是在用画面表现文字叙事的一切,他把色彩植入物质材料中,颜色变成了陈述,实现了物质材料的转化变动。而对弗洛贡等众多雕塑艺术家的作品的分析,更加突出了物质想象在审美实践中的重要地位。没有物质元素,就无法美妙地思考天地万物,就会使想象的

1　巴什拉:《梦想的诗学》(*La Poètique de la rêverie*, PUF, 1960),第 12 页。

含量残缺不全。物质元素成为艺术创造的原则。艺术家在对火、水、空气和土等元素进行想象时，就开始获得创作的天然萌芽。巴什拉说："没有什么艺术比绘画更直接地具有创造力……画家基于原始想象的宿命，总是更新对宇宙的伟大梦想，这些想象把人与元素材料火、水、空气，与大地万物的神奇物质性维系在一起。"（第38页）想象是纯粹精神性的活动，但却不是凭空的。批评家就是要在艺术作品中寻找观看者在欣赏艺术品时所看见的与他所梦想的之间的距离（第102页）。这可说是艺术家构建一个空间——并非功利贪欲的空间，而是绝非虚幻的梦想城堡，也就是巴什拉多次提到的"壳"[1]——心灵的安静、孤独的梦想城堡。

物质想象在第二部分中得到了更加深入的探讨。巴什拉通过对多个著名作家、诗人作品的分析，特别阐明了文学作品和艺术作品一样，其作者都是在传递自己的感受和体验，作者笔下的形象、故事、环境都是在表达一种生命的体验。他把这些奉献给读者，一如波德莱尔在物质的诗意想象中发生"感应"（通灵），一如巴尔扎克的《赛拉菲达》描

---

[1] 巴什拉对"壳"有许多精彩的分析：生命所做出的最初努力就是造外壳……从现象学的角度去理解：蜗牛是怎样造房的，最软的存在是怎样造成最硬的壳，宇宙同冬去春来的伟大节奏又是怎样回荡在这个封闭的存在之中的；那么，我们将永远梦想不完了。巴什拉引用一位瓦尔蒙神甫的话说：蜗牛的外壳，那栋随着主人长大的房子，是世上的奇迹，贝壳是精神沉思的极佳主题。（参见《巴什拉传》，东方出版中心，2000年，第369页以下。）

述的富有活力的经历。批评家要引导读者明白,这样的作品立足于并关心物质世界,为社会的复杂而痛苦纠结,但读者更应明白,这样的作品最懂得把人的命运和超越行动结合在一起,接受道德与诗之间的结合(第133页);再比如埃德加·艾伦·坡的《戈登·比姆历险记》这部不太起眼的作品,它非常具体地体现了物质想象的巨大震撼力量:水之想象,土地之想象,等等。艾伦·坡的想象把人之恶与天地之恶整合起来(第147页),向读者传递梦想的萌芽。所以,这就要求读者在阅读此类作品时遵循两条线:一是遵循事件这条线,二是遵循梦想这条线,后者更为重要和根本。"人更多地是由自己的梦想而不是自己的经历连接起来的……我们无法否认寻求表面意义下的深层梦想意义的双重阅读的价值"(第137页)。读者在这样的阅读中会发现一个新的天地,这个天地就是人的心灵……(第148页)

同样的分析也用于诗人(兰波、马拉美、艾吕雅……)的作品。诗歌的语言从根本上讲如兰波所说,概括了一切:香气、声音、色彩,通过思想的碰撞发出光芒。诗歌是诗人物质想象的结果,而读者的阅读同样也需要想象,这是因为"诗的梦想给予我们的是诸多世界的世界。诗的梦想是宇宙的梦想。它打开一个美的世界"[1]。读诗和看画一样,都

1　巴什拉:《梦想的诗学》,第12页。

需要随着作者的梦想去追寻和发现画面和诗歌后面没有显现和说出的东西,即诗歌所表现的画面、形象、声音等的美。比如兰波富于声音美感的诗意象征在他的诗作(《彩图集》《醉舟》……)的各种主题中不断出现,体现了最古老的梦想的原型,他的诗"就像一场被控制的梦,向我们解释超越童年的可能性"(第152页)。兰波的诗向读者传递着语言的力量,激发着读者的物质想象,正如巴什拉在《"火的诗学"残篇》中所说:"文学的形象是真正超出说的语言、超出献身服务意义的语言的真正起伏。起伏?毋宁说它巩固了各种超越基础的诗学价值,这些超越只显现为奇念喷射。"[1]再比如读者在保尔·艾吕雅的诗作中,看到了巴什拉所说的萌芽和理性这不朽的两极(第169页),他的诗用这两极教读者去看,去直面世界,去理解世界。巴什拉指出,艾吕雅的诗(比如《凤凰》)展现了通过炽热而清醒的目光看到的世界,让我们在阅读中发现心中的生命萌芽,让我们去接受他的启迪:热爱诸物、热爱生命、热爱人(第172页)。所以,诗歌说到底,是生命激情与理性合作产生的语言形象,"诗歌是一种即时的形而上学……应该同时展现宇宙的视野和灵魂的秘密,展现生命的存在和世界诸物"

---

1 巴什拉:《"火的诗学"残篇》(*Fragments d'une poètique du feu*,PUF,1988),第38页。这部著作是巴什拉的女儿苏珊娜(Suzanne Bachelard)在1988年整理出版的未刊稿。

（第 224 页）。诗人如凤凰，"即使在死亡中依然确信自己的生命，把自己的彼世展现在作品中，把自己的新生托付给读其作品的人类"（第 174 页、第 175 页）。

三

《梦想的权利》篇幅不大，却堪称精品之作，可说是巴什拉认识论研究的总结，或者说是回归家园——艺术精神家园——之作。这些文章之所以集合于"梦想的权利"名下，是因为巴什拉"不论是谈到莫奈，还是夏加尔、巴尔扎克，还是艾吕雅，或是贝壳或绳结，他都总是立足于梦想和反思的联结与交叉"（第 5 页）。这是巴什拉从科学立场出发书写的"想象现象学"。

特别要指出的是，巴什拉的想象现象学从根本上讲，是研究形象（image）的哲学：科学的认识活动应该把想象和认识、知识和现象统一起来，即把认识的命运和想象的命运有机地结合起来，把白天的人和黑夜的人[1]、认识的人和想象的人结合起来。人不可能永远生活在白天和黑夜，不但要

1　法国里昂三大教授之一的让-雅各布·伍能伯格（Jean-Jacques Wunenburger）在 2009 年的北京大学讲座中曾经对此有过精彩说明：巴什拉作品中体现了理性主义和反理性主义的诉求——巴什拉把这两个层面比喻为（转下页）

想象,还要反思,两者相辅相成,缺一不可。艺术家和作家心中的真实,就是要求看者"看到"的真实。只有在"夜"里看见的,才是真正有价值的、真实的东西。其象征意义不但是"叔本华的'夜是我的孤独,夜是我的孤独和意志'",而且"夜也是表象和意志"(第240页)。梦想,就是在黑夜中寻找精神光明。黑夜和白天二元论述的象征意义还在于,它揭示了人类思想中互补的两个方面:想象与反思(理性),结合二者的活动就是认识,其目的只有一个,那就是理解人类的精神生活。巴什拉告诉我们,想象和理性来自同一源头,面对同一深渊。在自然世界中生活,人依靠的就是这两极,即通过梦想同时在"呼吸"和"灵魂"两种模式中生活。换言之,人类生活对个人能力的要求是两方面的:具体和抽象、图像和概念、诗歌和科学。梦想构建诗的真谛,想象最终超越理性;梦想把两种生活状态协调起来。从这个意义上讲,想象的创造力比科学更能满足灵魂的渴望和

(接上页)白天和黑夜。这是一对象征概念之间的碰撞:一边是法国古典主义时期特有的(以太阳世纪为代表的)笛卡尔式的"清晰与分明",而另一边是受德国莱茵河沿岸神秘主义和浪漫派影响、被黑格尔称作"无法分辨野猫颜色的黑夜"的超越感官的梦境思想。(《巴什拉的认识论与诗学——法国传统与德国遗产》)一些学者认为,巴什拉的认识论理论发展到美学和文学领域,象征着人类学二元性的觉醒和胜利,这个发展和提升一方面发扬了法国哲学主观性普遍化的抽象传统,另一方面他的美学和想象把主观性投入到生机勃勃的自然之中,生理和心理在自然中凝结在一起。巴什拉对德国浪漫主义进行了法国式的理性化改造。这个问题很有意思,也比较复杂,值得关注。在此不展开讨论。

需求,因为科学仅指对实在的知识感兴趣,而梦想却同时包含了存在的两个方面。

最后想说的是,作为译者,也作为教师,在阅读《梦想的权利》时会想到巴什拉经常谈到的"教育"问题。巴什拉关于想象与物质的思考,让我们想到想象其实是对经验、对艺术对象认识的一种纯化,这是被许多人忽视但又极其关键的问题。巴什拉说得对:教育首先是要教授给学生想象的能力,这不仅仅限于艺术教育。普遍的教育理念是传授打着权威烙印的知识,全然不教授对谬误修正的能力,早已剥夺了人们精神上的新鲜感和知性的生命力。而真正培养有用之人的教育在巴什拉看来是教会学生创造,赋予他们这样的信念:他们本应具有发现和创造的能力。也就是说,教育要让学生懂得:面对梦想,每个人都是平等的,梦想是我们每个人理性和审美生活的保证。追求这样的生活,就是行使梦想的权利。

2010 年 10 月,昆玉河畔

忏悔还是精神分析？

读阿尔都塞的自传《来日方长》

　　日前,有幸获德高望重的法语界前辈蔡鸿滨教授赐书一册,是他翻译的阿尔都塞自传《来日方长》[1]。一看到这本书,脑海里首先浮现的画面是 1980 年 11 月的那个早晨——我刚到法国不久,在南锡欧洲大学中心学习——突然从广播中听说阿尔都塞扼死妻子埃莱娜的消息,震惊不已。一年后,我转到巴黎,所居大学城位于奥尔良门之北,即书中说的蒙苏里别墅诊所的对面,阿尔都塞常去那里就医。又过了十年,1990 年 10 月的一天,在瑞士弗里堡山

　　1　《来日方长》(*L'avenir dure longtemps*, Ed. STOCK/ IMEC),蔡鸿滨译,陈越校,上海人民出版社,2013 年 5 月。本文中凡对此书的引用,均只随文标明页码。

中,那时我正为《读书》写一篇关于克莉思特娃的《武士们》的短评,偶然从《新观察家》杂志上得知阿尔都塞心脏病突发离世。文章称阿尔都塞的最终肉体死亡是他的第二次死亡。我于是在短评中加进了阿氏及其"死亡"的内容。如今看到这部自传,二十多年又过去了……

还是先从阿尔都塞曾经拥有的"成功"和"荣光"说起。这位高师毕业又因为拒绝大学体制而留在高师任教的辅导老师,相信"伟大的哲学家都想要干预世界历史的进程,或是为了改变世界"(第182页),他重新解读和分析马克思的理论,以自己的方式借用法国认识论的科学思想和结构主义、拉康精神分析的方法,提出"马克思主义是结构性的——经济的、意识形态的、政治的、理论性的—— 实践理论,它与人们的自愿选择和能动作用完全无关,所以不受人性的弱点和缺点的影响。这些'实践'决定着历史"[1]。他以彻底而极端的"革命批判"精神,既抨击德桑第等人的"胡塞尔化的马克思阐释",也激烈反对存在主义"对马克思作任何人道主义的阐释"(第190页)。这里值得注意的是,阿尔都塞的批判之彻底,使之全然拒绝"传承师从"。他对先师理论评论苛刻,斥学界前辈或同行或为"无知",或为"封闭",甚至冠以"活僵尸"之名,哪怕是实际上对他

---

[1] 《精心表述:路易·阿尔都塞的"马克思主义"》,第108页。

影响颇深的论文导师（第 169 页）。他说，"我在哲学上，正如我在《保卫马克思》前言里所写的，没有任何真正的老师，任何老师，除了陈德草……还有梅洛-庞蒂"（第 192 页）。而这两位"老师"，前者是二战后进入巴黎高师的越南裔学生，后以《现象学和辩证唯物论》一书成为法国现象学运动的领先人物，是最早把现象学和马克思主义联系起来加以阐释的学者之一。利科、德里达等都在不同地方谈到过他对一代法国学者的深刻影响，只不过他很早就离开法国回越南参加革命，遭受过的折磨和苦难不言自明。陈德草 20 世纪 90 年代初辗转重返巴黎，但身体和精神都出了问题，1993 年终老于曾让他卓越不凡的异乡[1]，阿尔都塞此时也已离世……梅洛-庞蒂是法国当代最伟大的纯粹哲学家之一，但阿尔都塞认为他后来"被占统治地位的古老唯灵论传统牢牢吸引住，因此我不能追随他"（第 192 页）。这样一位"无师之大师"，竟在 20 世纪中后期的很长时间内，活跃在巴黎意识形态论争的风口浪尖，令多少思想精英、青年才俊集合于他麾下，成为萨特之后几代后学的"精神领袖"和"思想导师"。20 世纪 60 年代初，德里达完成胡塞尔的《几何学起源》的翻译，并作了长篇研究论文。他把作品交给阿尔都塞，阿尔都塞为此给德里达写过几封信，

1　参见前文《他不应该被遗忘》。

对此项研究赞赏有加,称"直至今日,我还从未读到如此精确、如此深含智慧的关于胡塞尔的论文",并且约德里达见面深谈。1964 年,在阿尔都塞和依波利特的盛情邀请和期待下,德里达辞去了在索邦的教职,回到巴黎高师,在那里做了整整二十年的助教!他直到 1984 年才离开,去高等社会科学院任研究项目主任。这里不能不说有他对老师的尊崇和报恩的因素。还有当今法国学界极具影响力的人物阿兰·巴丢(Alain Badiou,1956 年入高师)在 2012 年的一次访谈中称"阿尔都塞是继萨特之后他青年时代的第二位老师"[1]。在阿尔都塞的推动下,他成为高师第一个写出关于拉康思想论文的学生。

1990 年阿尔都塞逝世后,巴利巴尔、德里达、巴丢、珀蒂芒然、德桑第等众多昔日的学生、后来的同事、朋友和战友都为这位理论大师的陨落惋惜悲伤,为他这悲剧的一生感慨叹息。巴利巴尔在阿尔都塞的葬礼上致悼词,他认为阿尔都塞具有让人倾听的非凡能力:"所以,和我那一代人一样,我学到的一切若不说是都来自他,至少也是由于有他。我认为,只有'大师'这个名称最适用于他。"[2]德里达

1 阿兰·巴丢:《雅克·拉康,过时的礼物》(*Jacques Lacan*, *passé présent*, Seuil,2012)。

2 《结构主义史》(*Histoire du structuralisme*,II,Francois Dosse,Ed. La decouverte,1992),第 489 页。

在葬礼上"念"了（因为他已无法找到词语"说"出自己想要说的）感人至深的悼词。得知阿尔都塞逝世的消息，他正在布拉格，那是他在1981年因支持捷克执不同政见的知识分子入狱事件后首次去布拉格讲学。德里达动身前曾在电话里对阿尔都塞许诺：从布拉格回来就给他去电话，会去看望他……但一切都来不及了……德里达说，阿尔都塞之死意味着"我的生命的一部分，尚存人间的我的漫长、丰富而又紧张的奔跑就这样随着路易（阿尔都塞）一起中断了，结束了，死去了"[1]。无论你喜欢还是不喜欢阿尔都塞，面对这样的诚挚表达，大概很难不为所动。

当然，对于阿尔都塞的成功还有迥然不同的解释。比如托尼·朱特说"在现代学术生活中……他（阿尔都塞）竟然能够用不健全的心智牢笼将教师们和学生们拘留了这么长的时间……"[2]按托尼·朱特的思路，这么多昔日的学生、后来的同事、朋友和学界著名人物如此折服于阿尔都塞的魅力，似乎也都有些"傻"和"疯"的嫌疑。我想，托尼·朱特的话可能在某种意义上值得深思，但是否稍显苛刻？事情往往要比想象的复杂得多。我还是觉得阿尔都塞的传记作者的话较为中肯，他认为，从那该死的杀妻事件后，我

---

1   德里达，《世界末日，每次不同》(*Chaque fois unique, la fin du monde*, Ed. Galilée, 2003)，第146页。

2   《精心表述：路易·阿尔都塞的"马克思主义"》，第126页。

们就不能单纯追寻他获得成功的原因,也不能仅仅局限于杀妻事件本身来说明哲学家和杀人凶手是何以共存于天才、精英之身,而应该寻找他要这样倾诉疯狂事件的原因[1]。无论如何,阿尔都塞的"成功"和"荣光"曾经存在,难以抹煞,而且有着其深层的历史和社会原因,也体现了阿尔都塞本人的独特思想魅力。其实,虽然他否认自己有师从的历史,但法国思想史的特殊"反思"精神传统在他身上打上了很深的印记。至少,我们可以说:他"在纯粹思考的领域里作为胜利者出现"[2]。

另一方面,作为当代西方马克思主义的重要代表、优秀的哲学家,他的"荣光"和他强烈的政治参与意识不无关系。作为法共党员,他却坚持以改造、质疑、斗争的目的留在共产党内,可说是左右不逢源的异端斗士。这双重身份使他的内心充满矛盾、不安、躁动和撕裂[3],甚至产生"毁灭"和"自我毁灭"的欲望。早在进入巴黎高师之前,他的一位女友就说过:"我不喜欢你的地方,就是你不惜任何代价地想要自我毁灭。"(第102页)

这种日渐强烈的毁灭欲望无疑和他的荣光日渐消退紧

1　雅安·莫利耶·布当(Yann Moulier Boutang):《路易·阿尔都塞》(*Louis Althusser*, Grasset, 1992),第17页。

2　转引自《精心表述:路易·阿尔都塞的"马克思主义"》,第124页。

3　《路易·阿尔都塞》,第17页。

密相关。一个出类拔萃的哲学家感到自己没有达到预期的足够"伟大",甚至最终失去了应有的尊重和承认,又饱受强烈的精神和心理疾病(疯狂)的折磨,其痛苦和撕裂可以想见。阿尔都塞以"杀妻事件"为始的自我陈述,正是在向我们展示如此的心灵冲突,虽然是以"正常人"的笔调,我们还是可以看到字里行间狂躁的心潮涌动,听到文本叙事中撕裂般的灵魂呐喊……

扼死妻子埃莱娜之后,那个曾经光辉耀眼的哲学家和共产党人阿尔都塞,和那个被称为"疯子""杀人凶手"的阿尔都塞就一起死去了。他的这些标签说到底都是符号。这第一次死亡意味着他的符号的死亡。"自从埃莱娜1980年被杀死后,我就再也拿不回我的党证了。"(第256页)其实,在阿尔都塞第一次死亡前后,失落和绝望的气氛、毁灭和自我毁灭的情绪业已蔓延:1979年,社会学家、万桑大学教授尼克·布朗扎(Nicos Poulanzas),以及1983年,社会学家、语言学家米歇尔·佩舍(Michel Pêcheux)均自杀身亡,他们都是阿尔都塞的忠实追随者和同道朋友。有人说,他们的自杀是因为反马克思主义的倾向渐占上风,他们难以解决理论和现实之间的巨大反差。与阿尔都塞观点有异,但关系良好的法国重量级社会学家阿兰·图海纳(Alain Touraine, 1925—)则作了另外的解释:从精神分析角度看,他们无法摆脱心灵深处的"内疚"(la mauvaise conscience),

最后转变为自我毁灭。还有人认为"肯定还有其他原因，如意识到理论困境，感到政治上的绝望"。这些人曾经太相信他们无法克服的信仰："理论的万能力量"[1]。这些似乎也能够部分解释阿尔都塞的第一次死亡，但也并非尽然。比如，陈乐民先生在《序言》中提到，阿尔都塞和妻子的感情关系复杂，并非完全如他表白的那样，他们之间有吸引、爱恋、敬畏、同道的深情，又存在性格、思想、修养、品味上难以相容的冲突和分裂。阿尔都塞曾多次移情、滥交并非偶然。而他们多次尝试分开，却又难以割舍，彼此牵挂……因此，若如法律认定，杀妻是阿尔都塞的精神疾病发作所致，可以免受司法处分，我们仍然不能不注意到由于信仰危机而产生的极端行为。毕竟，他和妻子的结合，更多的，或者更加本质的基础很难说是"平常普通"的爱情，或许应该考虑到信仰和理论的内在要素。阿尔都塞事后得以"免予起诉"，似乎渐渐脱离"心理障碍"，但他身心疲惫，难以摆脱噩梦缠绕，在死神的阴影下继续了十年生命，堪称"虽生犹死"，直至最终的第二次死亡。

我们再回到托尼·朱特称之为"精心表述"的自传上来：阿尔都塞还是很想解释清楚某些事情。对于托尼·朱特，阿尔都塞写这本回忆录，不是为了弄明白自己为何杀死

1　《结构主义史》。

了妻子,而是为了向自己和别人证明他是心智健全的人"[1]
的说法,虽然我觉得似乎不太厚道,但不能不承认其中的合
理因素。阿尔都塞是 20 世纪法国思想界的神话[2],不过是
最少戏剧色彩的悲剧神话,我们从他对这个神话的叙述中,
感觉到他和他的同道朋友们是如何苦苦挣扎在理性和疯狂
之间……我们还从一个角度理解了许多事情,对他的学说
有更加全面的理解和判断。但另一方面,从严格意义上讲,
阿尔都塞的这部自传似乎不能算"忏悔录",虽然我们从中
看出"内疚",看出彷徨和迷茫,看出极度的矛盾,我们却不
太容易看出他如何忏悔,对什么忏悔,他甚至对最应该忏悔
的事情没有忏悔。至多,这样的叙述可能是阿尔都塞按照
精神分析方法对过去的"回忆"—— 完全按照现在的思路
进行的"回忆",特别是对过去"疯狂"的回忆,在事后完全
"正常"的状态下进行,却似乎始终未脱离"理论思考是最
高实践"的原则,所以总会或多或少让人感到有"辩解"之
嫌。要真正理解历史真相,了解种种历史事件的来龙去脉,
尤其是真正的心理缘由,仅仅凭借自己单纯的回忆和精神
分析方法恐怕难以达到目的。毕竟有一个更高的事情凌于

1　托尼·朱特:《精心表述:路易·阿尔都塞的"马克思主义"》,载《重
估价值》,林骧华译,商务印书馆,2013 年 5 月,第 129 页。
2　阿尔都塞传记作者布当说阿尔都塞、拉康、福柯和罗兰·巴特是
1960—1980 年间法国思想界的四个神话,并称阿尔都塞比起其他三人,是最少
喜剧性的。参见布当:《路易·阿尔都塞》,前言。

一切之上，缺失了它，便无法正确地解释道德责任和法律仲裁。只有普遍法则，也就是真正的"善"和"爱"才能够对这二者作出评判，虽然在某些人看来，这都是不值一提的"小事"，太简单、太低级、太缺乏深度；但须知，正是"小善""小爱"的凝聚和发力，才能真正打倒"黑暗"，才能战胜"邪恶"——身体的和心灵的。

陈乐民先生在《来日方长》的序言中发问："怪事！为什么这些个'思想家'心理上都有点毛病？"确实，由于种种原因，许多智慧的哲学家或多或少都有些心理问题：他们的理论雄心太大，而又太轻视"很小"但又重要无比的心灵。迪迪叶·埃里蓬说"发疯是哲学不可避免的代价"，是否就是这"大"与"小"的冲突的结果？但是我们要说，在20世纪，包括21世纪的第一个十年间，并非所有的思想家都有这点"毛病"。就是和阿尔都塞相随相伴到最后的一些师友，或者从来没有、或者后来脱离了这点"毛病"。比如为阿尔都塞写出三篇精彩书评[1]、呼吁"在没有正义的世界追求正义"的利科；比如批评"从恩格斯到阿尔都塞的马克思主义解释都建立在派生观念上，而缺失了活生生的个体及真实实践"的生命哲学家米歇尔·亨利（Michel Henry）；比如对"大屠杀"有切身体验而反复强调摩西十诫中"'你不

1　见《意识形态与乌托邦》(*L'Idéologie et l'Utopie*, Ed. Seuil, 1997)，第149—213页。

可杀人'一诚是面对他人的最高戒律"的立陶宛裔法籍哲学家列维纳斯（当然还可举出许多其他，此文恕不赘言）……其实，世间的道理原本是简单、明了的，不用加以深奥的说明。关键是要有一个最高的出发点：正常理论的出发点是共同的，以个体生命，以个体的自由和尊严为最高原则。真正的哲学思考和理性是要引导人们好好生活，而不是把理论思考奉为至高无上的神圣实践，把人类的意志力和行动视为毫无价值的低等功能；更不是设立一个虚无缥缈的所谓高尚目标，把它作为统治、衡量一切的准则，要求所有人为之奉献和牺牲，甚至不惜以暴力毁灭千百万人的生命。须知，活生生的个体的生命不是一种观念，也不是一种理论和体系，在理性面前人人平等，就意味着在生命面前人人平等的最高理性。

最后，我想用以上未提及的我们许多人都喜爱（而不是所谓最伟大）的思想家加缪作为本文的结束。加缪这个非高师出身的"普通思想家"，反对一切形式的暴力，反对不重视个体，不重视个体现实生活，反对用虚无缥缈的未来牺牲今天。他用文学形式更加深刻地表现了普通人、穷苦人的生活和心灵，他对许多政治和意识形态选择的结果早有预见，被称作"一个不光彩时代的最高贵的见证人"[1]，虽然

1　转引自《重估价值》，第 116 页。

很多同代人对其"简单水平"不以为然，但历史证明他的"普通"陈述的正确，证明他表达的常识切中要害。他获得诺贝尔奖时的答辞在 1958 年发表时特声明是献给他的小学老师的，他对大地和阳光以及世人无比热爱，他明知荒谬不可消除仍然坚持与世界和他人共同生活 …… 这些大概就是阿伦特认为"加缪是法国最好的人"的原因吧。做这样的好人，是需要勇气的，而这样的勇气不是所有伟大思想家都能具有……

教授"仰望"的书

　　近闻商务印书馆推出"汉译世界学术名著<u>丛书</u>"珍藏本,感触良多。我从 20 世纪 70 年代末与外国哲学结缘,之后三十多年中,商务版图书,特别是"汉译世界学术名著<u>丛书</u>"就一直伴随着我。回顾漫长岁月里与这些书的"交往",我对商务印书馆心存感激。商务印书馆、商务版汉译名著,在我心目中占有的地位堪称"崇高"。这种崇高不仅仅在于书的形式,而更在于这些书蕴含的精神与深刻的启迪意义,那就是引导人们理性地生活。借用法国哲学家列维纳斯的术语,引导人们"升越",而不是"下堕"。换言之,要"仰望",而不是"俯就"。

　　早在 20 世纪五六十年代上中学时,我就经常从父辈和老师那里听到对商务印书馆图书的赞扬和推崇。虽然那些装帧朴实大方、书名令人肃然起敬的书籍,于我犹如"天书",但心中已萌生阅读、理解这些书的强烈愿望。家中因父亲喜欢阅读,颇有一些藏书,印象最深的商务版图书是1963年版的《十八世纪法国哲学》,可能是因为喜欢读法国小说,这本与法国有关的书吸引了我。这大概是我和法国哲学的最初接触。中学梦寐以求想上北大中文系的我,后来阴差阳错,竟去学了法语,走上了法国哲学翻译、研究之路。我常常会问:商务的这本书莫非是命运暗示的符号?

1967年,由于政治原因,我不得不中断学业回国。两年后,从柏各庄军垦农场返京后,我被分到一所外语学校当法语教师。那时虽然下乡、下厂活动频繁,但相对而言,气氛宽松一些,大家经常通过各种途径找书读,交换书。特别到了"文革"后期,竟可寻到各种机会去所谓"内部"书店淘书。那时常去的是朝阳门内小街附近的"内部"书店,还有灯市东口的中国书店(书店大厅里面的一间"内部书库")。当时主要对一些文学、历史、传记类的图书感兴趣。不过在一些朋友的影响下,我还真是买了不少哲学和文论方面的书。比如我淘到了商务"文革"前1960年版的《十八世纪末—十九世纪初德国哲学》《十六—十八世纪西欧各国哲学》、1961年版的《古希腊罗马哲学》,这些书都属北大哲学系外国哲学史教研室主持编译的《西方古典哲学原著选辑》,还觅得蓝公武先生译的康德《纯粹理性批判》。

那时学校的报告会、批判会、讨论会层出不穷,我经常带上其中一本到会,包上书皮在角落里读。老实说,当时读书并没有什么明确的目的,只是对现实茫然、失望,希望从书中找到寄托。虽然对这些书的理解非常肤浅,但我却从中领悟到了一点,那就是这些书探索、讲述的是另外一个世界,一个如法国哲学家、科学家、诗人巴什拉所推崇的与现实相隔的有距离的世界,一个远离功利目的、超越实际成败的精神世界。这是我在走上哲学研究、翻译之路前,对商务版的西方学术名著译本的最初感触。应该说这对我以后的做事、做人的态度和立场产生了决定性影响。

20世纪70年代末,我离开工作八年的外语学校来到北京大学外国哲学研究所,开始了我的法国哲学的教学和研究之旅:起点是萨特的存在主义。三十多年转瞬而过,其间遭遇的艰难、挫折、困惑、彷徨难以尽述。而我唯一能够自慰的是:我这个从未受过系统哲学训练的"老学生"能够在这个地方坚持下来,没有放弃,虽然远未尽如人意。其重要的原因之一,是因为有好书指引、陪伴。所里几位老先生和师长不止一次诚恳地向我建议:一定要认真阅读《西方古典哲学原著选辑》,那是进入西方哲学研究的敲门砖,也是自身哲学训练的基础,不管研究哪个学术流派,哪个西方哲学家,都要以读经典原著打底,尤其对我这样"没底"的人。后来我才知道,这些前辈中的许多人,实际上都参与了这套译丛的组织、翻译、编辑等工作。他们严肃认真的治学态度,特别是一丝不苟的文风和精致、顺畅、传神的译文,都树立了汉译西方学术研究的榜样。商务印书馆的这些书至今还是我在教学、研究、翻译中经常使用的参考书。记得1980年我出国进修,带去的中文书中就有那本《十六—十八世纪西欧各国哲学》,还有后来也收入"汉译名著"的罗素的《西方哲学史》。

1982年底,我结束了两年的访问进修回到国内,开始翻译一些法国哲学原著。在翻译过程中,商务的西方经典原著译本成为实用而有效的参考书。记得在与陈宣良合作翻译萨特的《存在与虚无》及关于此书的解读课教学过程中,我曾参考商务20世纪60年代出版并内部发行的《存在主义》。找这本书颇费一番工夫,最后是在朱德生先生那里借到。这个译本收入了徐懋庸先生节译的萨特(还有杨一之先生节译的梅洛-庞蒂,熊伟先生节译的海德格尔等),徐先生和其他老前辈的译文典雅、考究,行文流畅、通达。商务长期形成的这种翻译传统,影响了此后几代人。更让我高兴的是,徐夫人王韦阿姨得知我参与翻译萨特著作,非常热情地把萨特的《辩证理性批判》(第一分册,方法问题)和加罗第的《人的远景》的徐译本送给我。这些书也都是"文革"前商务出的"内部"书,对我的影响、帮助很大。在此期间,我经常请教的商务汉译书籍还有:王炳文、张金言先生翻译的《现象学运动》(施皮格伯格)、《当代哲学主流》(施太格缪勒),李幼蒸先生等翻译的《哲学主要趋向》(利科)等。我至今对那时候读到的"汉译名著"怀有"仰慕之心",真诚认为那样的译文境界于我永远是"可望而不可即"。我也一直认为,西学经典的中文译本,不但不懂外文的读者需要,懂外文的读者或学者同样需要。对不同译文的境界、内涵和中文根底的比较,有助于更加深入地理解原文的内涵。

20 世纪 90 年代之后,我的法国哲学的翻译、教学、研究的范围有所拓宽,我也在商务出过专著、译著,编过译丛,这使我与商务的"汉译名著"的接触越来越频繁,也越来越亲密。在翻译萨特的《自我的超越性》《想象》(上海译文出版社)以及德里达的《宗教》等书的过程中,"汉译名著"仍是我经常请教的老师。比如王太庆先生翻译的《谈谈方法》(笛卡尔),何兆武先生翻译的《思想录》(帕斯卡尔)、《历史理性批判文集》(康德),李幼蒸先生翻译的《纯粹现象学通论》(胡塞尔),孙周兴先生翻译的《路标》(海德格尔),陈中梅先生翻译的《诗学》(亚里士多德)等诸多优秀译本,都是我和学生课上课下参看的必备之书。我也发现,我书架上排列的商务汉译名著的"队伍"越来越长:主要是橘黄色的,还有绿色、黄色、蓝色的……我常常会问自己,如果没有商务的"汉译名著",我的学习和工作甚至人生会和现在一样吗?

我们常说要理性地生活,其实就是要学会"敬畏",学会"仰望"。三十多年来,我始终"仰望"着商务印书馆推出的这些世界学术名著。这种源于内心的"仰望",是诸如"汉译名著"这样的好书教给我的。在当今这个功利、实惠的世界,"仰望"并非轻而易举之事。因为"仰望"不能生来有之,需要努力才能做到,所以必须传授"仰望"。商务印书馆的"汉译世界学术名著丛书"传授的正是这难得的"仰望"。为此,感谢商务印书馆的"汉译世界学术名著丛书",这套丛书也因此值得珍藏。

《马奈的绘画》书评

> 绘画问题并不首先、也不独独属于画家或美学家。它属于可见性本身,故属于所有人。
>
> —— D. 马里翁 [1]

几年前,我们邀请曾经做过福柯助手的 M. 塞宗女士(M. Saison, 1945—)来北大外哲所访问讲学,她是巴黎十大(农泰尔大学)哲学系教授,多年来从事跨学科的哲学研究,特别致力于哲学和艺术等领域的沟通和对话。《马奈的绘画》[2] 就是在她主持下几经周折编辑出版的,这本书根

1　D. 马里翁(Didier Marion):《可见者的交错》(PUF,1991),第 7 页。
2　《马奈的绘画》(*La peinture de Manet*, Seuil, 2004),谢强、马月译,湖南教育出版社,2009 年。

据四十多年前福柯在突尼斯讲学[1]的录音整理而成,后面附有以《福柯,一种目光》为题的几位法国学者的评论文章。

福柯关于马奈的演讲[2],在当时就产生过巨大反响,四十年后的今天,这些讲话仍然会给予读者强烈的震撼和深深的启迪。对《马奈的绘画》[3]的阅读,会让我们为福柯这位 20 世纪西方杰出思想家的哲学思想,为他的批判精神,为他不屈不挠地朝向"真知"的追求而感动,也会为他在认知理论和艺术鉴赏方面的卓尔不群的见地而感叹。本文试图从福柯《马奈的绘画》文本出发,结合福柯本人及其理论研究的知识背景和特点,结合他的哲学思想及其考古学方法,去"看"福柯对马奈的绘画的"看",分析福柯对马奈绘画的分析,考察福柯的"目光考古学"的由来以及在他的绘画理论中的关键作用,探讨福柯在马奈作品中看到并据之陈述的目光、(讲座)参与者对福柯目光的目光以及所有投向他人和自己的交叉目光之间的认识论关联。可见性和不

1 福柯曾两次访问突尼斯:一是 1966 年 9 月至 1968 年夏天,二是 1968 年 9 月至 1971 年 5 月。关于马奈绘画的演讲于 1971 年 5 月 20 日在 Tahar Haddad 文化俱乐部举行。在突尼斯期间,他还举办了《现代西方思想中人的地位》《结构主义与文学分析》(1967 年 2 月)、《癫狂与文明》(1967 年 4 月)等讲座。

2 福柯曾两次访问突尼斯:一是 1966 年 9 月至 1968 年夏天,二是 1968 年 9 月至 1971 年 5 月。关于马奈绘画的演讲于 1971 年 5 月 20 日在 Tahar Haddad 文化俱乐部举行。在突尼斯期间,他还举办了《现代西方思想中人的地位》、《结构主义与文学分析》(1967 年 2 月)、《癫狂与文明》(1967 年 4 月)等讲座。

3 法文版,*La peinture de Manet*, Seuil, 2004;中译本由谢强、马月译,湖南教育出版社,2009。

可见性在观画过程中的变化和置换给予我们一种目光的启示:艺术家的执著和完美追求,可以建立可见物和不可见物之间的结构,作为光和影的知识永远可以向言语投射原始目光,这也是启蒙的原始意义。最后,我们希望能够从福柯这四十多年前的演讲中,得到具有现代意义的启示,正如塞宗(M. Saison)教授几年前在北大题为《福柯——诊断现在》的讲座所示,福柯是第一个意识到哲学研究中的历史标志的思想家,马奈的绘画正是福柯这种现代哲学研究的话语实践的范例。

一 哲学和绘画之间的呼应

眼睛不仅仅是眼睛。看,要胜过"看"本身很多。看也是感知,看,就已经在思想。从这个意义上讲,艺术让人思考。也是从这个意义上讲,美学不仅仅思考艺术,而是感受艺术,它处于任何哲学的中心。[1]

哲学家讲画(讲艺术)、评画及画家,这在近当代法国很常见。许多当代法国哲学家都具有相当的艺术造诣和独到的鉴赏力。站在哲学家的立场讲述绘画,堪称别具

---

[1] 见梅洛-庞蒂:《不可见物的边缘》论文集的卷首语(Merleau-Ponty, *Aux frontiers de l'invisible*, Mimesis,2003)。

一格。概括言之,这些法国哲学家在绘画理论研究中,关注点都集中在一个问题上:那就是重视"看"画的"看"的活动,关注投向画作的目光及其与绘画话语实践的关系;对画面的陈述其实体现了一种哲学立场和理论趋向。比如法国著名科学哲学家、新认识论的卓越代表、文学和诗学理论批评家、诗人巴什拉之于俄裔法国画家夏加尔、荷兰后印象派画家凡高[1];存在主义哲学家、文学家、戏剧家、批评家、政治活动家萨特之于文艺复兴时期意大利画家丁托列托(Tintoretto,1518—1594)[2],哲学家、现象学者梅洛-庞蒂之于法国印象派画家塞尚以及西方现代绘画(西班牙绘画大师毕加索、法国立体主义画家布拉克,

---

1 参见巴什拉:《梦想的权利》(*Le droit de rêver*,PUF,1970)。巴什拉在这部论著中出色地运用认识论理论,通过对夏加尔、凡高及波德莱尔等艺术家、诗人的作品分析,说明想象和反思的综合是困难的,但克服这种困难是必要的。巴什拉的确从艺术家的作品中看到了梦想和反思之间的关联、纠结、沟通,他始终立足于其中,宣称这个世界在成为复杂之前是动荡不居的,而哲学要做的就是恢复其原来的面貌。正如夏加尔所说,只有在人的内心中,一切才是真实的,把所谓的不合逻辑的事物称为幻想、怪诞和神话,实际上是承认自己并不理解自然,不理解外部,也没有真正理解自己之所见。

2 参见萨特:《威尼斯的被禁者》,载《处境,IV》,伽利玛,1957。萨特对丁托列托的画评(包括他对贾科梅蒂雕塑的陈述)体现了萨特的存在主义的艺术观,他从作品中首先看到的是艺术天才的反叛精神,是"看"中的目光对立,体现了萨特哲学希望消除主客、内外对立的倾向,体现在观画中,就是希冀消除观者和被观者的传统主体-对象的认识模式。

等等）[1]；哲学家、人种学家列维-斯特劳斯之于法国巴洛克时代画家普桑[2]；欲望哲学家、评论家德勒兹之于英国画家培根[3]；解构主义大师德里达之于意大利画家拉斐尔、荷兰后印象派画家凡高以及卢浮宫收藏的一些珍贵画作[4]；文学家、思想家巴塔耶之于马奈[5]；生命哲学家米

---

1 参见梅洛-庞蒂：《塞尚的疑惑》，载 *Sens et non-sens*，Gallimard，NRF，1996，《眼与心》（*L' Oeil et l' esprit*，Gallimard，1964）。梅洛-庞蒂指出："可感物，可见物，对我来说就是应该说出什么是虚无——不多不少就是"不可见的"虚无。"（《可见和不可见的》）（*Visible et Invisible*，Gallimard，1964，p. 311）福柯的绘画研究在当代法国哲学家中非常突出，特别是对于可见中的不可见的现象学陈述，非常独到和深刻，我们在下面还会涉及到这方面的内容。

2 参见列维-斯特劳斯：《看，听，读》（Lévi-Strauss，*Regarder，écouter，lire*，Plon，1993），列维-斯特劳斯对普桑这位对古典主义绘画影响很大的画家非常欣赏，他认为普桑的作品表现的人物"纯真、纯粹"，完全保持自己本来的模样，所以不受任何绘画习惯的影响，绝对独立于一切陈规俗套，普桑因此成为罕见的油画革新者、再创造者。

3 参见德勒兹：《弗朗西斯·培根——感觉的逻辑》（*F. Bacon，Logique du sens*，PUF，1981）。德勒兹这个欲望哲学家在培根的肖像画中看到了身体力量和期待，从那些人体的变形形式中看到了"形象"的事件，在人物形象的可感觉到的出现中，某种事情通过、发生，从视觉上成为可感的。德勒兹认为，培根的绘画元素构成了感觉的逻辑：1.肖像，坐着、站着的人物；2.突出基础形象的那些平淡如色彩融化的区间部分；3.那些使肖像得以立足的地点、通道和细小装饰、线条的移动等等。在德勒兹看来，培根的画通过非具象画的特殊途径超越具象化、具象物、陈述物、逸事、意见等。

4 参见德里达：《绘画中的真理》（*La verité en peinture*，Flammarion，1978），《盲者的记忆》（*Mémoire d' aveugle*，Louvre，Reunions nationnaux，1990）等。他的论题同样有关看和目光：1.绘画是盲目的；2.盲目的绘画是一种盲者的绘画。

5 参见巴塔耶：《马奈》（Bataille，*Manet*，Skira，1955）。

歇尔·亨利之于俄裔法国画家康定斯基[1];还有笛卡尔专家,现象学家让-鲁克·马里翁(Jean-Luc Marion)对圣像画的宗教学角度的现象学研究[2]……福柯对马奈等画家的研究无疑应该属上述之列,早在他的成名作《词与物》、《古典时期癫狂史》等著作中,就已经涉及到西方不同时期的许多画家画作,比如西班牙肖像画家委拉斯凯兹(1599—1660)等。他的绘画研究既具有法国当代思想的

1 参见M. 亨利:《论康定斯基:看见不可见物》(Michel Henry, *Voir l'invisible:sur Kandinsky*, PUF,2005)。"最伟大的思想家最终要求艺术的,是一种知识,真正的知识,形而上学,可能超出现象外部表象而向我们提供内在本质的知识。绘画如何实现和能够实现这最终的揭示? 并不是让我们去看,向我们表象诸物的最终的本质,而毋宁说是在艺术的创造活动中让我们与之同一。"康定斯基(1866—1944,抽象艺术先驱,脱离具象艺术,被布雷东称作"艺术史上最伟大的理论革命家")的作品,在亨利看来,涉及具象、几何主义和随内心需要而变的抽象艺术,是抒情的几何主义。新的美学只有在符号成为象征时才会诞生。康定斯基认为"不应描绘一种物体的外表,而应该描绘它的构成因素和张力规律"(构图8号),任何绘画表现的东西都是以两种方式,即"内"与"外"的方式被体验的。所以绘画也应该是从两个视角来考虑:一是内在的物质性,即画布或画板上的画的内容;二是绘画之外的不可见内容。而康定斯基就把绘画应该表达的,也就是我们所谓的不可见的这种生活,称作"抽象"。绘画的目的就是让我们看到人们没有看到的或不能够被看见的东西。

2 参见马里翁:《可见者的交错》(*La croisee du visible*, PUF, 1991),马里翁这位现象学家和笛卡尔哲学专家、出色的宗教研究者,从现象学的角度对绘画的可见性进行探讨。通过对圣像画等的研究,他指出:绘画是可见的,但却制造了两种互不相容、针锋相对而又不可分离的显现形象:那就是可见的和不可见的。这也是神学可以求助于绘画理论的地方。马里翁特别出色地把笛卡尔的"我思"传统和现象学结合起来研究绘画中可见与不可见之间的关系,而神学和美学都应正面地把可见物看作为"显现可见物"的赠与(参见《可见者的交错》,法文版,7—8页)。

共同特点，又显示出其特殊的哲学思考风格。

在进入福柯《马奈的绘画》具体评述之前，有必要对福柯思想的几个来源及与福柯思考的关联做一简要概括。因为福柯的绘画评论是他的哲学思想的具体渗透，也是对绘画的哲学陈述，所以，也与他的哲学思想的来源与发展，与他对传统的思考、对传统的异端继承[1]密切相关。

法国笛卡尔怀疑主义的传统

笛卡尔的怀疑主义不同于他之前的怀疑论者，他的怀疑主要是方法论上的怀疑，有一点是不能怀疑的，那就是作为"在思维的东西"的"我"是不容怀疑的。[2]笛卡尔的怀疑原则是"只要我们在科学里除了直到现在已有的那些根据以外，还找不出别的根据，那么我们就有理由普遍怀疑一切，特别是物质性的东西。因此，精神用它本身的自由，对一切事物的存在只要有一点点怀疑，就假定他们都不存在，不过绝不能认为它自己不存在，精神于是可以把属于理智性的东西和属于物体性的东西区分开来"[3]。引申到"看画"的角

1　关于传统和继承这个问题我们在下面还要再论。

2　参见笛卡尔《第一哲学沉思集》，庞景仁译，商务印书馆，1998 年，26—27 页。

3　参见笛卡尔：《第一哲学沉思集》第一、二沉思，庞景仁译，商务印书馆，1998 年版，14—33 页。

度:怀疑的存在范围是通过凝视画面的思考所支撑的,画在某种程度上自然而然地代替遐想,可以说绘画给形态、体积和数量的观念,即几何学"观看"带来"奇特的非凡的形式":绘画构成判断和观看习惯的心醉神迷的实践,从而确定了笛卡尔在《哲学原理》中建立的马特希斯新领域的存在论基础。

福柯的怀疑主义应该说是对笛卡尔的怀疑传统的"异端继承"[1],这也是我们理解福柯思想的一个重要基点。福柯是20世纪法国哲学思想界的"另类",人们给他头上贴上了许多标签,"结构主义者","相对主义者","历史主义者","68年派","虚无主义者",等等。而在福柯逝世前25天的一次访谈中,记者问他:"就您不肯定任何普遍的真理而言,您是怀疑主义者?"他毫不犹豫地回答:"绝对如此,怀疑任何过去的真理,怀疑无时间性的伟大真理,如此而已。"[2]福柯的学生、挚友保罗·维尼(Paul Veyne)的话很有道理:"在20世纪,很少有这样只相信事实真理、相信无数历史事实的怀疑论思想家……他从不相信一般观念的真理。因为他不承认任何基础的超越。"[3]从追求明确、清楚的真实而首先持怀疑立场这点看,福柯的怀疑与笛卡尔的

1　这里借用法国学者 Bruce Begout 的用语,参见《异端的继承》,载《精神》(*Esprit*)杂志,2006年3—4月号《利科专辑》。还可参见 Agata Zielinski 的《阅读梅洛-庞蒂和勒维纳斯》(*Lecture de Merleau-Ponty et Levinas*, PUF, 2002)。

2　参见维尼:《福柯》(Veyne, *Foucault*, Albin Michel),2008年,63页。

3　参见维尼:《福柯》,同前,《导言》,9—11页。

怀疑既相关又相异。福柯的怀疑主义是双重意义上的怀疑:一是批判,康德意义上的批判,即知识批判;二是作为经验论者的福柯的历史批判,这种历史批判同样关涉人、公民以及政治。许多评论认为福柯在经验人类学上面的独特创造性,就在于他的历史批判。他要验证人在西方思想中的地位,关注人的出现和消失。也就是不一定以认识论形态出现的知识的规律性问题,从而质疑自称无所不能的野心勃勃的知性和理性的权威。维尼用观看鱼缸中的鱼为例,说明怀疑论者是双面的存在:当怀疑论者思维时,他身处鱼缸之外,注视那些在其中漫游的鱼。而因为要有体验,他重返鱼缸,似乎成为鱼,为的是决定在选择"投票"给哪条鱼。因此,怀疑论者是引起他怀疑的鱼缸之外的观察者,同时也是鱼缸内转圈的那些金鱼中的一条。福柯就是这样一位怀疑论者,他观画的立场也就是这种怀疑论者的双重立场[1]。

现象学的"看"

德国现象学对法国 20 世纪哲学产生了深刻的启迪和影响,从某种意义上讲,现象学改变了 20 世纪法国哲学、思想界的命运。实际上在 20 世纪,特别是在中后期,西方现

象学研究主要是在法国，一大批优秀的现象学家开创了生气勃勃的法国现象学运动的独特风貌，特别是诸如梅洛-庞蒂、勒维纳斯、福柯、德里达、德勒兹等思想家突破了现象学在法国曾经的"存在论"转向，开拓了胡塞尔和海德格尔那里没有言明或尚未指出的东西：伦理、面孔、解释学、书写、不在场、不可见、匿名、身体、肉身等等。法国现象学运动给欧洲现象学注入了活力。

20世纪法国重要哲学家、思想家几乎无一例外地受现象学启迪，在绘画研究中可以明显看到现象学有关现象陈述的印记。首先，在他们看来，从"看"的角度，现象学首先是因为陈述所看到的显现的东西——即显现出来的东西所给出的——才可能声称"回到事物本身"。现象学的意向性理论中，意识总是指向某物，实际上指向的是"在场"或者说是"显现"，而绘画的特有的可见性变成了现象的特殊个案，"回到事物本身"在"看画"中似乎变成了"回到画面本身"。所以，现象学显然实现了让画面说话，即画成什么样（显现成什么样）就是什么样（本质），画面（显现出来的东西）背后什么也没有。其次，福柯的"实物—画"是对现象学反思的结果，正如布朗迪娜·格里热在《艺术与能说的目光》[1]中指出的，福

1　参见布朗迪娜·格里热：《艺术与能说的目光》，载《马奈的绘画》中文版，144—152页。

柯的哲学思路是以现象为基础的,画变成了"实物—画",从眼睛走向了世界,从瞳孔走向诸物,这种新绘画的哲学就是现象学。

胡塞尔现象学对法国几代现象学者的启迪和影响毋庸置疑,但胡塞尔与法国学者的最重要的意义在于使他们能够对现象进行更深入的反思。而这种反思和海德格尔与法国现象学运动的"亲密"关系有关。福柯等"怀疑的一代"和前一代存在主义(比如萨特)有所不同 1,福柯等从胡塞尔的先验还原、从先验主观性中得到的意义终极根源的现象学中走出来,接受了海德格尔对先验唯心论的批判立场,而又与海德格尔的"基础本体论"保持距离。首先,福柯把观看绘画视作他研究"现象描述"的最有效的实践。如何陈述之所见,是福柯从现象学出发反思的主要内容,也是他的绘画理论分析的中心论题之一。关键不是解释,而是"看",是"陈述"的话语,他要通过马奈绘画把观者吸引到绘画上来是为着"观看"那"为其所是"的画面。其次,在福

1　在此,福柯确实和萨特为代表的法国存在主义取向不同。萨特等是对海德格尔作存在主义的解读,而福柯却与蒙田接近,针对他的时代的各种真理和现实,从内部进行更新。和海德格尔相反,他赞成蒙田的观点:"我们与存在没有任何联系……如果你决意要探究人性的存在,这无异于用手抓水,水的本性是到处流动的,你的手抓得愈紧,愈是抓不住要抓的东西。"而福柯的思想更靠近蒙田的存在怀疑论,因为他们都认为"人不能超越自己,超越普遍的人性,只能用自己的眼睛观看,用自己的手抓取……"(参见《蒙田随笔全集Ⅱ,第十二章》,马振骋译,上海书店出版社,2009 年,262—264 页)。

柯的现象学反思中,始终贯穿着对不可见性(不在场)的思考,他要证明"不可见性是可见的",用"可见的绘画,替代可读的绘画"。[1] 我们视线看见的画面是"现象",但还存在着不呈现于视线的"现象",也需要我们"看到"。这是福柯对现象学的思考之后提出的重要问题。最后,福柯在现象学的思考过程中,看到现象学是主张让画面说话,这是非常重要的,但却很不够,因为,这并没有能够指出理解绘画陈述话语的可能性。[2]福柯寻找一种绘画话语,这种话语针对的是作为文献的画面,不仅仅是可见的画面,更应是不可见的画面,把陈述从可见性的圈套中解放出来,也就是说,要确立一种避免单纯用感觉经验又避免单纯用画面本身的感觉品质进行解释的话语,介于可见物及其可能性条件之间,可以说,福柯力图在绘画理论领域中让他的考古学和现象学站在一起[3]。

作为独特文化现象的法国认识论

在 20 世纪的法国思想界,因为二次大战前后在法国风行的存在主义思潮的"统治",一个重要的思想倾向或潮流

---

1 参见福柯:《马奈的绘画》引言,同前版本。
2 参见福柯:《梦幻与存在》,载《言与文》第 1 卷,伽利玛,73、79 页。
3 参见维尼:《福柯》,同前,56 页。

往往被忽视:那就是法国认识论 [1]。而这里特别提请注意这个背景,不仅因为在法国的以科学哲学为基础的认识论发展在 20 世纪西方哲学史中占据特殊地位,在不同学科产生深刻影响,福柯本人的哲学思想深受这个思想阵营中的许多重要思想家的支持或影响 [2],还因为福柯在上个世纪五六十年代的思想发展,特别是他有关艺术(绘画、音乐)

---

[1] 我们这里应该确定"法国认识论"的名称。因为,épistémologie 这个词是从英文来的,而法国人予之以不同的意义。一般认为,这个词的发明者是英国学者 James Frederick Ferrier(1808—1864)教授(《认识与存在的理论》,1854),他以这个概念把认识理论(theory of knowing)与存在论(ontology)和不可知论(Agniology)相对立。他拒绝把存在和物质分离开来。在英国哲学传统中,这个词具有双重意义:康德意义上的认识的根据和认识的限度,这个词被理解为活动的认识理论。而法语中的这个词却有着自己特殊的含义。正如法国著名哲学史家拉朗德(André Lalande,1867—1963)在《哲学技术和批评词汇字典》(1926)中所说:"英语 epistemology 经常用于指示我们称作'知识理论'或'认知论'的东西⋯⋯在法语中,正确的说法只应是指科学哲学和科学(复数)哲学史"(Vocabulaire technique et critique de la philosophie, PUF, 1980, 第 13 版,293 页)。这里,拉朗德对这个词的解释和英语用法完全相反:épistémologie 只是科学(复数)的哲学,应该与知识理论区分开来。所以,法国认识论并非单纯的认识理论,而是一种科学哲学的态度,一种从科学观点出发的对世界、对人进行分析(陈述)的立场。福柯与他的很多同代人,应该属于这法国认识论的传统。这是在讨论福柯的绘画陈述时应该特别注意的问题。本文只是想讨论福柯相关"看画"理论的背景而涉及法国认识论的问题。

[2] 这个潮流应是 20 世纪初期法国实证主义传统影响下由一批优秀的有自然科学背景的哲学家推动发展的,比如物理学家、科学哲学家杜恒(Duhem,1861—1916);数学家、科学哲学家彭加勒(Poincaré,1854—1912);化学家、科学哲学家梅耶松(Meyerson,1859—1933)以及稍稍晚近的、对福柯有着极其重大影响的前面提到的巴什拉;物理学家、科学史、科学哲学家康基莱姆(Canguilhem,1905—1995)、数学家、科学哲学家卡瓦耶斯(Cavallès,1903—1944),(转下页)

的思考,都得益于法国认识论,得益于这丰富而又深刻理论的严格科学的分析立场。这里,我们不能全面地讨论法国认识论,只是在讨论福柯思想背景的时候,提请注意法国认识论在 20 世纪法国哲学思想中的重要作用。首先,法国认识论的一个很值得注意的倾向是与纯粹科学主义和纯粹经验主义既关系密切又拉开距离,也就是说法国认识论传统虽然总体上讲否定经验主义,但却对科学实验的细节,特别是科学测量手段予以高度重视。这集中体现在法国认识论大多不推崇"普遍"认识论,因为从普遍角度思考事实、假说、定律或理论,不能适应现代科学的复杂、精确和缜密,所以,理性主义应该是被实施和应用的。其次,特别应该注意,作为科学哲学的法国认识论把科学视作一种独特的文化,认为泛泛地说什么科学价值是没有意义的,绝不应该仅仅将科学等同于技术应用、经济发展服务的工具,而是要赋予它真正的文化价值。应该说这样对待科学的态度极大影响了福柯对诸多人文社会和文化艺术学科进行分析研究的认识立场。最后,还应该指出,福柯从法国认识论(特别是巴什拉的思想)获得了一种"历史化的认识论"的视点:即

(接上页)俄裔法籍科学哲学家柯叶雷(A. Koyré, 1892—1964)等等,都应为这股潮流的重要代表。限于主题和篇幅,本文不能展开法国认识论的全面讨论,只是就与福柯思想有密切关联的巴什拉的"断裂"的认识论思想做简单陈述。有关法国认识论的问题,可以参见《法国认识论》(sous dir.)(Michel Bitble et Jean Gayon, *L'épistémologie française*, PUF ,2006。)

法国人的"地地道道的科学哲学",历史成为了为哲学进行陈述的工具。科学史——其他学科的历史也同样——并非依靠历史专业,而是根据哲学观点重新剪辑、解释的科学历史 [1]。

总之,有必要关注以上法国认识论对福柯思想的浸染,也是这样的科学哲学立场,决定了福柯绘画理论的一个基点,那就是并不把画面作为单纯颜色和线条的"成作",而视作一种需要用科学观点"看"的、必须赋予它文化价值的"实物—画",我们从《马奈的绘画》一书的评论和解说中,清楚地看到了这种特殊的科学立场的作用。

我们还要简要重复一下法国 20 世纪认识论的杰出代表巴什拉对福柯的重要影响和启迪——主要涉及的是认识论的"断裂"的思想对于福柯的"看"、即目光考古学形成所产生的关键影响。上个世纪五六十年代,在法国普遍存在着并非乐观的气氛,一种与人类过去"断裂"的观念逐渐明确、发展起来,有人称之为"断裂的意识形态"。[2] 是巴什拉把"认识论的断裂"的概念引入了科学史。他的思想不但对当代科学哲学产生重要影响,而且深刻地启迪了他在其

---

[1] 关于法国认识论,本文受益于法国里昂第三大学哲学系教授、认识论学者、美学家 Daniel Parrochia 2010 年五月在北京大学所作讲座《是否存在法国认识论或法国科学哲学?》。

[2] 参见 Jacques d'Hondt:《福柯,一种断裂的思想》(*Foucault, une pensée de la rupture*, in *Lecture de Foucault* II, pp. 13—22, Ens Editions, 2003)。

中做出巨大贡献的诗学、美学和形而上学等诸多领域。巴什拉的出发点是科学，它观察所有事物都是依据严格的科学立场，所以，他主张排除任何连续性，突出个性，尤其在认识活动中，决不能隐藏真实的断裂和突发的变异："即便在一个个别问题的历史演变中，都不能掩盖真实的断裂，突然的变化，这些都足以摧毁认识论连续性的观点。"[1]

福柯在巴什拉的"认识论的断裂"中获得极大启发，他在巴什拉那里发现了任何具体领域中都包含着理性的次序，但这种次序不是编年史的日历时间的排序，而更应该被视作一种类似拓扑学[2]（topologie）的次序，而他又结合自己对结构主义、对尼采、布朗肖、巴塔耶等人思想以及有关历史、权力的思考，更关注问题之间，或毋宁说是争论之间的断裂。归根结底，他关注的是一种如何看世界——无论是具体的还是抽象的——的观点问题："我看到一片新天地——最初的天地消失了，消失在海上……哭泣、呐喊、痛苦，一切都不复存在，因为，旧世界已经走了。"[3] 福柯著名的"知识型"的理论其实就是要奠基、重新思考这种"断裂"

1　参见巴什拉：《论相似的知识》（*Essai sur la connaissance approchée*，Vrin，1928）。

2　拓扑学是数学的一个分支，主要研究几何图形在连续改变形状时还能保持不变的一些特性，值得注意的是，拓扑学不考虑物体间的距离和大小，而只关心它们之间的位置关系。

3　1969 年福柯访谈录，转引自《福柯，一种"断裂"的思想》，同前，16 页。

的思想。[1]在福柯的"看"和"陈述"的理论中,我们都能看到"断裂"思想的影子:已成画作的画面与观者"看画"的陈述之间、画家之"看"与观者之"看"之间、画家之位置与观者之位置之间……都存在着断裂或者说根本的改变。

二　看画,目光考古学

> 海德格尔的大问题是要知道什么是真理的基质;维特根斯坦的大问题是要知道相关真实事情说的是什么;而我,我的问题是,真实的真理如此稀少究竟是为什么。[2]
>
> ——福柯

1　福柯的"知识型"是他的认识论的最重要的概念之一,也是他的有关历史、权力、社会以及现实与过去、学科、人际等之间关系思考的基点。他接受了他在巴黎高师的老师、当代西方马克思主义的重要代表、结构主义大师阿尔都塞(1918—1990)的思想,阿尔都塞有一名言:"没有关系":如果人们用与其中一种不同的认识型进行思考和陈述的话,黑格尔和马克思之间没有关系。福柯则发展了这个看法,福柯认为,时间本身、语言断续,还有过去都绝对取决于"断裂"。他说:"在理性连续不断的编年史的位置上——人们总是一成不变地追溯其难以进入的根源,去最初的开始——有时转瞬即逝、互相不同的层次出现了,这些层次反对唯一不变的法则,而承载着一种各自固有的历史类型,而且不可还原为现成、进化和回忆的意识的普遍模式"(福柯:《知识考古学》(*L'Archéologie du savoir*),法文版,伽利玛出版社,1969,16页。

2　参见维尼:《福柯》,同前,63页。

福柯对绘画现代性的关注

　　福柯为什么会在 1966 年《词与物——一种人文科学考古学》一书大获成功之后,选择在突尼斯讲马奈的绘画作为自己的研究课题？这个问题值得深思。福柯在《马奈的绘画》前言中明确指出了他在讲座中展示的三组马奈画作的三个分析角度 [1]:一是马奈处理油画空间的方式,即运用现代手法发挥油画的物质特性和空间特性;二是马奈在绘画中的"光照"问题,也就是马奈的画作如何表现出一种现代的使用外界实光,而不是使用来自画内的表象之光;三是福柯要说明在马奈处理画面之外的"看者"与画面的位置关系的方法。

　　福柯对这三组所画作的解析,从根本上讲,可以说是一种对绘画现代性的阐述。福柯选择马奈并非偶然。福柯认为,马奈的绘画体现了现代时期的知识型特点。在《词与物》中,17 世 纪 古 典 时 期 的 知 识 型 是 " 再 现 "（représentation）[2],标志着西方理性进入判断时代,就是说

1　参见福柯:《马奈的绘画》,法文版,24 页(中文版第 16 页)。

2　Représentation 在哲学文本中一般翻译为"表象",而在现代哲学中(特别是法国现代哲学,比如福柯,德里达,德勒兹等),一般翻译为"再现",本文有时依据上下文和中文的理解习惯也会用"表象"。

意指物必须去"再现"某个对象,词就是"代表"所指对象。而现代时期的知识型是"根源",追求的是深层根源和历史性的知识。[1] 体现在绘画上,就是目光的指向针对画作本身,追寻的是可见性。但要注意的是,福柯的现代知识型理论的可见性与视觉无关,只有可见物才与视觉有关。比如,福柯对《弗里-贝尔杰酒吧》是这样分析的:马奈的画面上出现的是一位看着别处的年轻酒吧女侍者,那位与之交谈的客人在她那里是不可见的。年轻女人的目光呆滞、游弋,似乎对面前大厅的节目更感兴趣,而不看那位要与她搭讪的顾客。福柯告诉我们:不可见性并非可见性的反义词,而仅仅说明了"实物—画"是用作"看"的现代观点:一幅画就是一个用来看的物质实物,即它纯粹是用来"观看"的。所以,福柯认为马奈的画作没有什么要解读的,因为它并不传递什么意义,立场没有意义,动作没有所指,构图也不为任何历史服务。比如《草地上的午餐》,是拒绝"可读性"的标志作品。马奈的作品开启了让观者看画的时代,这种绘画的目的是让人观看(弗莱德语),"看"代替"读",也正是现代认识理论的现代性特点之一。"看画"就是上面提到的福柯所要实行的"可见性的非话语实践"。

福柯认为马奈是现代绘画之父,马奈用画作表现自己

1　福柯这里所说的历史指的是"经验科学的基本存在方式"。

146

对当代瞬间的印象。马奈的现代意识特别表现在他要回到"绘画本身",是一种"是其所是"的画。也就是说,他要利用表象的动力展示画的物质实在性。"马奈是在其作品中引入油画空间物质特性的第一人。"[1]福柯的"现代性"理解,有他独特的角度。在福柯看来,现代性并不像很多人认为的那样和时尚、时髦或现时流行的东西相关,而是相系于认识论意义上的具有"诊断当下"内容的"看"的活动。所以,现代性的根本是在于一种"改变",一种"断裂",其实和编年史的时间无关,换言之,具有现代性的东西不一定就在现在存在,而过去时代中,也同样可能出现现代性。在著名的《何为启蒙?》一文中,福柯指出:"现代性有别于时髦,后者只是追随时光的流逝。现代性是一种态度。"[2]

在《词与物》中,福柯就认真思考过"现代性"的问题。这部著作的第一章就是以画家委拉斯凯兹(1599—1660)的名作《宫娥》开始的。福柯详细陈述这位马奈也称道的画家1656年完成的带有风俗性特色的宫廷生活画:在很高的大厅内,中间坐着的是玛格丽特小公主,画家为国王菲利普四世和王后玛丽安娜夫妇画像,而他们两人的形象是从公主后面墙上的一面镜子中反映出来的。福柯认为委拉斯

---

1 《马奈的绘画》,22 页(中文版第 14 页)。
2 中译可参见《福柯集》,同上,顾嘉琛译,534 页。

凯兹这位"画家中的画家",打开了古典主义表达的空间，体现了古典知识型向现代知识型的转折趋向:镜子中反映的国王夫妇实际代表不可见物，但还是在画面上出现了:表象是求助镜子的共谋来实现的，这成为了文艺复兴时期"相似性"的剩余物，在画中，相似性认识型虽然被模糊(在镜子里的映像)、被缩减(镜子在画中被逼到边缘)，但没有完全被消除。而在马奈的《卖啤酒的女侍》中，福柯看到了表象的衰退，表象在画中以不可见的形式出现。这与传统绘画(比如马萨乔的《圣皮埃尔的银币》)不同。传统画作画中人物看什么，我们很清楚，马奈的这幅画却没有告诉看者画中正面的女侍与旁边那个男士这两个人物的目光被何种场景所吸引:"这幅画……表现了什么？它没表现什么，就是说什么也没让人看到……他们看见了什么？我们不得而知……"[1] 马奈的《铁路》也同样:画中的人物一个朝观者看，一个背对观者，观者无法看到那个妇人看到的东西，而那个小女孩看的我们也无法看清。福柯认为画面向我们展示的是不可见物，绘画的本质不再是表象可见物，可见物不再意味着不可表象物，而只意味着非可见物，意味着需要看出来、并且需要追根溯源的现代认识的可见物后面的东

1　《马奈的绘画》,33 页(中文版第 120 页)。

西。[1]可见性从来不是隐蔽的,但它们也不是立刻被看见和可见的。如果我们达不到它们的条件的高度,即便是接触到它们的对象、事物或敏感的质量,可见性仍然是不可见的。[2]

可见和不可见的空间
—— 摆脱可见物的诱惑和理性陈述之间的彷徨

德勒兹在《福柯》[3]中,特别提到从《词与物》到《马奈的绘画》,福柯的思想有着一种发展,那就是把目光和陈述结合起来进行哲学思考。也可以说在这个时期,福柯的理论存在一种"理论彷徨":正如德勒兹所言,福柯放弃了《临床医学的诞生》的副标题"目光考古学",因为在《知识考古学》发表之前,福柯并没有充分明了"陈述制度重于观看方式"[4]。一方面,福柯看到,可见性不可能受陈述的制约:诸

1　关于这个问题,请参见《福柯的现代主义》,载《马奈的绘画》,113—126页(中文版115—131页)。

2　参见德勒兹:《福柯》(Deleuze, *Foucault*, Minuit, 1986)。

3　参见德勒兹:《福柯》。德勒兹的思想应该和福柯最为相通:德勒兹在谈论培根绘画时,赞赏培根要捕捉生活和现实,直接在画布上创造油画的胆识。在《培根——感觉的逻辑》中谈到培根的肉体的破碎和堕落时说过:"一切都在莫定、悬置和下坠之中",在此十多年前发表的《差异和重复》中,德勒兹指出"下坠准确说来是活动的节奏,因为一切张力都在坠落之中经历","变化之差异的理由只有在这种变化倾向否认差异的条件下才是充足的"。

4　参见德勒兹:《福柯》,同上,第57页。中文版可参见《德勒兹论福柯》,载《福柯集》,上海远东出版社,2003年。

种可见性不受具有各自节奏和历史的看点的限制,也就是说可见性是优先于可见物。而另一方面,为了发现陈述,福柯不断地受到他"所看见"的东西的迷惑,存在着对"不可见的可见性"忽视。难怪德勒兹说:他(福柯)有陈述的愉悦,只是因为他有观看的激情。福柯要用考古学的方法研究作为文献档案的画作。正如巴塔耶在《马奈》[1]中所说:"绘画的真正动机是什么?如果必须抹去与绘画无关的任何价值,绘画的价值究竟何在?……(它)在于重构对画家之所见,对在场的敬畏,对存在的纯粹状态的魅力保持单纯的沉默"[2]。马奈要求的就是这种绘画的沉默。这也就为福柯人文科学考古学提供了"文献"档案。

在 1967—1968 年期间,福柯的"看"的激情通过在突尼斯的大学讲堂上对文艺复兴时期和印象派画家作品的解读——其中就包括对马奈作品的系统分析——释放出来,这种释放表达了福柯在理论上的内在冲突:他已经意识到应该为"诊断"画作提供可见性空间,但又要避免落入某种感觉经验的现象学之中,避免仅仅用画面的感觉品质对画作进行解释。这里当然也包含了他对现象学的反思,他认为现象学中的主体缺少创造性。福柯在寻找一种关于艺术

---

1 参见巴塔耶:《马奈》,日内瓦 Skira 出版社,1955。
2 巴塔耶:《马奈》,同前,63 页。

的话语，[1]他要把绘画分析放在知识构建过程中，把绘画的空间表象变成一种新的知识形态的典型图解。这种分析就是对可见性的"非话语"实践，它所构建的知识，并不仅仅属于科学范围，也属于认知范围，福柯称之为"认识化"或"美学化"的努力。这也和他当时正在构思准备《知识考古学》的写作相合拍。而马奈的绘画，最符合福柯追求的目标，最适合作为他的哲学思考和陈述的模板。

陈述和可见性 —— 光照

德勒兹认为[2]，早在《临床医学的诞生》中，福柯就发现了一种"绝对的看"，"潜在的可见性"，这种可见性不是由视觉确定，而是行为和情感、行为与反应的复合。德勒兹特别注意到福柯有关陈述和可见性的发人深省的深刻思考。看见实际上是能接触"光"的多种感觉的复合。正如马格利特在给福柯的信中所说：能够看和能够被清楚地描述的东西，其实是思想。

马奈的绘画第一次展现了画面的不可见物的可见性，这是目光表明的，"有某种应该看到东西，某种从定义，从

1　参见《马奈的绘画》，58 页（中文版 132 页）。
2　参见德勒兹：《福柯》，中文版见《福柯集》。

绘画的本质,油画的本质本身讲是不可见的东西"[1]。这使得福柯的"目光"和"看"的理论得到验证,以《奥林匹亚》为例:看者目光投向画中裸体,将她照亮,是看者让她成为可见的,看者的目光成为光源,成为了《奥林匹亚》可见性和裸体的原因。[2] 所以,福柯认为:"因为是我们将她裸露……在看到她时,将她照亮,因为我们的目光和光照是一回事……看一幅画和照亮一幅画是一回事。"[3]马奈的绘画还展示画面之外的不可见物,这种绘画召唤我们用目光照亮画面之外,保留不可限制的画面,尊重"画面的权利"。[4]这样的"目光"会引起超出存在论和唯心论的自由,这些自由最终通向符号的绘画。这正是《词与物》还没有说到的问题。换言之,这样的"目光"照亮了不可见物的"可见性"。而"这种可见性的形式,成为艺术实践表现的现代性的明显特征"[5]。德勒兹说,这"既是光的绝对存在,也是它的历史存在,因为光离不开自己的形成方式"[6]。马奈的《露台》就非常典型:福柯认为,画面的不可见性,是通过画面上三个人物指向三个方向的目光体现的,观者只能

1　《马奈的绘画》,35 页(中文版第 28 页)。

2　参见《马奈的绘画》,152 页(中文版 160 页)。

3　参见《马奈的绘画》,40 页(中文版第 35 页)。

4　参见《马奈的绘画》,153 页(第 154 页)。

5　拉什达·特里基:《福柯在突尼斯》,载《马奈的绘画》,中文版,第 56 页。

6　德勒兹:《福柯》,法文版第 66 页,中文版见《福柯集》,同上。

看到它们的目光,景深被遮住了,和《圣拉扎尔火车站》中风景被蒸汽遮住一样。《露台》的画面是阴暗的,打开的窗子里面什么都看不清楚,因为所有的光都来自画外,因为人都在露台上。这就成为一幅奇特的画,光在画的前部,影在后部[1]。所以,"有一种光–存在使可见性(包括不可见物的可见性)可见或可感觉,而语言–存在则使陈述成为可陈述、可言说或可看清的"[2]。福柯说,《露台》这幅画是"不可见性本身的亮相"[3]。

马奈的现代意识突出表现在与古典绘画思想不同的这种"光照"[4]。福柯在这个问题上,更多的是从历史的和认识论的角度考虑。早在《古典时期的癫狂史》和《词与物》中,福柯就提出"光"和"光的规则"问题。"比如,建筑和画面一样是可见性,是可见性的场所,不仅仅是事物布置和质量的配合,它们首先是光的形式。这种光的形式分配明与暗,不透明与透明,可见与不可见,等等。"[5]

1　参见《马奈的绘画》,中译本,36—37 页。

2　参见德勒兹:《福柯》,中译《福柯集》,第 571 页。

3　参见《马奈的绘画》,中译本,第 38 页。

4　在福柯看来,马奈的绘画中使用了两种光照系统,传统的内光和现代的外光。比如《吹笛少年》,强烈的正面光从外部打在人物上面,马奈尝试要用外面和正面的实光替代取消内光。而《草地上的午餐》则更加明显地使用传统光照(从高处、左侧照亮了背景草地,女人的背部和脸,其他留在阴影部分中;而另外两个前面的人物,聚光的方式却迥然相异,是一种正面、垂直、正面的光,没有任何阴影。这两种光照表象系统在马奈的这幅画的内部重叠。

5　参见德勒兹:《福柯》,同上。中译见《福柯集》,第 570 页。

三 现代启示

艺术特别制造真实效果,而不简单地制造想象物;图像不是精神的给定物,而是存在着的现实。

—— 德勒兹

《马奈的绘画》虽然讲的是历史人物马奈,展现的是马奈的画作,但福柯的现代解析,学者们围绕福柯解析的批评,确实会给我们当代人以深刻启迪,有助于我们去"看",去"陈述":

1. 回到"事情本身":福柯从马奈的画中看到了古老的现象学问题,词与物之间的认识历程,他更进一步尖锐地提出现象学的在场回归本质,依靠的是画-实物,现象学的贡献是发现了目光感知的存在,画成为了一种文本表象的存在,所以绘画具有重要的认识作用,福柯对马奈的研究也因此揭示了当代艺术的目光现象学:"要获得画中映像,就必须有人,要获得这样的光照,就必须没有人……画家的在场和不在场……马奈发挥了画不是标准空间的特性,表象给观者圈定了观看的唯一地点,成为一个人们可以围之移动的空间。"[1] 把陈述从可见性的圈套中解放出来，就是让画从眼睛走向世界，从瞳孔走向诸物。这也是福柯从认识型思想出发，特别欣赏当代绘画的原因。回到画—实物，是看画目光的回归过程，这对构建新的绘画话语，对于如何评价绘画（以及其他艺术作品，甚至对于人本身），对于理解西方现代派艺术，特别对于我们如何排除一切与画无关的东西，回归画本身去说画都有非常重要的启迪作用。对于其他领域或学科（特别是在浮躁如是的现在）无疑也具有警示意义。

2. 传统和断裂：福柯常常被视作反叛的思想家，思想怪杰，被说成是怀疑一切的反传统主义者。这是很大的偏见。福柯对马奈绘画的研究就是证明，传统和现代历来是个非常困难的问题。维尼告诉我们[2]：在 20 世纪的西方，很少有这样不顾一切执著追寻真理的人。但要注意，他追求的真理，是事实真理，他从来不相信一般观念的真理，也不相信高高在上的认识历史和现在的规律。

但是，他的研究，他所应用的档案和文献，却从来没有脱离传统，传统的知识，传统的思考，从对马奈绘画的分析和研究中，可以看到古希腊哲学、笛卡尔怀疑论、康德批判

---

1 参见福柯：《马奈的绘画》，Seuil，2008 年，44 页。
2 参见维尼：《福柯》，同上，9—11 页。

思想、胡塞尔现象学、巴什拉的新认识论，康基莱姆（Georges Canguilhem, 1904—1995）的新康德主义的传统，只不过他的继承立足现在，当下，看画亦如此，那是一个过程，目光指向画也是显现物质画，这个过程是当下的。那这个当下其实就背叛了传统，更确切地说是背叛了过去。可以说，福柯和许多当代法国思想家一样，都是"异端的继承"传统，或者说是传统的异端派。对历史（档案、文献、画—实物等……）作当下的陈述，其实就是这样一种异端继承的过程。这对于当今的研究者，特别是对于那些以为复古就是继承，以为恢复过去形式和重拾古风就是忠于传统的现代人来说，都是一个警示。

3. 中西的融合：中西融合也是一个非常困难的话题。福柯对马奈的研究促使我们更深入地考虑这个问题。我们认为，融合可能很难，但沟通和借鉴有可能。比如福柯的绘画研究。福柯有关"异域"的阐述，很有启发性。他和德勒兹、德里达等被称作怀疑的一代，他们都对黑格尔的对立和统一的矛盾辩证法提出质疑，认为最重要的是差异和重复。在对马奈的研究中，福柯就运用的这样的思路，他循着"异域"的思想逻辑对绘画进行哲学陈述，正如布朗肖指出，人们解释一个东西，往往需要另一件东西。蒙田也说过："我们永远在别处思考"[1]。因此,福柯通过非哲学的绘画来对哲学进行更清楚的解释。中西思想文化也一样,二者关系的本质是"差异",互为"异域",而这种差异性(传统的差异型)决定了目光的差异,也就是看和思维机制、语言陈述方式的差异。这里要注意,和哲学和绘画能够互相阐述但不可能融合为一种学科一样,中西两种文化也是不能融合的,二者互为他者,这和福柯的目光思想有可比之处。观画要把与画无关的一切剥离,也要把自己的固有成见扫除干净,目光深入到画—实物中,述说之所见(可见物和不可见物)。中西文化要互相观察和理解对方,也需要走出自己的传统,清除自身固有的成见,深入他者之中。从这点上讲,我同意于连教授关于对他者研究(陈述他者)的看法:远离自身,深入甚至留驻"异域",然后"回归自身",这是否可比福柯所说的目光的移动或观者位置的移动呢?

最后,还是想用我崇敬的熊秉明先生的一段话表达我的心情:"一个人总是生于某地,青年时会去远行,甚至在异地长大,而慢慢就会萌生回归的愿望。但回归和思乡不同……回归是一种认识,一种成熟……"这多像福柯的"看画",目光活动于画,深入其中,其过程难道不是一种陈述、一种对不可见的可见深层根源的寻求吗?

---

1 《蒙田随笔集》(*Essais*, L. III, chap. IV, Gallimard, 1962, p. 812)。

礼小义大

《礼物：当代法国思想史的一段谱系》代序

　　小小"礼物"，引出有趣"故事"，此"故事"背景当为当代法兰西思想文化，"故事"则是法兰西思想史中一段思想承传变异之谱系。《礼物：当代法国思想史的一段谱系》一书篇幅不大，却内容丰富，视野开阔，予人启迪，引人深思。

　　作者以"礼物研究"的缘起开篇，追溯了19世纪末西方人类学对古式社会的礼物交换和前现代经济的礼物模式的研究，比如美国人类学家博厄斯对夸扣特尔人的礼物交换习俗的考察，民族志学者马林诺夫斯基对特罗布里恩岛的美拉尼西亚人的礼物交换习俗的详细描述。这些研究奠定了"礼物研究范式"在西方社会学和人类学中的重要地位。

　　首先，作者介绍了莫斯的"礼物研究"。莫斯受到上述两位学者的极大影响,在法国现代人类学、社会学乃至人文科学的发展中地位重要,后来被称为"法国社会学之父"。正如英国社会人类学家埃文斯-普里查德在《礼物》英译本导言(《礼物》中译本《附录》,汲喆译,上海人民出版社)中所指出的,从18世纪以来的法国实证主义哲学传统中出来的莫斯的最大贡献就是推动法国社会学达到了"经验"阶段,努力在"可理解"中,即在总体性中把握社会现象。莫斯在分析毛利人的古式社会礼物交换时提出的核心问题是:为什么在原始古代社会中受礼者必须做出回礼?通过毛利人的"豪"、即"礼物之灵"的观念,莫斯对"社会之所以成其为社会"的问题做出了回答,从而揭示了礼物经济及其体现的道德、法律、经济、宗教及社会的诸多原则;而人进行礼物交换的实践,以及参与礼物交换规则和道德原则的实践,则体现了人类社会化的演变过程。在"礼物"的思想谱系中,莫斯奠定了"礼物研究"的基本范式。

其次,作者着重阐述了受到莫斯的礼物研究重要影响的法国结构主义大师、文化人类学家列维-斯特劳斯的礼物思考。在对亲属关系的结构主义研究中,列维-斯特劳斯从莫斯独特的礼物经济分析中看到了"物的交换"和"人的交换"的等价关系,即礼物社会中人们不但交换"物",而且也交换女人和孩子,由此产生了义务承担和继承的相互社会关系。这是列维-斯特劳斯对于莫斯所欠缺的"社会学维度"的一个弥补。列维-斯特劳斯发挥了莫斯的"礼物交换的象征性"思想,指出了从物质到关系、从语言到文化的社会整体的符号交换体系及其象征结构,再加之葛兰西、巴塔耶等对礼物交换的节庆习俗和献祭及其仪式的真实意义的探索,使得法国人类学、社会学、文化批判、结构主义及后结构主义在西方思想界独树一帜,具有与其他欧美国家截然不同的风格特点。

随着当代西方思想对现代理性主义及其主体性哲学批判的深入,对礼物问题的思考就从"礼物交换和赠予的主体或交互主体性"转向了"礼物赠予者是谁"的问题,也就是要超出主体性和个体自我对赠予者进行纯粹哲学的思考。作者在书中主要分析了海德格尔和受海德格尔存在论哲学启迪并对之进行深刻批判的列维纳斯,后者"以伦理学作为第一哲学",把"他者"的思想推到极致,使礼物话语从"存在的赠予"转向了"他者的赠予"。列维纳斯和海德格尔各自在存在论和"伦理"的意义上对西方现代主体观念提出质疑,实际是在思考作为"纯粹赠予"的事件:它的到来和发生如何成为可能。海德格尔与列维纳斯的"礼物话语模式"的哲学意义也就在此。

在海德格尔和列维纳斯思想之争打开了"后海德格尔哲学"道路之后,礼物研究在两个不同的方向上经历了具有创新意义的后现代转折:德里达的"解构礼物"和马里翁的"礼物现象学"。作者把德里达和马里翁的"礼物研究"放在贯穿了大半个20世纪的"法国现象学之路"以及二者对胡塞尔的"现象学方法"以及海德格尔的"在场形而上学的残余"旨趣各异的批判的背景下展开讨论,他运用思想笔记的手法把阅读的心得娓娓道来,同时又对他们的思想旨趣作出精细的分析。作者指出,德里达的"礼物解构"的思想深刻体现了他始终不变的那种哲学追求:纯粹的"礼物"、即礼物的纯粹"赠予性"是"不可能"的,保持礼物的纯粹赠予性,也就是去实现"不可能之可能";因而,礼物赠予只能是一个事件,在期待之中的事件。而马里翁则带有浓厚的笛卡尔主义和基督教思想的色彩,因而他的"礼物现象学"带有一种沉思的特质:他从礼物的"被给予性"的"无条件的可能性"出发理解和解释作为赠予事件的礼物,"礼物现象"成为马里翁"被给予性"的激进现象学原则的原型,是马里翁所谓的胡塞尔的"先验还原"和海德格尔的"存在还原"之后的"第三还原",即"被给予性还原"的范式。

我感到,这一部分是本书最为精彩的部分。作者为此阅读并分析了大量的原著,其中包括很多非常新近的资料,依据"礼物研究"勾画出丰富而又璀璨的法兰西思想晚近发展出来的一条脉络。更令人深有感触的是,作者与20世纪后半叶以来的法国哲学思想和法国文化那种灵犀相通的领悟。在这种领悟中深深蕴含的现实意识和人文关怀同样令人感动。今天,这样的叙述,这样的思考,难能可贵。作者从文化思想层面梳理了"礼物"的异域思考线索,从礼物的角度点出了 20 世纪法国思想的特殊贡献:对"不在场物"、"不可见物"等"现象"的重新关注和发扬,堪称是法国现象学赠予我们的宝贵思想礼物。作者的叙述告诉我们,"礼物"在一百多年间的西方思想界如何成为人文科学和社会科学的"一个经典研究领域",又如何在现代社会成为一个激发人们以全新视角去审视我们旧有的各种知识范式的人文科学领域中的"关键概念"。这样的研究不但从知识角度来看意义重大,而且也会启发读者对现实作种种另类的思考。

此外,它也让我们想到,在中国传统中,"礼物"一词主要指祭祀等礼仪所奉献之物,即行礼之物,同时它亦指馈赠亲友之物。人们熟知"礼物"的"奉赠"之义,注重"礼物"之"物质性",而往往忽略其精神内涵。其实,无论从金钱上讲多么贵重的礼物,究其真正价值和意义并非在"物",而在于礼物的"文化",即"礼"。因此,世界上存在两种对礼物赠予的回报方式,而只有在文化和精神层面上的回礼,才是真正纯粹的回礼。虽然在很多人看来这个层面"不可能"最终达到,但却是应该永远追求的;放弃这样的追求,即使物质上收获颇多,我们也会迷失根本。

感谢作者的这份"礼物"。作为读者，凌乱写下以上文字，不足为序，也难以作为"回礼"，不过是一些感想而已，但却表达了我内心诚挚的谢意。

2012 年 8 月 16 日于北京

辑二

最后一位哲学家

1943 年 6 月 25 日,萨特的《存在与虚无》付印,8 月 1 日面世。四十四年后,《存在与虚无》中文译本出版,又过了十年,修订本问世。关于这本书,关于这本书的作者,总会引出不尽的话题。记得列维纳斯曾经引用过布兰舒维克 (Brunschvicq, 1869—1944) 在 1932 年说过的话:"我们这一代人经历过两次胜利:德累福斯事件的胜利和 1918 年战争的胜利。"有人则把萨特的《存在与虚无》的出版与德累福斯事件相提并论,认为它的出版堪称异乎寻常的事件,甚至可说是树立了一座城池、高山和碑石。1884 年,法国军事当局诬告犹太血统的法国军官德累福斯 (A. Dreyfus, 1859—1935) 出卖国防机密给德国,当局判德累福斯终身服苦役,并借此掀起反犹运动,鼓动对德战争。在事实已经证明是诬告后,当局仍坚决拒绝重审,导致民主力量与反动势力之间的尖锐斗争。在舆论压力下,1899 年德累福斯被特赦,1906 年复职。我们可以说,《存在与虚无》的出版与19、20 世纪之交在法国轰动一时的这个事件最相近的特点就是:二者似乎都反映了各自时代知识界对现实的一种关注、介入的态度,虽然它们的发生相距 50 年。

《存在与虚无》诞生于1943 年,这是战争发生转折性变化的一年。萨特的昔日战友、法国当代著名哲学家让-都圣·德桑第在 1993 年《存在与虚无》出版 50 周年时曾就有关此书的情况接受《世界报》记者的专题采访。德桑第也是巴黎高师毕业生,第二次大战中曾加入过共产党,与萨特、梅洛-庞蒂等一起积极参加抵抗运动。他大概是当今仍健在的为数不多的熟悉这本书初版情况的见证人之一。他回忆说,他与左派知识分子朋友们在热望中等待这部著作的问世。他们都读过萨特的《想象》、《自我的超越性》、《情感理论初探》等属于胡塞尔现象学在法国传播初期的作品。萨特袭用"现象"概念指定物的在场(présence),而现象学并不归结于不可知的自在之物,而是归结于另外一个现象,一系列另外的现象。他沿用了现象学的"意向性概念":意识是对某物的意识。

但意识是纯粹的半透明性:它是依附非存在力量的绝对在者。这些思想线索深深吸引着大战前后萨特周围的那一群人。特别是萨特把胡氏的意识理论推向极端,将胡氏的超验领域改变为无人称的——或可说是前人称的,"自我"并非是意识的所有者,它是意识的对象:它总是逃逸的,并不存在于意识之中,而是在外的。这一切对当时那企图挣脱迷惘、混沌的一代具有难以言说的诱惑力。德桑第、梅洛-庞蒂等早就知道萨特在写这样一部理论力作,他们迫不及待地想早些读到此书。前些天,笔者在《中华读书报》上读到一篇文章,其中谈到《存在与虚无》,说这本书发表时无人问津,未免失之偏颇。事实上,书一问世就很快在知识界声名大振。德桑第仅用一个星期的时间就读完了这本砖头一样的厚书。许多职业哲学家都拿来看过。法国新黑格尔主义代表人物、著名哲学家让·华尔从美国一回来,就发表了题为《论一个问题的虚无》的文章,实际是评述《存在与虚无》第一卷第一章(第37—84页)的内容。有趣的是,第一篇关于《存在与虚无》的书评不是出于哲学家,而是出于一位青年文学家之手,这位未来的著名电影制片人名叫阿斯楚克(Alexandre Astruc),他的书评发表在《诗歌》杂志第44期上,文中充满对《存在与虚无》的作者的无限敬意和崇仰,可说是对这本书的第一声欢呼。

但是,《存在与虚无》从一开始就难以被学术界正统权威势力所接受。时至1943年,在法国占学院派统治地位的是新康德主义代表布兰舒维克的传人勒塞纳(Le Senne,

1882—1954）和拉瓦勒（Lavalle，1883—1951），他们代表着官方教学学术机构的权威。在他们看来，《存在与虚无》实属离经叛道之举，这样的书，如何能进入哲学的神圣殿堂？这些人以冷嘲热讽的态度对待这部"哲学著作"。据德桑第回忆，他在（花神）咖啡馆就听见勒塞纳与拉瓦勒在一起嘲笑萨特在书中论述的"粘滞"的概念：关注"粘滞"？这太不可思议了！这样的词，怎么能出现在哲学论著中，并且经常出现！实际上，萨特最终也没有得到学院派的承认，他是法国第一位、也是唯一一位声名如此显赫，却除了在中学执教过、从未进入高等学府正式任教的哲学家。

但无论如何，萨特的《存在与虚无》的成功是不言而喻的。当然，它最终为人瞩目，还是要到1945年战争结束之后。那是存在主义的时代：战争之后的气氛使人们不得不怀着一种悲怆的心情关注个人与历史的关系，而这实质上还是知识界如何面对现实的问题。与其说《存在与虚无》以哲学著作的身份吸引了广大读者，毋宁说是这本书所呈现在人们面前的色彩——或者干脆可以说是由于它的作者在书中所散发的本人的独特魅力，即由于萨特哲学家与作家的双重身份造成的结果。到了20世纪50年代，存在主义在法国思想界发展成为最具影响的思潮，其影响远远超出了思想领域，超出了法国国界。而这部《存在与虚无》也就被视为法国存在主义运动的奠基之作，萨特本人也确定了自己在这个运动中无可争议的领导地位。

从50年代后期开始,存在主义势头锐减,结构主义大师、人类学家列维-斯特劳斯逐渐替代了萨特的位置。特别是由于世界风云的变幻,法国左派知识界随之发生分化,对于苏联,对于马克思主义,对于恐怖分子,对于阿隆以及古巴等问题,许多人都进行了重新思考,因此对萨特的批评与指责时有所见。而60年代以来,法国思想界否定人道主义和主体性的倾向促使人们对萨特及其思想重新审视。许多人指出,萨特一生追求的精神目标是以失败告终的。这种反人道主义倾向最重要的功绩在于冲击了传统、天真的人道主义的形而上学的基础。但是,60年代以来对人道主义的批判并没有解决问题,批判与破坏之后并没有建立新的有效理论体系,虽然这些批判有时是极其深刻,极其有道理的。因此,80年代以来,一些后来的哲学家们(如阿兰·雷诺、吕克·费里等)面对反人道主义的难题和由之呈现的废墟,深感应该给予人各种思想权利,期待一种真正的、既脱离形而上学传统又继承人类历史各种智慧的博大、宽容的人道主义。如是,60年代后的怀疑一代,认为萨特的思想过于人道主义,而80年代的批判人道主义一代又认为它过于"形而上学"。

总之,《存在与虚无》一书,无论喜欢还是不喜欢,它在半个多世纪中一直是一部受人关注的学术著作。1993年,

171

也就是《存在与虚无》发表50年、萨特逝世13年后,法国许多报刊都组织了专门文章,一些协会纷纷举行各种活动,伽利玛出版社再版《文学批评集》(袖珍本),米那尔出版社再版《中介的萨特》,《萨特书目》等。而且,有关方面决定:从1993年起,《存在与虚无》的第三和第四部分(即有关与他人的关系以及有关人的自由的部分)正式列入法国大学中学教师资格考试的内容。法国学界似乎出现了对这位法国20世纪最重要的思想家之一的再度关注。但是,应该指出,这种关注是对萨特及其思想的有距离的关注,人们会觉得,萨特离开人世仅仅十多年,从年代上讲,离我们还很近,但他的思想却似乎离我们很远了。他的本体论哲学在某种意义上讲好像比许多古典哲学离我们还要远。这种远是一种历史纪念碑式的远,他的哲学变成大学生与教师经常参观的博物馆之一,这往往不是由于它揭示了真理,而是由于在和谐陈列中表现出来的美丽。

法国当代令人瞩目的中年哲学家阿兰·雷诺在1993年发表了《萨特,最后一位哲学家》一书,在学界引起普遍反响。"最后一位哲学家"最早是福柯以嘲笑的口气加给萨特的称呼。说萨特是最后一位哲学家,首先因为在他以后,没有任何人还能有他那样的勇气和执着企图在著作中回答有关人的所有问题。其次,是因为他是最后一位认为自己有可能用他的思想去改变人的观念、改变人与世界的面貌的思想家。他大概是最后一位克莉思特娃所说的想用意识形态改变人们思维方式的知识分子代表。而在今天，人们对于真理的兴趣绝对小于对于意义的兴趣。所以，知识分子时代预言家、真理主人的特殊责任应该取消（福柯语）。但无论如何，我们都知道，做这样的知识分子是需要勇气的，也正是由于这点，人们直到50年后的今天还会想到《存在与虚无》，想到它的作者。

"写家"波伏娃

今年是法国著名女作家西蒙娜·德·波伏娃(1908—1986)诞辰90周年。很多人都是因为萨特而知道波伏娃的:从1928年两人在巴黎高师相识到1980年萨特逝世,在半个多世纪中他们共同生活、战斗,虽然其间也发生过一些逸事新闻,但无论如何应该承认他们是相依相伴50年的终身伴侣。波伏娃分享了萨特漫长动荡一生中的苦与乐,在每一个关键时刻都坚定地站在萨特一边,给予萨特可贵的支持。波伏娃的名字总是追随着萨特的名字,就像1929年通过教师学衔考试时,萨特名列第一,波伏娃随列第二一样……

波伏娃出生于一个天主教色彩很浓的资产阶级家庭,但她天生是个抛头露面的活跃人物。她本人具有作家、哲学家、散文家、戏剧家等多重身份,而她的写作却与萨特的《现代》杂志、存在主义运动、妇女解放运动、萨特伴侣和战后"介入"女思想家的身份紧密地结合起来。换句话说,她的"写作事业"与她的"生活事业"是密不可分的。正因为如此,她不是传统意义上的哲学家,她没有去建构哲学体系,而选择了"哲人"的道路。这也是她与萨特的一个很重要的不同点:波伏娃写作是为了更好地感受生活,而萨特是为了更好地履行写作与思考世界的使命。

波伏娃的第一部作品是小说《女宾》。《女宾》的主题明显取材于1933年的萨特-波伏娃-奥尔加的三角情感纠纷。在这部小说中,波伏娃避开此类主题惯用的心理分析手法,而向读者展现了存在主义小说的模式,特别提出了"他人"这个存在主义关注的重要问题。第一部小说的成功促使波伏娃放弃了中学教职,投身写作。1954年,波伏娃的《名士们》获龚古尔文学奖。这部小说是法国战后左派知识分子圈子里最优秀的小说之一:它描述了形形色色知识分子的形象,战争胜利后的幻想及其破灭,与共产党、东欧、美国矛盾又困难的关系,面对殖民主义的无能为力以及对古拉格现象的觉悟……这本书在法国知识界引起如此巨大的反响,对现实产生如此巨大的冲击,出乎作者预料。

波伏娃也有一些哲学论著,但大都是宣传解释萨特的存在主义,没有太多独特之处。然而,她1949年发表的《第二性》，却是一部至今仍具重要意义的巨著。这部千页鸿篇是波伏娃最著名、最有影响的书。书出版时曾受到多方指责，被视作丑闻，堪称惊世骇俗之作。它真正为人们所接受并引起世界性反响还是在 1970 年以后。在书的第一卷中，波伏娃从生物学、弗洛伊德心理学及马克思主义的角度分析女性的条件，通过宗教、神话、文学分析批判了"女人性"的观念。她指出："女人不是天生就是女人的，而是变成女人的。"波伏娃尖锐地抨击了把女人规定为他者的男人强加在女人身上的种种神话，她指出："在历史的长河中，男人是主人，女人总是奴隶。"在第二卷中，波伏娃对女人从童年到老年的条件进行了一系列详细考察，展望从如此处境解放出来的前景。这部书在发表 30 年后被公认为妇女思想史中独一无二的著作，在 20 世纪西方文化史中占有重要的地位。

波伏娃的名字与萨特紧密相连，但波伏娃凭自己的成就得到了应有的重视。按罗兰·巴特的说法，波伏娃是写家。作家是名词，实现一种功能；写家是及物动词的名词化形式，实现一种活动。作家通过加工语言为自己的写作辩护，写家则通过写下他所想之物为自己辩护。作为写家的波伏娃是 20 世纪杰出的女性。

1978 年 7 月

列维纳斯是谁？

　　1964 年，萨特获诺贝尔文学奖。他因"拒绝一切来自官方的荣誉"而没有接受。这条新闻曾轰动一时。当时，伊曼纽尔·列维纳斯给萨特写过一封他自认为很要紧的信。他在信中说，由于萨特拒绝了诺贝尔奖，就有可能成为唯一有权利和埃及总统纳赛尔对话的人，即可能劝说纳赛尔与以色列和解的人。列维纳斯多年后说起这件事，觉得那时的想法实在有些荒唐。但当时他的确认为自己有道理。可惜的是，萨特看完这封信后，竟然问道："这个列维纳斯，他是谁？"

　　是啊，列维纳斯是谁？

　　当萨特、梅洛-庞蒂、加缪等在第二次世界大战结束后开始风靡法国时，列维纳斯刚从德国集中营回到巴黎，他是

177

书斋里的哲学家,默默无闻,远离喧哗,埋头著书,精雕文章。五六十年代,巴黎知识界那些声名显赫的学者、名流不断在各种社会、政治事件中露面,新潮人物与新潮思想蜂拥而起,而此期间列维纳斯在犹太教杰出学者苏沙尼的影响下,刻苦钻研"犹太教法典"及其他犹太教经典文献。从某种意义上讲,他与巴黎知识分子圈子是隔绝的,只留一只脚在里面,却几乎从无什么来往。在很长一段时间里,很少有人提起他的名字。虽然,他是最早把德国现象学介绍到法国的哲学家;虽然,他24岁时的著作《胡塞尔现象学中的意向性理论》被萨特发现时,萨特对现象学还茫然不知;虽然,他多年致力于把哲学与基督教、犹太教教义融会贯通,其深度与广度在同代学者中是绝无仅有的……

不过,近些年来,列维纳斯的名字经常被人提起,他的许多著作(如《从存在到存在者》《时间与他人》《整体与无限》等)不断再版,甚至出了袖珍本。研究、评述列维纳斯思想的专著、文章也经常出现。在欧洲,几乎所有国家都翻译了他的大部分著作;美国、墨西哥、日本也都竞相翻译了他的书;就是远在中国,前两年还看见《从存在到存在者》的中译本。这次圣诞节去法国度假,竟发现在格勒诺布尔市竟有自发组织的研讨列维纳斯著作的学习小组!

很难清楚地解释为什么在今天列维纳斯会具有如此吸引力。也许是因为我们现今的时代需要道德胜过需要政治？也许是因为，在经历了无数以正义的名义残害他人的苦痛之后，人们重又希望一种博爱友善、真正尊重个体他人的正义？也许是因为，列维纳斯钟情的主题——为他人的责任、无偿的仁爱、永恒的面貌打动了渴望和平、平等、和谐的人们的心？抑或是因为，今天，一个喜欢谈论上帝和精神的哲学家能够更多地为人理解，人们宁愿相信那即使是不能实现的超越？的确，在今天这个纷乱、多变且缺少平衡的世界里，列维纳斯这个"伦理哲学家也许是当代思想界唯一的道德学家"，是会引起越来越多的关注的。

一

列维纳斯曾说过："一种哲学思想是在先于哲学的经验之上建立起来的。"列维纳斯哲学思想的形成则基于他特有的经验。

一是文学经验：列维纳斯幼时随家流亡俄国，他很早就开始接触俄国文学，从小就熟悉普希金、莱蒙托夫、果戈里、屠格涅夫、陀思妥耶夫斯基等文豪的作品。书中的许多主人公，在列维纳斯看来都是哲学基本问题的探索者，阅读这些作品，实际就是为哲学阅读作准备，俄国文学可说是列维纳斯的最初哲学启蒙。

二是精神经验：列维纳斯六岁起就学习希伯来文，阅读

《圣经》。在他身上始终保留着一种精神冲动。在与犹太教杰出大师苏沙尼交往之后，他的这种冲动变得愈加强烈，并在以后与他的哲学研究结合了起来。

三是历史经验：列维纳斯生于立陶宛的一个犹太家庭。第一次世界大战爆发后，他随家流亡俄国哈尔科夫。十月革命后又迁居法国斯特拉斯堡。1930年，他就预感希特勒会给人类带来巨大灾难。流亡的历史经验对他的哲学思想形成至关重要，他对历史有特殊的感受。

列维纳斯1923年进入法国斯特拉斯堡大学哲学系，开始他的哲学生涯。柏格森是他早年最欣赏的哲学大师。他认为柏格森的"绵延"思想打破了钟表时间的传统优先地位。若没有这种不能还原为线性的、一致的时间绵延的优先性，那海德格尔就不可能有"此在"（Dasein）的时间性概念，尽管二者有根本的差别。而"绵延"的思想对列维纳斯也实际产生了久远的影响，"使我懂得了一种不断更新的精神性，一种摆脱现象，总是异于存在的存在"（《伦理与无限》，第18页）。

真正对列维纳斯的哲学思想形成产生决定性影响的是胡塞尔、海德格尔和罗森茨维格（Rosenzweig, 1886—1929）。

1928—1929年，列维纳斯在德国弗莱堡师从胡塞尔与海德格尔研究现象学。列维纳斯在斯特拉斯堡就曾与人共同翻译过胡塞尔的文章,并细心钻研过胡塞尔的《逻辑研究》。直接师从胡塞尔,使他更加深入地领会胡氏现象学的精髓。胡塞尔对列维纳斯来说,意味着一种充满生命力的方法。现象学要求进行彻底的自我反思,不仅针对自发的意识,更要探寻一切在针对对象的过程中被掩盖的东西。现象学又是对真理进行思考的召唤,即对具体事物,不但要知道它是什么,还要知道它怎么存在,存在的意义又是什么。现象学为列维纳斯确定了脱离教条体系、严格而又科学的哲学研究方法。

如果说胡塞尔是列维纳斯遇见的,那海德格尔是他找到的。列维纳斯直到今天谈到海德格尔,还是那样陶醉。海德格尔的《存在与时间》在他看来简直是一部可以与柏拉图的《斐多篇》、康德的《纯粹理性批判》、黑格尔的《精神现象学》及柏格森的《论意识的直接材料》相媲美的盖世佳作。运动在存在中苏醒,构成事件,事物与一切存在着的东西牵引着"一列存在的火车","从事一种存在的职业"。这些描述实令列维纳斯倾倒。他感到哲学本应如此:回答存在的意义的问题。海德格尔的哲学较之其他认识方式的伟大之处就在于把哲学确立为"基本的本体论"。列维纳斯1930年从弗莱堡回到法国,加入法国籍,发表第一部哲学著作《胡塞尔现象学中的直观理论》,这部书可说是直接受《存在与时间》的启发而写成的。第二次世界大战爆发后,列维纳斯应征入伍,1940 年在汉纳被捕,后转入德国集中营,被关整整五年。只是在战后,他才重新发表著作:《存在与存在者》(1947),《与胡塞尔和海德格尔一起发现存在》(1949)。

列维纳斯对海德格尔的崇敬始终如一,他认为 20 世纪从事哲学研究的人不能不吸收海德格尔的思想。海德格尔的思想产生是我们时代的重大事件。但是,海德格尔 1933 年与纳粹合作也始终是列维纳斯不能忘记的一页黑暗的历史。"承认我对海德格尔的仰慕,使我常常感到羞愧。我们都知道海德格尔 1933 年的事情,即使那一段时间很短,即使他的许多有地位的学生都忘记了这段历史。而于我,那是不能忘记的。那时,人做什么都行,但就是不能当希特勒分子!"(《读列维纳斯》,第 104 页)"人们可能原谅许多德国人,但有的德国人很难让人原谅。海德格尔就难以让人原谅。"(同上,第 21 页)列维纳斯在这件事情上态度始终明确,只不过比起扬凯列维奇等对海德格尔持彻底否定态度的学者们,他还是不放弃对海德格尔学术成就的肯定,也不愿意否定海德格尔的理论天才及在他哲学思想形成过程中所起的重要作用。

还应该提到的是罗森茨维格,这位完全欧化了的犹太贵族。他早年接受希伯来文化,又学了很短时间的医学,最后转向哲学史。他有着先欲皈依基督教、后又回归犹太教的复杂经历。他的重要著作《救赎之星》(*L' Etoile de la rédemption*)借助基督教精神最后达到犹太教精神,其中对黑格尔整体、对国家的批判,对与整体进行决裂的死的经验的阐述,对主体不可还原为整体化观点的证明都极富诱惑力。在罗森茨维格的生活中就如同在他的著作中一样,犹太教精神出现在对异于它的东西的寻求之后。这一切正是吸引列维纳斯的地方。

列维纳斯受罗森茨维格影响最深的是这种对基督精神的趋近。列维纳斯多年来致力于犹太教教义与基督教的结合,他希望二者的共在就像世间众生一样融洽而又互助互补,这在列维纳斯的许多著作中(如《困难的自由》,1963;《来到思想中的上帝》,1982)都有明显的体现,也成为列维纳斯有关伦理道德思想的重要基础。

二

列维纳斯是一个道德伦理哲学家。在他看来,伦理学是最初的哲学,从伦理学出发,形而上学的其他分支才获得意义。因为,首要的问题是正义的问题——存在由之自我分裂,人类由之成为异于存在的存在者并超越世界,若没有它,任何其他的思想探寻都不过是虚无缥缈的。这是列维纳斯哲学的一个最根本思想。

列维纳斯是从他的"il y a"[1]概念展开他的哲学研究的。在《从存在到存在者》一书中，他运用"il y a"分析作为动词的"存在"（être），探寻存在者（existant）如何突现于中性的、无人称的"存在"之中。列维纳斯在斯特拉斯堡的好友、著名作家莫里斯·布朗肖曾说过："'il y a'是列维纳斯最迷人的命题之一。""il y a"是一种无人称存在的现象，列维纳斯用他童年的经历形象地对这种现象进行说明：一个孩子独自在房间里睡觉，大人在旁边房间继续干自己的事。这孩子会感到房间里那么静，静得发出了轻轻的响声，这就是"微微作响的安静"（silence bruissant）。"il y a"还像人们把耳朵贴在空蚌壳上，仿佛听到了某种声音：空无似乎是填满的，安静似乎成为一种声响。"il y a"意味着人们即使明明知道什么都没有但确又感觉到了的某种东西。它并不说明有这样或那样的东西，它是存在展开的舞台，人们在绝对的空无中想象"il y a"的确实存在，它是没有存在者的存在。

这中性的、无意义的、无名的"il y a"是极其可怕的。它之所以可怕，是因为它总是那么单调、无意义，它与存在者没有任何联系，但存在者又时时能感觉到它的存在，它是

1　"il y a"在法文中是无人称的"有"的意思，相当于英文 there is 或 there are。

一片无法驱散的阴影。试想，一个孩子被大人强行放在空房间里，孤单无援，时间一点一点流逝，窗帘一动不动，但似乎在摇晃作响……孩子此时的恐惧是无法言说的。这没有承载者、没有主体的"il y a"如同一种可怕的失眠状态，列维纳斯在《从存在到存在者》中要寻找脱离这种巨大、可怕、无意义的阴影的经验。

列维纳斯认为，出路就在于：存在者、存在物都应对应于令人惧怕的"il y a"的制约。面对这恐怖的"il y a"，存在物为自己而显现，它不再被"il y a"所承载，这就如同太阳初升时的一线曙光，这就是说存在物通过存在者，通过承载主体、存在的主人而脱离存在的无名状态——il y a。在这里，列维纳斯使用的是现象学存在论的方法：主体的显现——同时也显现了诸物——使自身与所指诸物脱离中性的存在，不断成为脱离原有本质的存在者。

然而，主体要脱离"il y a"，不但要与诸物发生关系，更需与"他人"发生关系，这是更加重要的出路。列维纳斯把"他人"的问题置于他的哲学的中心。他特别要指出，只有"为他人"才能把某种意义引到"il y a"的无意义中去。

在《时间与他人》(1948)、《整体与无限》(1961)等书中，列维纳斯对"他人"的概念都进行了引人入胜的阐述。他赋予"他人"及其与"他人"概念密切相关的"面貌"(visage)等古老概念以原有的魅力，并且与他自己独有的精神融会贯通。在胡塞尔的现象学中，"他人"被设定为"第二我"，即另一个"我自身"。我之所以有可能认识他是因为他拥有与我一样的身体。胡塞尔的现象学描述了这种确立社会性的认识形成的复杂过程，不过这种社会性是建立在先验知识基础上的。而列维纳斯认为，他人之所以于我有意义是由于他呈现为"面貌"（visage）。所谓面貌不是认识的论据，也不是被看见的图像，而是一种外在的无限：面貌一向我呈现，就立刻与我有关系。当他人看我时，我就处在他的目光逼迫之下，我一下子就对他负有责任。列维纳斯对他人的这种表述与萨特的《存在与虚无》中的有关部分相似，但又存在着一些重大的区别。萨特更多地强调他人与我之间的对立、冲突与相争：他人的目光使我物化，他人的出现使我堕落，"他人是我的地狱"。而列维纳斯更多地着力于他人与我之关系的伦理意义的表述，特别是用"面貌"来解释说明他人的意义，具有浓厚的宗教色彩。列维纳斯认为：一方面，他人看我，我就会产生一种负罪感，我成为了他人的卫护者。在我与他人发生关系时，我身上会突然爆发一种责任的意识，他人于是把我从自我、从"il y a"之中解放出来，他人拯救了我。另一方面，他人的含义并不像萨特所说的那样，他人与我的关系其实是宽松的。因为我要对他人负起责任就是要趋向"善"。

那他人于我就如同"主人"，他不是"你"，而是"您"，我尊敬他。但同时,他又是我应救助的对象,我视他为穷人、孤儿、无财产者。我对他人的这种态度是绝不要求同样回报的。所以,他人远不是布伯的互换关系意识中的"你",在我的责任性中,我对他人是主体化了的,而且我似乎就是被选择为这样做的,我的主体化过程确定了我的尊严,我也拯救了他人。"为他人"的意义也就在于此。

他人以面貌呈现于我,呈现于世界。这里就可看到列维纳斯"没有神性的上帝"的影子。作为世俗犹太教的信奉者,作为企图结合犹太教与基督教精神的智者,他认为不可见的上帝不仅是因为人的肉眼看不见他,而且因为这个上帝没有被命名。但当我转向他人,有一个声音告诉我不要让他人孤独存在,当我转向我自身的存在,有一个声音告诉我要对他人负起责任,我知道这个声音是上帝向我发出来的。他人的面貌意味着无限(infini),意味着社会性,意味着外在。"他人并不是上帝的肉身化,但恰恰是通过面貌……上帝显示出来。我们认为,在我之中的无限的思想——或我与上帝的关系——是通过我与他人关系的具体化,通过作为我对他人的责任的社会性而来到我身上的……"(《来到思想之中的上帝》)

这就是列维纳斯所希求的通向善与爱、拯救自身与他人的伦理学。

这里还要指出一点,列维纳斯对"他人"的论述,他的以"为他人"为核心的伦理学其实是在表述他在第二次世界大战中所经历的痛苦事实。纳粹对犹太人的屠杀表明他们是把同类当作要消灭的东西对待,他人作为主体的意义已完全没有了。而以各种名义进行的对他人的残杀、迫害都是通过对"他人"的仇恨而实现的。在列维纳斯的著作中,从来没有出现过"屠杀"一类的词,但在他的书中"要对他人负责"的呼唤,趋向善与爱的无限热忱难道不是对"践踏他人身体与人权"的罪恶最有力的控诉吗?他的许多论述所体现的思想其实与后人在战时纳粹焚尸炉与集中营前树立的纪念碑上所写的话是一致的:"不要忘记这里发生的一切,同时希望你们永远不会经历它。"这种思想一直贯穿在列维纳斯的全部哲学著作之中,虽然没有明确说出来。

列维纳斯拒绝"伟大哲学家"的外衣,他认为那对他无异于束缚的枷锁。六十多年来——直至今天——他始终如一地凭借精神的热忱与痛苦探寻可以把人们引向和平的道路,他渴求的是建立作为"爱的智慧"并为爱服务的哲学,他要通过这种哲学塑造道德的存在:如果哲学要真正了解人性——人道主义,就应该毫不耻于、毫不夸张地服务于这种秘密——他人,服务于这种奇迹——爱。哲学首先就是一种伦理学。这种伦理学面对他人、面对他人的不在场、面对他人的无动于衷、面对思想的弱点、面对我为他人所受的痛苦、面对我的死亡、面对他人的善、面对牺牲与赠予、面对爱和爱的道德,它的回答都是"oui"(对、是)。

也许有人会说,列维纳斯的许多论述都是老生常谈,他向我们重提那些很多人认为无需再关注的东西。也正因如此,有人说,列维纳斯的书是写给成年人看的,他是"成人的导师"。这结论大概有些道理。成年人往往在历史与个人的经验中体会到世上最珍贵的东西竟是看来平淡无奇的、某些伟大人物、理论领袖不屑一顾的道理。列维纳斯近六十年不辞辛劳地研究、施教,甘于寂寞,淡泊声名,为的就是实现这最珍贵而又平常的价值追求,虽然它的实现曾经过那么多的痛苦和血泪,虽然在今天,它的实现会显得愈加艰难!

这就是列维纳斯。

1991 年 1 月于瑞士弗里堡山中

心灵的碰撞

　　1994 年春访问巴黎期间,幸得熊秉明先生所赐《关于罗丹——日记择抄》一书。那时,熊先生独居南郊,看起来身体欠佳,据说不久前曾因车祸受伤,似乎尚未完全恢复。1995 年夏在巴黎第七大学偶遇熊先生,见面后的第一句话我就告诉他:《关于罗丹——日记择抄》这本书我经常翻看,很想与熊先生谈谈我之所悟……虽然我知道,有熊先生于罗丹之所悟在上,愚钝的我谈领悟实在是冒昧得很。

　　在另外一篇文章中,熊先生曾说过:"我属于在西方生活了 40 年的一代……我们在这里几乎无时无刻不感到生活在两个文化的激荡之间……回忆起来,从起居到每天说话,到成家养育、科学研究、艺术创作、哲学思考和生的信念,都纠缠着这个问题"(《儿子的婚礼》)。可以说,熊先生

190

的作品,无论是他的艺术雕刻还是著作与文章,无一不是这种文化激荡的产物。我看到的熊先生的第一篇文章是《看〈蒙娜丽莎〉》,那是一篇极精致耐读的文化散文,文章浸透着中西两种文化的深厚底蕴,既有对"存在主义"的精到理解,又透着老庄道家的超凡脱俗。在多年成功的雕刻艺术实践的基础上,他又从事现代书法的研究和创作。他把中国传统书法与西方结构主义的某些思想和方法结合起来,并且力求在这种实践中创立一种更兼容并蓄的"书技""书艺"与"书道"理论[1]。而《关于罗丹——日记择抄》一书则最集中地在艺术这最高的精神境界中展现了这种文化激荡。在熊先生那里,这种文化激荡是在心灵深处发生的,所以它不是冷静、理性的比较,而实在是一种心灵的碰撞,精神的冲击。

熊先生学哲学出身,后转而投身艺术。正如他的老友吴冠中先生所说:哲学和雕刻交织在他的生活和感情中,长期在他的整个生命中相搏、相亲、沉淀、发酵,使他永不安宁。所以,他从一个充满激情的哲人角度出发解读罗丹。他是东方人,却是对西方文化有绝对深刻领悟的艺术家;他是在西方生活工作了半个世纪、浸透于西方人文精神的学者,但却又是扎根于厚重东方文化、与东方古老文明休戚相

---

[1] 熊先生曾说过:50岁时讲书技,60岁时讲书艺,70过后讲书道。

关的"儒者":以这样的身份进行的阅读使一切肤浅、自负与虚假的阅读黯然失色。

熊先生早在孩提时代就开始欣赏、阅读罗丹。从罗丹的艺术作品中,他读出了人生万象,读出了世间的大悲大喜,更读出了生命的真实与力量。罗丹,这位使西方雕刻发生根本性变革的艺术大师,打破了传统的刻意追求外在性的规格,而以雕刻家个人内心深切的感受和认识作为出发点。他把他要塑造的对象放在内在的、心理的、个体的位置上进行展现,即用纯粹雕刻的语言说出真实,表现出在人的血肉躯体上铭刻的生命历史中的人的精神世界:无论是他创作的《青铜时代》《塌鼻子的人》,还是与一般纪念碑式的雕刻风格迥然相异的《巴尔扎克》《雨果》以及《加来市民》《夏娃》等都不是表现单纯的"人体美",而是以肉体直接诉说"人的生命的全景"。他去除了一切不必要的外在多余的装饰,使人感受到那些青铜和大理石远远不仅是雕刻,而是生命的起伏波澜,是要撞击人心的生命之力,是"开向生命的窗子"……

16年前,我在法国读书,是个"超龄"学生(我们这代人总是比通常情况要晚一拍——即永远在做本应在十年前做的事情)。我是在那时通过熊先生在斯特拉斯堡的大儿子偶然认识了熊先生。而见到熊先生则在认识之前——记得是在蓬皮杜文化中心的一间报告厅中,熊先生似乎是讲中国的传统文化,具体内容已记不清了。我至今对初次拜访熊先生留有鲜明的印象:我总感到这位身体孱弱单薄的哲人艺术家具有一种内在气质,他的智慧与勇气蕴藏在心灵深处,他大喜大悲的强烈情感和剧烈的内心冲突凝结成了震撼人心的作品。我曾先后两次参观熊先生在蒙特利尔小道的工作室,很容易看出他的雕刻作品很受罗丹的影响,比如《杨振宁》,《母亲的头像》,都具有极强的震撼力,那粗重的线条,那通过存在的形体表现出来的生命力量及心灵深处的巨大痛苦,那貌似平静的浑重造型下的激情,都使人想到罗丹。而熊先生后来创作的"鹤""马"及"牛"等一系列作品,不但带有罗丹的色彩,还在极富西方现代风格的近乎夸张的外形下,表现了东方艺术的内在力量。楚图南老人曾为熊先生的《老牛》题诗一首:"刀雕斧断牛成形,百孔千疮悟此生。历尽人间无量劫,依然默默自耕耘。"真是道尽了熊先生作品中的东方精神内涵。

还记得1982年,熊先生陪郁风先生参观罗丹美术馆,我也跟去了。郁风先生风度翩翩,大度可亲。她在罗丹的每一个作品前驻足,而且在本子上细细记下作品简介和熊先生的评论。记得两位先生在《行走的人》,《手》,《老娼妓》等作品前都讨论了很长时间,可惜具体谈话内容我都记不清了。只记得熊先生特别问过我从《手》中看到了什么,郁风先生似乎谈到《手》的力的象征意义,熊先生好像谈到《手》所显示的欲望的力量、生命创造的冲力……事后，熊先生曾若有所思地对我说，郁风先生是他所陪同的国内客人中看罗丹看得最仔细、最认真、也是时间最长的一个。今天，再看《关于罗丹——日记择抄》中的有关文字，我感到熊先生当年的话分明表达的是一种落寞之情。他在1949年的一篇日记中曾评论过中国知识分子与西方雕刻，由于中国人对西方人借人体表现意境有种陌生感，以致一位朋友在罗丹的雕塑前称赞"肌肉表现得很好"，令已渐入创作佳境的熊先生沮丧之至，他要告诉自己的同胞："雕刻并不只是仿照人体，复制肌肉，雕刻家要通过人体表现感情、思想，表现诗、哲学。"遗憾的是，那位朋友对西方艺术的这种疏离、陌生在熊先生遥远的故土上延续了很久很久……无怪乎郁风先生认真的理解与探寻那样令他欣慰与感动。

熊先生在异国他乡长期艰苦的艺术探索取得了成功，但这成功之始就伴随着碰撞：当他的学习告一段落，感到从纪蒙[1]那里可学的已经得到……他突然感到查德金、摩尔离他已很远，"甚至罗丹，在我也非里尔克所说的'是一切'……"因为他是一个东方人，东方情结挥之不去……他仍要走"自己的路去"。他想起故园昆明凤翥街茶店里的

1　纪蒙（Gimord），巴黎高等美术学院雕塑教授，熊秉明的老师。——编注

4

马锅头的紫铜色面孔,想起母亲的面孔,想起那土地上的各种各样的面孔。在异国他乡面对这魂牵梦绕的世界,他将会如何地恐惧与欢喜?就像那时他面对心爱的棕发蓝眼的瑞士姑娘,由于感到她是"异族的女子"而不安、恐惧,"好像面对瑞士明媚旖旎的湖水,动人是动人极了,然而我只能以流人游客的心去歌赞"。这比喻确含一段辛酸与无奈:不同文化之间是难以互补与融通的,对两种文化有同样深切感受的人,他心灵深处遭遇的碰撞与冲突是难以言述的……

这也就是为什么《关于罗丹——日记择抄》一书讲述的是罗丹,而读者深切感到作者记的是罗丹,诉的却是自己和那一代留学生当年的心态与情感,讲的是那一代人在两种文化之间的内心感受,真可谓"言在于此而意寄于彼"。熊先生放弃"说不清楚的"哲学投身于雕塑艺术,也是为着这心中的艺术而留在了巴黎。他曾与几位好友为回不回国争论了一整夜,直至翌晨七点才回到大学城荷兰楼的房间,倒头就睡。熊先生在这篇日记后作了今注:"醒来已是1982年。这三十年来的生活就仿佛是这一夜谈话的延续,好像从那一夜起,我们的命运已经判定,无论是回去的人,是逗留在国外的人,都从此依了各人的才能、气质、机遇扮演不同的角色,以不同的艰辛,取得不同的收获。"而当时不同的选择却造成了以后完全不同的结果。熊先生在讲述这一切时,语气是沉重的,沉重来自过去;唯因现在与过去相联系,过去才显得更加深重。当年最真诚地追求光明的年轻画家在后来的年代中竟每天到街上拣马粪,声称要去造纸;精通拉丁、希腊等数国外语的哲学家最终未能实现在塞纳河边立下的宏志,郁郁而终(我在80年代初曾为熊先生转交送给这位前辈的原版《居里夫人传》。我永远忘不了在那阴暗、破旧的房间里,G先生如何对艺术、哲学发表评论,那黯然凝重的目光至今令我神伤);而当年兄长般呵护学弟们的优秀翻译家竟在数十年中销声匿迹,与海外好友的重逢竟以匆匆礼节似的套话结束……正如熊先生在今注中所云:"当时不可知的、预感着的、期冀着的,都或已实现、或已幻灭、或者已成定局,有了揭晓。醒来了,此刻,抚今追昔,感到悚然与肃然。"这历史变迁中的个人命运,谁能够说得清?

记得当年我们几个大陆学生随熊先生一起参观卢浮宫,他深入浅出的解说、透彻明白的点拨给我们留下难忘的教益。参观之后,熊先生请我们喝咖啡,他曾问过我们一个很严肃的问题:"你们生活的支柱是什么?"我已记不清我们这些人作何回答,但熊先生的生活支柱是艺术,这是不言而明的:为了艺术他背井离乡,在异国一留就是半个世纪之久……但今天,在看到他与毅然回归的同窗好友们的不同选择已产生了不同结果的时候,他并没有获得"正确选择"

的轻松,相反却又在心上加深了一份沉重。如若他像那些隔山隔海旁观指点祖国文化的同胞们一样以平常心比较两种文化,如若他像那些认真以为,唯有站在遥远的西方土地上才能真正研究中国文化的可敬的西方朋友们一样对国中诸事泰然处之,那他肯定不会有这样的沉重。因为熊先生是用心去感受东西文化的,他的心灵中激荡的是文化的碰撞。正因为熊先生真正意识到现实中两种文化的冲突难以避免,所以他心中的碰撞才发生得如此经常与激烈……

1997 年 1 月于巴黎

你的死已经不死

写在熊秉明先生"远行"周年在即

一年前的一个寒冷冬日,得知熊秉明先生离去。转瞬间,一年过去了。

我情愿把熊先生的离世看作"远行",他离开这个动荡的物质世界远行;我也情愿把熊先生的离世看作为"回归"[1],他向着那个纯粹的精神世界回归。我情愿相信:此世的死就是彼世的生的开始,即生者的死向着死者之生的回归。

认识熊先生是在 1981 年,那年我在巴黎学习,是个名副其实的"老学生"。很偶然地认识了熊先生的公子。我

---

1 "远行与回归"是 1999 年熊先生在国内举办的一次艺术展的题名。

在几年前的一篇文章中曾经回忆过这件事。我们是在巴黎南部大学城见面的，碰巧我也住在熊先生在《关于罗丹——日记择抄》中提到过的荷兰楼。此后，我曾去过熊先生南郊蒙特利尔小道住所几次，好像熊先生也来过大学城两次。我1982年底回国，不久后在北大见过面，熊先生以东方语言学院中文系主任的身份来中国商谈合作事宜。90年代以后，我多次去法国，每次我都要去拜访熊先生，直到最后一次，那是2002年的8月。二十多年来，我一直把熊先生当作可信赖的长辈，可敬可亲的老师。但这好像又不是全部，因为我更经常感觉到熊先生是一位可以从精神上理解和温暖"异者"的朋友，他的朋友（更多的是尊崇他的"学生们"）年龄、国籍、职业等都与他非常不同，但都会从他那里得到可贵的帮助。我和许多认识熊先生的朋友在得知他的离去后，都有同样的想法：又少了一位"可以与之诉说"的朋友，失去了一位"能够懂得自己"的对话者。

　　和熊先生交谈，聆听他对艺术、哲学、人生独到、深厚的见解和感受，真是一种幸运。窃以为，在熊先生那一代的学者中，他是独一的。有谁能像他那样从如此坚实的中国文化基础、特别是中国哲学思想的基础出发开始他的思想、艺术追求？有谁能像他那样如此深刻地进入西方文化的根本，对西方艺术思想具有那样刻骨的感受？有谁能像他那样用最西方的技艺和方法完美地表现最中国的精神现象？

又有谁能像他那样在东方和西方、哲学与艺术、精神与物质之间的冲突中，保持着如此从容、潇洒的状态，表现得如此"有风度"？还有谁能像他那样把西方的清晰理性和中国的浑然大气沟通、比照得如此绝妙？也因为此，他的逝去，他的远行，是那么让我们感到失落，那么让我们难以接受。

熊先生的这种难得的状态，来源于他的生活态度，或者源于很少有人能够达到的对生命的感悟。当然，这一切的支撑，又都靠着他厚重的文化底蕴。在和熊先生的交往中，令我最难忘的，就是这种生活态度和生活旨趣。多少年来，熊先生始终如一地遵循着他的生活原则行事待人，他不为名累，不为形役，乐常人难觅之乐，悲常人无视之悲，可谓参透了人生。他说过："我是一粒中国文化的种子，落在西方的土地上，生了根，冒了芽……这是一个把自己的生命作试验品的试验……到了生命的秋末，不得不把寒碜的果子摆在朋友们的面前，我无骄傲，也不自卑。试验的结果就是这个样子。"记得在1997年，我在给熊先生的一封信中谈到我们这一代人的"生不逢时"，熊先生的回信中有这样一段文字："你说你们一代'生不逢时'，其实大可不必作如此的叹息。每一代都有其幸与不幸，所谓幸与不幸全看我们如何去对待机遇。幸运的方面固然要充分利用，不加以利用也就无所谓幸运。不幸的方面能变成创造的资源，也就转化为幸运。"这段话令我感动。作为一个在异国生活了半个多世纪的人,他对故国和生活在那里的人们的关注和理解,比一些留驻国内的人还要亲和、宽容得多。他从来没有用简单的"对、错"和"去、留"来进行判断和评论,他唯一重视的是个人生命的足迹。熊先生的《关于罗丹——日记择抄》一书早就表述了这种人生态度。我特别赞同宗璞先生在一篇文章中所说:"在人生的行程中,若想活得明白些,活得美些,都应读一读这本书。"其实,熊先生的所有著作不都是这样的吗?人们称他为"旅法雕刻艺术家""书法家",其实他更是另一类的"哲学家",他的哲学理念、哲学思考、哲学领悟都浸透在他的艺术作品中,融化在他的书法理论著述中。他能依托中国古老文化把西方的现代哲学流派(生命主义,存在主义,结构主义,后现代……)的思想精髓进行艺术形象化,他用最惰性的物质创造最富生命力的雕刻,他用最独立的单字组建最具内在层次的结构书法,他用最具理性的哲思书写充满人生激情的理论著述。吴冠中老人曾说过,熊先生和艺术总是在谈恋爱,总不结婚,而我更想说,熊先生其实和哲学也没有"结婚";但他放弃哲学论文写作投身艺术,也并未结束他与哲学的恋爱。他和哲学和艺术均保持的是有"距离"的"热恋"状态,正是这种"热恋"关系,使他的创作与思考在艺术和哲学之间架起了一条桥梁,有异并超出某些纯粹哲学家和纯粹艺术家的习惯界限。

近些年来,熊先生在谈话、文章中,多次谈到死这个话题。我感到,他对死,也与他对生一样,采取的是生存哲学家的立场和态度。他对老、死是坦然的,早在 1989 年退休时,他给好友顾寿观先生的信中说:"我们进入老境了,让我们塑造我们的老年,一个有风度的老年。"不久,顾寿观先生因病离世,一些亲朋故友陆续故去,熊先生生活中也屡有烦事,正应古人"人生不如意事十之八九"之言。但熊先生有对生的独特参悟,最让人感动的是他的那份坦然。他塑造的老年的确是"有风度"的。熊夫人陆丙安老师在熊先生去世后,曾把熊先生在最后一次老年书法班的讲稿发给我,讲稿中谈到了他对生老病死的看法:"进入老年,少壮的搏斗已经过去,人生的幸运与多艰、成功与失败,已成定局。回顾平生是老年人很自然产生的心理。走过来的道路很长,似乎有许多偶然,然而细审此曲折道路所形成的图案,又可见其必然。我们不得不承认那是我们自己的生涯。"下面一段关于书写字迹的论述更加精彩:"人即书,书即人,我们一生所写的字,无论我们喜欢不喜欢,满意不满意,我们也不得不承认,那是我们的字迹。认同自己的一生,认同自己的字,即是对个体生命的认同。"这里,熊先生把人生看作为不断走出的印迹的轨道,在走向衰老时,应该采取的是承认的态度,这种认同,就是对生命这个一切生者的绝对源泉的认同。熊先生对生的论述,使我想起去年去世的被誉为生命现象学家的法国著名哲学家米歇尔·亨利。亨利最吸引人的地方，就是他把生命与身体、肉身乃至信仰、圣子、上帝融合为一，打通了生和死，不可见的踪迹要先于可见的踪迹。而珍爱自己的生，才会倍觉自己走过的印迹的可贵，才会从容地对待老、死。熊先生留下的最后一篇文章，是对台湾诗人林亨泰的作品《二倍距离》的解析，这篇文章有一个后记，写作日期不详，但可肯定是在2002年。林亨泰的这首"现代诗"，打动了他，因为他谈的是"生和死"，他早就想写些东西，"但是动笔后便发现解说的困难，试写了不少次，但不能完卷。今年2002年，感到这一首诗的内容和我的生命有直接的关系……不写出来很可惜。并且必须在现在赶着写出来，时间已经紧迫，这首诗涉及的是生死的问题，我今年已经八十岁……"这些话写在熊先生即将"远行"之时。陆老师几次和我谈到这篇后记，我们想，莫非这就是他准备"远行"的告别词？熊先生去世前的三四年，每次到熊先生家拜访，熊先生都会谈到死的话题。2000年冬，我母亲去世，我在一封信中，简单提到此事。熊先生的回信同样令我感动："来信的最后一段，颇有些沉重。语甚简，我不知其详，但也愿说几句。'许多愿望没有满足母亲'，我想这是'既往'了，无法以另外的样式再活一次，只有在'来者可追'中做一点什么，补偿憾恨，比如说写一篇回忆之类。做一点什么，就不会有'万念俱灰'的心情。你正当生命力最充实的年纪，自己想做的事，不想做而不得不做的事，都尽量去做。这些做了的事，若干年后都会成为生命的内容。"今天重读此信，感慨万千。又联想到熊先生在《书法班》讲稿和解读林亨泰《二倍距离》文章中对生死的解释和评论，心绪很难平静。熊先生其实早就准备着经历个体生命的整个过程，如海德格尔的"向死的生"，他认为认同自己的一生，认同自己的足迹，就是对个体生命的认同。"能认同个体的生命，当可以接受个体生命的死亡。"接受个体的死亡，就是真正地认同自己的生命。熊先生引用《礼记·檀弓》所记："子张病，召申祥而语之曰：'君子曰终，小人曰死，吾今日其庶几乎？'""终"就是结束，是使命的完成，是工作的收尾，意味着此世过程的终结。"在生命的最后一个阶段，我们应该从容地、自在地、平静地写自己可以认同的字。"这也就是熊先生向老年朋友所提倡的"人书吻合"的境界，创造与存在的"微妙的一致"。熊先生从书法来讲人生，讲的是人在"终"之前阶段"人书俱老"（唐人孙过庭语）的哲学意义：人的老年和哲学、艺术平行发展、相通汇合，最终同时完成。熊先生如他所说，塑造了一个潇洒、有风度的老年，一个优雅、飘逸的终结……

在解析《二倍距离》的文章中，熊先生更加明确了生死的关系，正是这首诗蕴涵的生死的哲学意义打动了熊先生。诗人和哲学家灵犀相通。这首"怪异"的现代诗经熊先生的解读,明了清晰。它讲述的是"诞生的生者的死"的不死[1],熊先生解释的人(你)是实际与真际的两栖存在。个体的人是世间的又是超世间的,有世间的生与世间的死,但又有世间的死与超世间的不死。所以,"你的死已经不死"。

熊先生"远行"周年在即,写下以上凌乱文字,以此寄托哀思,纪念在我们心中已经诞生的熊先生,他的死在我们心中已经不死。

熊先生,远行路长,慢走,保重!

---

1 《二倍距离》原诗如下:

你的诞生已经
诞生的你的死
已经不死的你
的诞生已经诞
生的你的死已
经不死的你

一棵树与一棵
树间的一个早
晨与一个早晨
间的一棵树与
一棵树间的一
个早晨与一个
早晨间

那距离必有二倍距离
然而必有二倍距离的

风入松和林中路

享受和哭泣窥视着的死亡,这对我是同一件事情。当我回忆起我的一生,我倾向于认为我曾经有甚至热爱我生活中的不幸时刻的机遇,并且赞美这些时刻。当我回忆那些幸福时刻,我也赞美它们,当然同时也促使我想到死亡、走向死亡……

——德里达

王炜匆匆离去,转眼几个月过去了:丢下了他深爱的松中风涛,丢下了他未尽的林中崎路,丢下了那么多关于书的计划、创意,还有那么多正在进行中的工作。但是我相信,他把即将实现的梦想带走了,带到那只有精神和哲思的另一个世界。

王炜比我小两岁，他是四中老高二，我是1965年的高中毕业生，也就是"文革"前入学的最后一届大学生。从宽泛意义讲，我们应该是同代人。所以，他的去世引起的不仅仅是对他个人命运的感叹和痛惜，而更多的是对一代人的命运的回顾和反思。我们这一代人由于种种历史和社会的原因，总是在"追赶"着什么，总是向往着各种各样的计划和愿望，也总是感到许许多多的事情来不及做，还没有顾得上回想一下走过的路，似乎就到了退出历史的时刻，所以总想在这个时刻到来之前能够做完这样或那样的事情。在这样的匆忙和追赶中，他们还要承受许多那个时代留下的特有苦难和沉重负担。不少人过早地病倒、累倒，甚至过早离开人世。王炜就是其中之一。因此，我可以想见他在最后几年是怀着怎样的心情做人做事的，我也很理解他最后为什么会达到那样的"通透"境界。

一

　　我和王炜认识是在20世纪80年代初。那时我刚到外哲所不久，是没有任何哲学背景的年轻教师。王炜则是"文革"后外哲所最早几届的研究生。他们那几届的研究生是20世纪中国历史上极特殊的优秀群体。王炜属于其中比较年长的。他有良好的文化教养和中文基础，又有丰富的生活阅历和人生经验,这使他很快成为了公认的"班长"和"老大哥"。留校后担任外哲所科研秘书后,更是在所里繁琐细致的工作中发挥了很重要的作用,帮助所领导和老先生们完成各项行政、研究事务。再后来,他又在甘阳主持的编委会担任了繁重的工作,实际上是个大管家,他的领导和组织才能有目共睹,事无巨细,一切都安排得井井有条,在那个仍然很困难的时期,非常实在地为国内的学术发展和出版尽其所能作出了贡献。现在回想起来,真是感到王炜这些年来的不容易。他总是游刃有余地处理各种具体事务和他自己的专业研究工作,而且样样都做得漂亮且出色。在当时,总觉得这一切很自然、很平常,没什么特殊的地方。而现在,王炜走了,我们才感到,他的离去,意味着一种类型的人的消失,正像德里达所说:每一次(死亡)都是唯一的,都是一个世界的终结。只是在这时,我们才感到我们是多么需要这种人,他给予我们的那些看来平淡无奇的关心和帮助才显得那么难得和珍贵。

记得在 20 世纪 80 年代中后期,国内逐渐开始对西方哲学思想进行翻译、介绍。那时,萨特的《存在与虚无》经过多人几年的共同努力,完成了翻译初稿,收入《学术文库》。王炜是这本书的责编。一如做其他事情那样,他总是认真对待任何细节,不怕麻烦。记得他约我到他当时住处附近北太平庄的一处露天冷饮座讨论译稿,他对一些概念的译法,一些观点的表述提出了许多很好的建议和批评,比如,关于"ontique""facticité""apparence"等概念的译法。王炜因为对海德格尔的作品很熟悉,而萨特的许多概念都是从海德格尔那里借用来的,所以他的思考和译名斟酌对我们都很有启发和帮助。后来,在最后修改和审定译稿的时候,他也给予了可贵的支持,并且为出版、发行的具体事宜进行联系和安排。1996年,《存在与虚无》出了修订版,其中也包含着王炜的许多辛劳。他从来都是那样悄然无声地工作着,忙碌着;为现象学同人组织,为熊伟基金会,为同事,为朋友的各种问题奔波解难,毫无怨言,不求回报。我自己多年来就在非常困难的境遇中数次得到过王炜"雪中送炭"式的帮助,每念于此,都心存感激,难以尽述。

二

有人说王炜短暂的一生是"读书,写书,译书,做书,出书⋯⋯"的一生,换言之,他的生命的"本质"就是"书"。萨特曾经说过,他的生命从书开始,必将以书而告终;用来概括王炜的一生,亦是如此。20世纪90年代,王炜做成一件大事:他开办了第一家民营书店,目标是做"邹韬奋那样的集学问和出版为一身的学者"。他确实离这个目标越来越近了。很多人都会记得"风入松"这个响亮的名字当时在

209

学术界、出版界和青年学生中产生过多么大的影响，具有何等的号召力和吸引力。其实这个书店已经成为当时国内学术交流和传播的一个中心。而这种号召力实际上是和具有优秀学者和精明书商双重身份的王炜分不开的。他凭借自己的学术功力和背景，把书店办得有声有色，其功德远远超出了书店名称的内涵。难怪嘉映在当年就说过："现在谁要到北京谈哲学、谈文化的事，都会找到'风入松'的王炜。"如果有人要写20世纪书店史、书籍史、出版史，王炜必是其中要提及的重要人物。

"风入松"使王炜得到很多，我想，这种获得更多的是精神的获得。所以，后来的变故，出乎始料，使他也失去很多，受到挫折和打击的不单单是身体。但是，他的追求始终不变，仍然在不同的方面作出自己的贡献。许多朋友都谈到他最后几年，实际上他从"风入松"走出来，继续着他原来的旅行。他又做过很不错的丛书，组织过不少谈话和书评，他写的书人书事文章数目不多，但每一篇都精致、耐读，文字考究，极富历史感。后来，在朋友们的协助和支持下，他又着手开办一家书店，其实这也是许多朋友的愿望，或者说梦想：有一个"Khora"能够让大家自由地边用咖啡边谈书、看书、评书，说些"不着边际"的话。这个书店的名字同样与王炜读通了的海德格尔有关："林中路"。每想到此，我心里都会有些许"内疚"，我常问自己我这次建议是否有些不当？否则，他可能不会那么劳累，不会那么辛苦，不会在书店已经临近开业之际倒下。但有最后和他一起忙碌的朋友告诉我：王炜的最后日月是高兴的，因为他在做自己喜欢和想做的事情，做书，做书店，这真是他的"宿命"，也许，他要的就是这样的生活？他离开清风出没的松林，必定要踏上崎岖而又"诱人"的"林中路"，并且一直走下去……

三

王炜又不是一个单纯的"读书人"，二十多年来，他始终关心着外面的风云变化，关心社会和人的命运。我还记得，在20世纪90年代前后，他几乎每天都会和朋友们电话联系，他和我说过，那时他会经常路过我城里的家，而那里是他儿时住的地方，是一个当时很有名而后来因故停办的杂志社所在地，对面就是他上过的小学。而这次来往于这条熟悉的街道，情景、心境、感觉都大不一样了。那天早上王炜在电话中的沉重语调和深切关怀，至今让我难忘。特别是后来，他在复杂的情况下，尽其所能去扬善抑恶，勇敢顽强地坚持说真话，那一件件真实的事情，仍然历历在目。难怪外哲所过去的领导沈少周老师在王炜走后语重心长地说过这样的话："王炜是我认识的'最纯洁的共产党员'。"在今年年初，我们共同敬重的一位老人病逝，大家用各种方式寄托哀思。那时他的书店建设正忙,后来才知道,他通常要到夜里一两点才能休息,白天也不能停歇。但他还是特地给我打了电话,说他很怀念这位老人,并且非常想做点什么,为这位值得纪念的老人,也是为自己的良心。打这个电话时实际距离他去世只有两个月……

最后一次见到王炜,是在他入院前两天的一个星期四中午,我的课比他的要晚一些。我经过他的教室,和他打了一个招呼,招了招手,没有来得及问他书店的情况。后来才知道,那时他已经病得很重了,但仍然坚持上完了最后一堂课。

早就想为王炜写一点什么,拖到今天才写下这篇小文。这篇小文大部分是我在巴黎访问期间写成的,那里的许多朋友也都在怀念他。大家都记得他的"风入松",也都为他的"林中路"扼腕叹息。希望他在那边的世界里能够少些劳累,能够稍事休息,在林中路漫步……

怀念德里达

　　昨天清晨,巴黎的朋友发来的电子邮件中附有可能是法国媒体有关德里达去世的最早的文字。那是 Marie-Laure Delome 发表在《星期日报》上的一篇短文,题目是《德里达去世》。文章的第一段是这样的:"我们能够读他,再读他:他把我们的世界作为人来思考。雅克·德里达在星期五至星期六的夜间离世,享年 74 岁。德里达是当今最重要的哲学家之一,他的著作被翻译成五十多种文字,这使他享誉世界,特别是在美国。"这篇短文是这样结束的:"德里达的语言独具匠心,他把一切消解之物的理解带到极致。他的风格冲破各种界限而独成一家。问题就这样提了出来:德里达的哲学风靡世界,处处被解释,但它果真被理解了吗?"

　　"德里达去世",从这几个字出现在电子邮件中起,就打破了我心中的所有希望。自去年得知德里达先生身染重疾，我一直存有希望：希望能够发生奇迹；希望他如最后一封短信中所说的那样，能够一点一点好起来；希望他能够看到他的著作有更多的中译本出版；希望在不久的将来，还能够看见他在公众面前出现，发表演讲……所有的希望都被这几个字无情地击碎了。这位出生在阿尔及利亚，有着犹太血统，18 岁才回到法国、从巴黎高师走出来的思想家，曾经享誉世界，备受殊荣，而又历经误解和责难，他给后人留下了洋洋几十卷鸿篇论著，也把他的思考、他的独特魅力留给了这个他热爱、担心和眷恋的世界。

我想说，德里达的独特魅力，至少有三个方面。首先是他的思考对法国当代哲学思想，对法国现象学运动的贡献。

他和他的许多同代人一样是从现象学起步的，但又以其独特的视角和分析在西方传统结构内部对"在场"的思想进行冲击，他和法国现象学学者一起，做了一件具有深刻内涵的科学的事情。他们这一代人的工作，使得胡塞尔和海德格尔向没有言明或没有指示的方向发出了声音。其次是他的"解构"思想，对西方各种中心主义的批判，意义深刻，令人深思。他把他的"解构"解释为追求"不可能"的"可能"，明知不可能实现之事，却执着地要实现不可能的可能，这正是真正的思想家的任务。有许多人指责这是虚无主义，因为是要摧毁一切，摧毁之后，什么都没有建构。

这种指责,实际上是一种很深的误解:解构不是摧毁,不是批判,是一种思想工作,它不是否定,而是肯定,对"不可能"的肯定。真正纯粹的东西是不存在的,但又是我们不断追求的,近些年来他对"宽恕""死亡""友谊""大学""赠予"以及马克思主义等问题的研究(或可说解构)都体现了这样一种深切的学术关怀。这些无疑对现代人有极大的启迪作用,并激发我们对当今时代的诸多问题进行更深入、更高层次的反思。第三是他的介入精神,德里达继承了法国启蒙知识分子的人文传统,他对世界、对人类命运总是怀有深切的关怀,总是意识到一种不容推卸的责任。一个以研究纯粹哲学为目标的思想家,却时时不忘把目光投向外面,关心那些似乎和"纯学问"无关的事情,这不仅仅需要内心的良知,还需要勇气。这在今天并非易事,我钦佩这样的学者,虽然有时我自己做不到。

我第一次见到德里达先生是在 20 世纪 90 年代初,这之前我已经翻译过他的《声音与现象》,并在课堂上讲解过他。说实话,那时我对他并没有什么好感,一是因为他的书实在难读,二也是受到别人的影响,特别是一些法国朋友对他的指责。但现在看来,是我没有认真读懂他的书。

真正对德里达的书、对他的解构思想有一点感悟,或有一些想法,还是由于德里达的中国之行。

德里达是在 2001 年 9 月来华访问的。我不想在此再叙述德里达讲座和讨论的具体内容,只想谈谈给我印象最深的几件事。

最令我难忘的,是我们到上海的第二天,也就是"9·11"事件之后,德里达先生的反应。我和同行的张宁因准备第二天的事情,没有看晚上的电视,对事件的发生一无所知。第二天是复旦大学的陈思和来接德里达去复旦演讲,我们才从他那里得知发生了大事。德里达先生头天晚上看了电视,知道发生的一切,他告诉我们,他一夜没睡。他经常去纽约,熟悉那个地方,那附近有他的朋友,他担心他们。我永远忘不了德里达在那天早上的面容:充满忧虑和担心。后来,在复旦大学演讲之前,他作了一个简短的表示,对这样的恐怖事件表示震惊,又希望不要用报复手段使恐怖无限升级。他的神情,他忧虑的目光永远留在我们的记忆之中。

在上海还发生了一件不愉快的事情,那就是一到锦江饭店,我们就从法国使馆那里得知,香港的一家英文报纸发表了一篇有关德里达在社科院谈话的文章。文章是一个英国记者写的,文中称德里达呼唤红卫兵回来,文章还附有一张红卫兵的宣传画式的插图。德里达很气愤,因为这个英国记者既不懂中文,也不懂法文,不知他是如何得出这个结论的。这个说法传得很快,直到今天,还有人提起,称德里达赞成"文化大革命"云云。实际上,如果仔细再读德里达的《马克思的幽灵们》一书,就可知道,德里达对马克思和马克思主义的分析，与他的"解构"思想是一致的。他要求的是一种正确继承马克思遗产的态度和立场，就是扬弃的思想，既尊重马克思思想的遗产，又指出其局限。这也是对任何思想的解构工作应持的正确态度。我还记得，有一次，我在巴黎如约到德里达的办公室，已到约会时间，德里达先生却还没有出来，正和一个法国人在谈着什么。那人走后，德里达很无奈地说，总有些不速之客，不事先约好就闯进办公室，常常问一些他不愿意回答的问题，然后就发表一些根本不符事实的报道，令人哭笑不得。

德里达先生曾多次谈到身份认同的问题。他常常感到很为难。在阿尔及利亚，在巴黎，他都没有感到哪里是他真正的家。有一个细节令我很有触动：那是在上海，法国领事馆的两位先生请我们一行人吃饭。这两位先生在路上、在就餐时，侃侃而谈，大概是要建议中国应该如何如何云云。我和张宁几乎没有说话，德里达基本上也是沉默。回去时，使馆的车坐不下，需要打一辆车，我不假思索地拉着张宁说："中国人打一辆车，法国人坐一辆车！"德里达马上说："我不是法国人，我和中国人坐一辆车！"事后（最后，两位法国先生让德里达和我们上了领馆的车），我和张宁谈到这件事，感慨良久。这不是个有关国籍的问题，而是体现了一种心境。他对许多西方的东西并不认同，但又难以摆脱。或许正是由于这种不可能走出的两难，使他找到了"解构"

的方法,提出问题,保留结构。

德里达的文章很难读,但他的即席发言却非常精彩。有时讲到兴处,常有火花迸出。对任何看来索然无味的问题,他都能给予出人意料的妙语回答,令人回味无穷。在复旦大学的座谈会上,一个女孩提了个"愚蠢"的问题:"您是如何看待爱情的?"在座的人对这个问题多有不满,哄堂大笑,但德里达却兴趣盎然:"这是个好问题,我关心的是中国人是如何说'我爱你'的,我遇到一个中国人,爱上她,对她说,'我爱你',会发生什么事?"这样的回答令人叫绝。

德里达走了。我的一位法国朋友在邮件里说"我们的德里达离开我们了",另一位法国朋友在寄来登载有关德里达去世文章的《世界报》时,附了一封短信,信中说:"他的葬礼在 12 日举行,我没有去,只有他的几个朋友参加。我只参加那天在医院举行的起灵仪式。他就这样走了……"有的人虽然与你没有任何亲缘关系,相隔万里,但他们的离去却会使你伤心,痛心,因为他的思想曾经启发过你,因为他的关注感动过你,因为他的书召唤过你,因为他的友情温暖过你。你怀念他,不是因为他的声名,不是因为他的外在,而是由于他的内心。德里达就是这样的人。

载《南方人物周刊》,2004 年第 10 期

我的未名湖梦

一个"非正宗"北大人的回忆

在北大工作近三十年了,但我从不把自己看作是"正宗"的北大人。因为我并没有在北大读过书,从未接受过那些闻名遐迩的北大名师们的教诲,没有亲历未名湖畔的学子生活,这大概是我一生中最大的遗憾之一,也可以说是我心中一个难解之结。

未名湖是我儿时的一个美丽的梦。记得上小学六年级时,从电影《青春之歌》中知道了北大,看到了神采飞扬的北大人和令人神往的红楼。后来我就学的师大女附中和女十二中(贝满),都有许多师姐上了北大,北大也成为我们这一届许多同学的追求目标。可我并没有见过真正的北大。高中时一位关系不错的同学名为"未名"。我曾好奇地问过她缘由。记得她不无骄傲地告诉我,她的父母都是北大毕业,还说北大有一个叫"未名"的湖,她的名字大概就与这个湖有关系。记得她经常说她将来会上这所有"未名湖"的大学,对此她胸有成竹,因为她学习优秀,特别是文科非常出色。也是从那个时候开始,我也就有了这个未名湖的梦。

但是,这个梦似乎命定难圆。高中毕业时,没有进大学,而是远离家园留学法国。而那位"未名"同学,也因为当时的政治气候,没有如愿进北大。其实,我并非是学外语的好材料,但是我还是服从分配去学习法语,当时我父母都是很不情愿的。而我自己的最大遗憾则是没有能够进入北大中文系。听说几个同学如愿进了北大,还有一个很熟的朋友上了中文系,我真是由衷羡慕。不过,现在回顾这段经历,没进大学,比起一些同代人还是稍微幸运一些。我至少学了一点语言。而且,法语使我的后来、我的人生发生了根本的改变,影响了我的一生。这是后话。

但是,在国外的学习却因国内的"革命"中断了。1966年以来,我们从过时很久的《人民日报》和每晚八点的中国国际广播电台的对欧洲华语广播中,已经感到国内发生大事了。我们密切关注着国内的形势。从"三家村"、"海瑞罢官"等先兆事件到北大"聂元梓第一张革命大字报",还有八次接见"红卫兵"的广播实况等等,都在冲击和震撼着我们,我们很多人都以为这是一场伟大的史无前例的彻底革命,对领袖的盲目崇拜使我们真诚相信它的目的是"荡涤污泥浊水","触及人的灵魂最深处"。坦白地讲,那时的我既"幼稚"又"盲目",真的以为复辟危险在即。我也做过现在想起来很"愚蠢"的事情,甚至做过所谓的"代表",去给使馆文化处(那时没有教育处)发难(其实就是提意见),要求批判"修正主义的留管制度"。这段历史已经有人开始叙述,其实个中虚实,远远比现有叙述要复杂和深刻得多,恕日后另文再论。不过,那种亢奋的精神状态,在重新踏上北京的土地的那一刻起,就完全、彻底地改变了。

不到两年的国外学习,被国内一纸命令宣告结束。1967年春天,我们应召回国。据说,召回的最重要原因是国内各方的压力。后来虽然在有关方面的努力下,陆续有些留学生重返原留学国,但法国由于1968年的学生风潮而拒绝再接受中国学生,这使得已经准备返法的一部分同学也失去了最后的机会。当然,我和另一部分同学或因家庭问题或因本人革命态度欠端正,本来就被排除在返法名单之外,更是断了一切念想。亲身经历那种"革命境况",其实对我和许多同龄人来说,意味着独立思考的开始。说来奇怪,越是没有学习机会,我越是产生了继续学习的强烈愿望。回国后不久,曾经有一次,搞了一次登记,要留学生们填写希望继续在国内哪所大学学习。当时我们许多人都欣喜若狂，我毫不迟疑地填上了北京大学。这次登记最终不了了之。这对我是一次沉重的打击。我们后来被安排在外语学院，由北海舰队派来的军宣队领导管理。其间组织了几次去北大"学习"，不是去学习知识，而是学习"革命"，按要求观看革命大字报。几次造访北大，看到听见的和我心中那个镶嵌着晶莹剔透的未名湖的"圣地"相去甚远，很让我这个连大学梦都不能圆的学生黯然神伤：铺天盖地的大字报，伤痕累累的宿舍楼，令人战栗的"战时通道"，震耳欲聋的高音喇叭，这些都让人完全没有心情、也完全没有可能去寻湖求梦……我暗自对自己说，我怕是再也没有机会回到校园读书了，那么小就开始憧憬的未名湖梦彻底破碎了……

　　1968 年，在"逍遥"了一年后，我们被送到唐山柏各庄军垦农场，接受"再教育"。国事、家事前途未卜，工作、学习希望渺茫……说来特别丢人，我从北京站一登上火车，就止不住眼泪，一直哭到唐山站，别人怎么劝都没用……其实我并不是一个爱哭的人，而且非常好面子……

　　两年后，接受再教育的农场生活结束，我回到北京，被分配到外语学校当法语教师。我至今怀念外语学校的八年时光。不单单因为在外语学校的工作使我慢慢捡起法语，更因为我和那里的许多老师结下了非凡的情谊，其中就有好几位是北大毕业的。这个学校是中等专科学校，却聚集着一批从北大、外院来的业务水平优秀的教师。重视业务的校领导,很费心思地寻觅到不少有不同"政治"或"历史"问题、外语水平极佳的人才。英语、法语、德语、日语、阿拉伯语专业都有北京大学的毕业生,比如英语组的张雅洁;德语的李月宣、李玉敏、黄文华、王燕生;日语组的吴之荣;阿拉伯语的李琛、关称;法语组的张寅玖(已离开)、刘恒永等等。和我来往最多、也最熟悉的是黄文华,她身材高挑,举止优雅,谈吐不凡,她的先生王大鹏,也是北大毕业,典型的中文系才子,我当时对他们二位敬重有加,视为师长。虽然不止一个"好心人"劝我注意不要多和黄交往,特别提醒我王大鹏1957年有问题,但那时"文革"已进后期,我与人交往已经注重的是感觉,自己没有上过正规大学,特别崇敬大学毕业生,尤其是正宗的北大毕业生。加之我和黄文华是福建老乡,而且两家离得很近,她住史家胡同,我住演乐胡同,只隔几条小街,来往多也是自然的事情。我们经常一起骑车回家,一路上什么都聊,因为都喜欢看书,所以很有共同话题。不过,我们彼此真正了解是在1976年初。我们一起去天安门,一起抄录诗词,一起讨论,一起愤怒,一起伤心。黄文华的父亲也是20世纪初的老留法学生,自然和总理有过关系。这也是我们经常谈论的内容。再后来,形势急转直下,我们的联系更加频繁。我们千方百计从各处寻找总理的相片,翻拍、加印、交换、散发。那是一段难忘的日子。后来,我们还把抄来的诗词集中起来,请一位老师刻钢板,再自己油印,印了几十本小册子,分散给朋友。记得封面题名是秋瑾的一句诗《洒去犹能化碧涛》,至今,有的老同事或老朋友在见面时还会提到这本非常简陋而又亲切的小书……

"文革"结束不久,我进了北大,不过仍然不是到未名湖畔学习,而是因为偶然的原因入北京大学外国哲学研究所工作。当我走进北大校园,再次漫步未名湖畔时,真有恍如隔世之感……那一年,我已年过三十……

外哲所是20世纪60年代遵从最高层领导指示建立的主要从事现代外国哲学研究的机构。我来的时候还和亚非所等在一起属于研究所管辖,后来独立。经过"文革",当时的所长是维也纳学派成员、分析哲学专家洪谦教授,副所长是海德格尔亲授弟子、存在主义学者熊伟教授。我进所的第一篇译文就是熊伟教授要求作的,要我翻译马塞尔的《1970年的存在》,大概也是要了解一下我的水平。我从没有受过任何的哲学训练,外语也是半截水平,在外哲所的前辈和"文革"后的第一、二批的出类拔萃的研究生中间,我的困难可想而知。进入北大的梦想竟然成真,但身在北大,我却时时不敢忘记我不是北大出身,而是"非正宗"的北大人。也许正是成为真正北大人的梦想,使我留在北大至今。

刚开始从事翻译时,我经常会去社科院历史所,求教

50年代北大毕业的周剑卿老师。她是西语系著名法语教授桂裕芳先生的同班同学,因为历史所离我家很近,我一有问题就去找她。周老师原来在外交部工作,我留学法国时,她和她的先生刚好在使馆工作,当过黄镇大使的翻译。可惜当时并不认识她。她回国后从事学术研究,著述、译作成果颇丰。她称我是她的小朋友,每次求教都热情接待,耐心讲解。好在所里的老师和同事都非常关心我,让我这个门外人渐渐熟悉这一行。我从翻译专业文章开始,并在老师们的建议下,以萨特存在主义哲学作为研究法国当代哲学的切入点。当时的翻译作品多没有发表,但为我后面的工作打下了有用的基础,是通向外国哲学研究之路的必要阶梯和可靠积累。在专业翻译中,给我帮助的老师真不少(有人说,我之所以找了我的北大西语系毕业的先生,也是为了找一位老师),熊先生熟悉存在主义,给我很多有益的指点和教导,并且经常鼓励我多参加活动;还有洪先生的高足陈启伟先生,他学问好,人也特别好,他多次指出我翻译中的非常"低级"的错误,因为我不知道的东西太多了,我现在对这些错误还记忆犹新。到北大后最令我高兴的就是能遇到这样的好老师。当时我在语言方面经常请教的还有西语系的刘自强先生,她是清华大学原校长梅贻琦先生的儿媳,她的父亲是爱国军官,受屈含冤英年早逝。她的母亲刘淑清很了不起,不但培养出几个出色的女儿,还是著名爱国民主人士和慈善家,我也是在几年前读了她的传记才知道这位母亲的不平凡一生。刘自强先生身上散发的书卷气,她的睿智,她的慈悲,她的宽厚和谦和,真是得益家传。刘先生本人擅长西方文学、特别是诗学研究,她的文学感觉敏锐,对许多理论问题领悟深刻,所以我不但在语言上受惠于她,而且在西方文学批评理论方面也受到她的点拨。如今,刘先生已退休数年,我们虽然见面机会不多,但时而会电话问候。前两年,梅先生也走了,刘先生更让我牵挂,我始终难忘刘先生可贵的帮助,至今对她心存感激。

洪谦教授是外哲所的所长,他是分析哲学专家,又是维也纳学派唯一的中国成员,他常常对我说,我搞的东西,你一点不懂,很多人都不懂。确实,他研究的学问,我是一窍不通,看他的一些文章,如读天书。但是,我仍然把他视作我在北大的恩师,和其他很多师长一样,他教给我更多的是应该如何做人,如何处世,如何在一个远非完美的世界保持自己的独立和干净的灵魂。我听许多哲学界的老人说过,在长期变动的局势的压力下,洪先生始终坚持自己的学术观点,从来没有为迎合时政而改变过。据说"文革"中,他曾对家人说过,如果他要受到公开侮辱,是绝不能忍受的,一定会断然自绝。好在公开批斗不知何故临时取消,避免了悲剧结果。20 世纪 80 年代以后,洪先生对于许多"事件",都是爱憎分明。我最感激他的,是他对我专业学习和研究的支持。在选定以萨特存在主义哲学作为法国哲学研究的入口之后,曾经遇到过数次没有什么道理的指责和冲击,萨特有时甚至成了许多所谓腐蚀"资产阶级思潮"的急先锋,有些理论逻辑简直到了荒谬的地步。洪先生的基本态度始终如一,我曾在一篇纪念萨特诞辰 100 周年的小文中回忆了这段经历,印象最深的是,身为分析哲学专家的洪先生虽然对欧陆人文思想传统有自己的激烈看法(比如对康德),但他的内心却藏有深切的人文关怀,所以他会不止一次地强调:萨特是 20 世纪西方最伟大的四个思想家之一,是非常值得尊敬,值得研究的。我也是在洪先生以及其他一些老师的支持下坚持从这个入口走了下去。我的第一篇论文——非常"初级"的有关萨特《厌恶》一书的评论文章,就是在他的鼓励和推荐下发表的。20 世纪 80 年代末,洪先生身体渐渐出现问题,后来查出绝症,住在友谊医院。记得最后一次见到他是 1990 年去海南开会之前,那时他已经病很重了,但仍然保持着平日的"绅士"风度,雪白硬挺的衬衣领子,整齐的头发一丝不乱,笔直地坐在病床上和我交谈,那次,洪先生谈了很多……告别时,他留下了最后一句话:"希望下次来还能见到我。"而我离京刚到海口不久,涂纪亮先生就带来了洪先生逝世的消息……我曾经在洪先生走后多次想写点东西以作纪念,题目都想好了——《真正的贵族》,但直到今天都没有完成,不过,我会常常想起这位可敬的前辈……

我内心常存感激的,还有我们所里的研究生,虽说他们是学生,但其实应该是我的老师,这绝非故作谦虚,而是事实。因为那是一个特殊的时期,特别是1977、1978年前后的学生,拥有独特的思考能力和人生经历,他们的聪敏、好学、仗义和独立思考的精神,都深深地感染和帮助了我这个迟到的、先天不足的"老学生"。那时的师生关系很奇特,年龄相差非常大,个别人比我还要年长,但在大多数时间,彼此间很像朋友。这样的关系,一直延续到几经风波后的今天的外哲所,虽然外哲所的"老人"已经所剩无几,几位老先生陆续仙逝,还有的几位因各种原因离去。去年,为外哲所发展立下汗马功劳的中国民营学术书店出版业的开创者王炜因积劳成疾去世……20世纪80年代入所的那些学生,很少有留下来的,有的最初留下,后来也因为各种"风波"而去国离乡,时而会在国内或海外相遇,都会回忆起北大外哲所的人和事,都会感到一种温暖,心中的温暖。这种温暖在现在越来越难得,但唯因我们经历过那种温暖,不管我们面对怎样的现实,有时会产生怎样的遗憾,都会在心底珍藏对未名湖畔那段时光的美好记忆,珍藏对北大的深深感激……

未名湖永远是我心中的一个梦,虽然我已经在北大工作了近三十年,但我依然向往我梦中的未名湖。我这个非正宗"北大人"的未名湖梦似乎从来没有实现过、也永远不可能实现……

应该感谢他

写在萨特百年诞辰、逝世 25 周年之际

> 在解放时期,人们奇怪地蜷缩在哲学史中,
> 我们刚刚知道黑格尔、胡塞尔和海德格尔,就像
> 年轻的猎狗一样奔向一种比中世纪还要糟糕的
> 经院哲学。幸运的是有了萨特,他是我们的外
> 在,他真是后院里吹出的一股清风……
>
> —— 吉尔·德勒兹

一

我第一次知道萨特大约在三十年前。那时我还年轻,
在外语学校教法文。当时法语组聘请了一位法国外教,是
随赴中国国际广播电台工作的先生来京的。由于许多说不

清楚的原因,我和这位外教很快就成为了好朋友。她是学哲学出身,喜欢和我讲一些法国思想界的事情和她对此的看法,而且常常把她喜欢的书报带给我看。因此,我这个曾经在法国"读过书"的"法文教师"才知道了"萨特""加缪""阿隆",知道了《厌恶》《局外人》……后来,又由于许多偶然的原因,我离开工作八年的外语学校,来到自幼向往而又总不得入的北京大学。不过不是到我向往的中文系,而是到了外国哲学研究所,开始了我的法国哲学的旅行,而这次旅行的起点就是萨特。

多年以后,我常常会想起这个起点。"选择"萨特为开始,是偶然,还是必然?我想可能两者都是。说偶然,是因为我刚好是学法语出身,哲学所的德国哲学专家、海德格尔弟子熊伟老先生希望有一个搞法国存在主义的年轻人,而说来惭愧,我可能当时也就知道萨特等有限的几个法国当代哲学家的名字;说必然,是因为我和我这一代以及比我年轻或年长的读书人,特殊的历史经历使我们在动荡结束后产生了共同的渴望:那就是要学习"新的东西",要"改变"。20世纪70年代末,西方的许多文学和哲学、社会科学作品陆续译介到中国,正符合了这种渴望。记得我最先读的是萨特的《厌恶》,还是中文版,即20世纪60年代内部发行的郑永慧先生翻译的版本(我没有像有些同行那样,在60年代就读过这个译本。比如我的同事、现象学和中西哲学比较专家张祥龙先生在"文革"期间就读过《厌恶》,发出了"原来小说还可以这样"的感叹)。这是我第一次读这样的文学作品,我受到的震动可想而知。实际上,这部完成于萨特哲学思想形成阶段的奇特的"小说",几乎囊括了萨特最重要的哲学巨著《存在与虚无》的所有论题。萨特一生都苦苦探索人的奥秘,探索人和外部世界的真实关系,他把纯粹的"我思"引向具体,揭示了一个无可救药的荒谬世界,揭示了不可消除的偶然性和内在与外在遭遇必然产生的"厌恶"(或译"恶心")感受。主人公洛根丁的精神经历,在20世纪的50年代,深深触动了彷徨、悲观的一代法国人。萨特通过洛根丁这个并非英雄的普通人的遭遇,告诉人们面对不可改变的"自在的世界",厌恶感是一种觉悟的意识,虽然外部让我们绝望,我们却可以在超越的行动中找到希望。这样一种描述,正如法国著名哲学家、作家、后来和萨特分道扬镳的加缪所说,可以视作"一种非凡的强烈精神的第一声召唤……"对20世纪50年代的法国人是这样,对二十多年后的中国人亦是这样。我还读过萨特的一些剧作,其实,萨特的剧作在他的文学作品中是最出色也是最有影响的。我最受感动的是《苍蝇》,不仅仅因为它的情节,而且因为剧中人物那充满自由激情和超越冲动的语言,那把人的存在和责任推向极端的逻辑。我相信很多人都会和我有同样的感受。

二

　　带着这种强烈的感受，甚至带着从中找到解决人生道路上遇到的问题和困惑的希望，开始接触、探讨萨特及其存在主义思想。我是一个"迟到"的"学生"，一切都晚了一拍，而这一拍的绵延是整整十年！我当时真是一个没有任何哲学训练背景的"老学生"，只能从翻译开始。20 世纪80 年代初，我到武汉开会，遇到了法语界前辈、法国诗歌研究专家叶汝琏先生，他非常热情地介绍我与从事法国哲学研究多年的老先生陈修斋认识，陈先生把公子陈宣良的《存在与虚无》中译稿交给我，希望我整理、校订，然后联系出版社出版。译稿主要由陈宣良完成，罗国祥和何建南两位先生也参与了部分翻译。我同意参加的主要原因就是希望能为对萨特感兴趣的人提供了解萨特思想的真实依据，看萨特如何说的，而不是别人如何说萨特的。回北京后，我和宣良联系上，开始了译稿的审校和誊抄。宣良是学哲学出身，法语是自学的。所以有趣的是，擅长思辨领域的他在翻译那些理论性、逻辑性很强的段落时得心应手，错误较少，而且一些"妙想"会时而突现。但对于那些有关具体事例、日常叙事的段落的处理，就显得有些力不从心。我们的工作始终配合默契，每隔一段时间，我就骑车到人大，把看过的稿子带给宣良，交换意见，由他再修改誊抄。这是一段难忘的合作，如果加上宣良他们翻译的两年，整个过程共计六年之久。该书1987年由三联书店出版，收入《现代西方学术文库》丛书。十年之后又出了修订版，此时我们很多人随着世事沧桑的变化，对萨特的思想有了更加冷静和平和的理解。如今，宣良远赴他乡已十载有六，有时在巴黎会见到他。言谈之中，我能感到他对"《存在与虚无》的中国时间"的怀念，对在法国而不能继续他所热爱的法国哲学翻译研究的遗憾……

还有一件事应该在这里提一下：我在校改译稿时，参考过徐懋庸（1910—1977）发表在《存在主义哲学》（1963年商务印书馆内部发行）的《存在与虚无》的导言和结论部分的译稿。他的译文清楚、流畅，有的地方很传神，比如他把"hanter"（纠缠）译作"出没"，我们就非常欣赏。徐懋庸在20世纪40年代曾经与我父亲共事，是熟稔但也有过争论的朋友。在校改译稿期间，我曾经拜访过徐夫人王韦阿姨，她热情地把她保留的唯一一本徐译《辩证理性批判》（第一卷第一部分）送给我，记得她一再说："要是你徐叔叔还在该多好，你们可以一起翻译萨特。"徐叔叔当年和陆达成曾经约定要继续未完成的萨特翻译，并且已经着手进行。但译事始终和才华横溢的徐叔叔的人生经历一样曲折、艰难，最终无果。后来，我多年没有再见到过王韦阿姨。再见就到了2000年,我母亲弥留之时,王韦阿姨艰难地拖着病腿来到病床前,用颤抖的声音呼叫母亲的名字,并且俯身在母亲耳边不停地重复一句话:"徐懋庸的全集出来了!"几天后,她又拖着病腿蹒跚着参加母亲的追悼会,她紧紧抓住我们子女的手,泪如雨下……

三

萨特是一位哲学家,不过,他的最大成功,不是他的哲学理论,不是他要把胡塞尔现象学和海德格尔存在论结合起来的体系构建,哲学家的萨特的"贡献"在他的哲学之外。他把哲学置于哲学本身之外,置于大街、咖啡馆,而不是大学之中;置于人民的历史,而不是永恒的教诲之中;置于社会政治,而不是个体意识的秘密之中;置于小说和戏剧,而不是枯燥的专家的论著之中;置于介入的报刊,而不是清谈的沙龙之中。《笛卡尔街》(国际哲学学院主办的杂志)杂志的萨特专辑《萨特反萨特》(2005年1月)的前言中特别指出:"萨特为每个人开启了哲学的权利,在1950年到1970年间的许多年轻人——在世界各地并且在不同的领域——都获取了这种权利。"也就是说,萨特要把哲学"移情"于民众,使之趋向"具体"。所以,就是萨特在1943年——战争发生根本转折时期——发表的哲学巨著《存在与虚无》，也往往被人视作与现实紧密联系的"反附敌宣言"，"自由本体论"。难怪《存在与虚无》一问世就受到法国当代著名科学哲学家德桑第和梅洛-庞蒂等众多知识分子的热切关注。萨特在书中主张的是一种"不"的哲学，否定的哲学，这种哲学号召人在自由选择的行动中不断创造自己的存在，承担自由的重负，否定只此一次的存在，摆脱既定的一切。在人性灭绝的杀戮之后，在奥斯维辛的噩梦之后，在不堪回首的浩劫之后，这样的呼唤不但得到了许多同代知识分子的回应，而且还在不同历史阶段、不同的阶层的人群中，产生了广泛共鸣。虽然很可能他们没有真正读过萨特艰深的哲学论著。也许正因如此，萨特当时的声名要超过那些在哲学、文学等某一方面都远远高于他的同代人（比如加缪、阿隆、梅洛-庞蒂……）。最早把海德格尔译介到法国来的法国哲学家科耶雷，在 20 世纪 30 年代初次接触海德格尔时惊叹道："早期的海德格尔敢于在战后把哲学从天上带回到地上，向我们讲述我们自己……他是第一个有勇气从哲学角度向我们谈论诸如'存在'和'死亡'，'存在'与'虚无'那样简单事物的人。他第一次以一种清新缓和、无与伦比的勇气，以真正的解放和解构的纯化提出了哲学道路上永久的双重问题：我的问题和存在的问题——我是谁？何谓存在？这是何等的解放！何等的革命啊！"借用这段话说萨特，应该也是非常恰当的。这也可以解释为什么维也纳学派成员,石里克的学生,中国著名分析哲学家洪谦教授生前会对不同的人表示,他认为20世纪最重要的思想家有四位:前三位都是科学家、分析哲学家——罗素、维特根斯坦、爱因斯坦;最后一位是萨特。我不止一次听他说过此意,并且在许多场合都说过,他是尊敬萨特的人格和精神的,就如他不喜欢康德,但却极度崇仰康德的伦理学,特别是"把人当作目的"的那条道德律。洪谦先生注重逻辑和实证,但他内心的最深处却蕴含着深深的人文关怀。他的"执着",他的"傲骨",连同他对我译介萨特的可贵支持和鼓励,时时会让我在他仙逝多年之后,仍然感到心灵的温暖……

四

谈到萨特,总会引出知识分子的话题。人们说"知识分子"有几种类型:普遍知识分子、专业知识分子、批判知识分子、局外知识分子……批判知识分子的代表布尔迪厄说,萨特代表的是"整体知识分子",即"普遍和革命的知识分子"。萨特本人坚持认为知识分子应具有双重使命:不懈地批评在位的权力,但同时为建立一个新世界而行动。这种普遍知识分子,就是萨特所主张的"介入"的知识分子。他认为,伟大作家的本质就是这种类型的知识分子。萨特积极介入参加各种斗争活动直至生命最后一刻:他反对资本主义,反对殖民主义,反对阿尔及利亚战争,为无论什么地方的被压迫者辩护。他由衷相信外部的一切、人的一切都与他息息相关。他可能是法国 20 世纪知识分子中参加游行、集会、签名最多的一个。他忠实于他的自由理论,坚持自己的"否定"原则,这种把人的主体性、人的自由意志推向极致的思想,肯定不会让所有人满意:无论在法国,还是在中国。随着存在主义风头的锐减,人的科学地位的迅速上升,随着世界风云的急剧变化,萨特代表的"伟大的作家","纯粹的普遍的知识分子",如福柯所说"已不复存在","知识分子的浪漫使命"不再享有优越的地位。知识分子的作用不复"举足轻重",而是日渐微弱;知识分子已经不可能把握整体世界,不可能再被视作民众的唯一启蒙者,绝对的思想导师。这些都使得萨特成为了一个有争议的话题,不单单是"过气",而且有"指责"。当然,作为忠实实践自己的"绝对自由"和"根本否定"哲学的思想家,萨特肯定会在复杂的现实和残酷的政治中遭遇难以解决的困难,会说出或做下与他的早期意愿和作品精神相违的错话或错事。

但是,事情总是比我们想象的要复杂得多。我想对于萨特的看法,对于他的思想的评价,甚至对他本人经历的感受,都是很复杂、很困难、很难说清的事情。在这个对真理的兴趣大大小于对意义的兴趣的时代,纪念萨特诞生百年和逝世25周年，我们不是为了要纪念一种揭示真理的思想，一个绝对正确的人物，而是要回顾这种思想，这个人物在我们的历史中所制造的"事件"，他所留给我们的思考、启迪和教诲，还有那与之联系的那么多的难忘的记忆。我还是要说，无论如何，萨特是值得纪念的人物，想到他，我们会心存感激：一如二战前后受创伤、迷惘的人们感激他的召唤，一如法国犹太人感激他的《论犹太人问题》，一如访问过中国的法国知名哲学家利科、马里翁，以及去年去世的德里达等感激他在精神上的重要影响。

的确，他被视作最后一位有勇气想用自己的思想和精神改变人的观念、改变人与世界的面貌的哲学家，当然他的追求并没有成功。但无论在什么时候，知识分子似乎都难以逃脱"责任"和"社会关怀"的"诱惑"，难以拒绝这种"勇气"。这大概就是我还会常常想起萨特，想起他的《存在与虚无》的原因吧。

后记：在写这篇小文的日子里，得到同事和朋友王炜病重的消息。今天在结束文章时，有电话通告他在上午走了，享年57岁。我清楚地记得，他是《存在与虚无》一书的责编。我们多次骑车去他在北太平庄住处附近的街头冷饮座讨论译稿。其时其景，仿佛昨天。他的远行又为有关萨特的回忆加上了一段文字。匆匆补充几行，以示哀思。

2005年4月11日于北京昆玉河畔

否定哲学家的悲剧

为纪念萨特百年诞辰而作
也以此文纪念几天前离去的同事、朋友王炜

　　希勒在《萨特的辩证法》[1]法文版前言中指出,自 1980
年被福柯称作"传统形而上学时代"的最后一位哲学家的
萨特逝世以来,曾经让萨特及其存在主义成为思想时尚的
巴黎知识界,似乎要努力忘记萨特。在很多人眼里,萨特过
于强烈的笛卡尔色彩和过于"左倾"的政治态度,令他们很
不舒服。希勒认为,这与德国的情况有很大不同,德国知识
分子对法国人所崇仰有加的海德格尔越来越多地表现出一

　　1　希勒(Gerhard Seel):《萨特的辩证法》(*La dialectique de Sartre*,
traduction par E. Muller, Ph. Muller et M. Reinhardt, ed. l' âge de l' homme, 1995)。

种保留态度,更多地关注萨特的思想。他们感到萨特的哲学探索具有重要的现时性。其实,法国知识界近些年来也发生了很多变化,法国当代许多重要思想家(比如利科、德桑第、德里达、德勒兹、图海纳、马里翁等等)都在不同场合以不同方式表示过,萨特的思想对他们的思想和人生都产生过至关重要的影响和启迪,而纪念萨特诞辰 100 周年、逝世 25 周年[1],为我们提供了进行这种反思的一个良好机会。

本文意在追寻萨特辩证思想的由来,主要从《存在与虚无》有关章节出发,说明萨特的现象学存在论的根基在于"否定",这种否定的哲学在"存在"内部运用辩证方法,在否定中发现现象的主要成分。而萨特自始至终坚持个体辩证法,即个体实践、个体自由的立场,就是要保护个体意识

[1] 今年,为纪念萨特百年诞辰,在法国发表了大量从理论角度反思萨特哲学思想的文章,文集和专著等。比如国际哲学学院杂志《笛卡尔街》第 47 期萨特专号:《萨特反萨特》(*Sartre contre Sartre*, Revue Rue Descartes, no 47), 2005 年 1 月;纽德勒曼(Franxois Noudelmann)主编:《萨特词典》(*Dictionnaire Sartre*, Champion, 2005);《游戏规则》(*La Règle du jeu*, Grasset)中的萨特专栏, 2005 年 1 月,第 27 期;安妮·科恩-索拉勒(Annie Cohen-Solal):《让-保罗·萨特》,"我知道什么?"丛书(*Jean Paul Sartre*, collection *Que sais-je*? PUF, 2005);《萨特的见证人》(Gallimard, 2005);德尼·拜尔多莱(Denis Bertholet):《萨特》(*Sartre*, Infolio édition, collection *L'écrivain malgré lui*, 2005);《城邦》杂志的萨特专号(*Sartre à l'épreuve*, *Cités*, PUF), 2005 年,第 22 期;法国《文学杂志》萨特特刊《时代的良知》(*Sartre*, *La conscience de son temps*, le Magazine littéraire), 2005 年 5 月;米谢尔·贡达(Michel Contat):《萨特,自由的创造》(*Sartre-L'invention de la liberté*, Textuel, 2005)等等。

的各种权利。应该看到,黑格尔或马克思的辩证法思想成为法国大多数当代哲学家反思的起点,萨特就是其中最突出的代表。

一 概述

萨特哲学的演变过程,一般的评论都认为有三个阶段:《自我的超越性》阶段,《存在与虚无》阶段,《辩证理性批判》阶段。[1]

第一个阶段是萨特哲学信念形成的阶段,在这个阶段中,萨特的前—理论的信念对萨特哲学的发生起了至关重要的作用。而在这个时期萨特的哲学著作[2]中,我们首先看到的是萨特受到当时"趋向具体"潮流的启迪。而这种启迪造成了萨特整个哲学的最初动机:那就是要避免唯心论,也就是反对诉诸普遍法则和观念的任何抽象的思想。这也可以解释为什么萨特对作为整体的人的个体予以特别的关注。而伴随具体的激情的是对人的自由的深刻信念,这是萨特最初理论的第二个动机:不依附于自身以外的任

———————————

1 希勒:《萨特的辩证法》。
2 西蒙娜·波伏娃在《时代力量》中强调了这种前—理论信念的重要性:"他追求一种具体的完整理智。"(Gallimard,1960),第36页。在后来的《辩证理性批判》中,萨特也说过:"我们是要从完全的具体出发,而我们要达到的是绝对的具体。"(Gallimard,1985版,第23页)

何东西,这是因为笛卡尔理性主义对萨特影响极大,作为第一整体的意识不依附于任何它以外的存在[1]。最后是人的个体存在是纯粹的"偶然",这是既不能演绎、也不能证明的存在。这就是萨特哲学中的"偶然性"(contingence)和"事实性"(facticité)的来源。

而这三个动机之间理论上的关联,从起源上导致了萨特思想的一系列矛盾[2]。但萨特思想内部的这种矛盾,正是波伏娃所说的创造性:"萨特的创新,在于他在赋予意识以光荣的独立的同时,使其全部重量压在实在之上。"[3]当然,在这个阶段,除了上述三个动机之外,还有一个不那么明显的倾向,那就是对于社会问题的关注,这种倾向并非像通常认为的那样,仅仅体现在后来对马克思主义的关注上面,而是在《自我的超越性》这部纯粹现象学的著作中已露端倪。

在第二个阶段,萨特的意识理论更加现实并且从整体上来讲更加细致。建构自己追求的新的现实主义的思想理

1　当意识是直接的和对自我的明确在场时,心理就是对象的总体,这些对象只有通过反思活动才能被把握……我的"自我"本身是一种世界的存在,他人的"自我"也完全一样。因此,萨特建立了他的最古老、也最执着的信仰:存在一种非反思意识的自主性。参见萨特:《自我的超越性》编者序,商务印书馆,2001 年。

2　波伏娃指出:"我们欢呼纯粹的意识和自由的权力,但同时我们又是反心灵主义者,我们确立人和世界的物质性,同时藐视科学和技术。"(《时代力量》,第 49 页)。

3　波伏娃:《时代力量》,第 36 页。

论体系,萨特的第一步就是对唯心论的批判。胡塞尔为他提供了这种可能。问题是要知道是否能够超越胡塞尔哲学中的唯心论的"残余",而又保留《存在与虚无》中构成"存在探索"开始的"我思"的起点。萨特没有接受"意识是由其对象构成的"的解释,他的反思集中在"意识是相关于一个超越的存在"[1]上面,也就是首先关注"对象本身的自在的存在",用萨特的术语说就是"现象的超现象性"。也是在这一点上,萨特继续了他对胡塞尔意识理论的极端化:他认为,不可能没有矛盾地承认在意识中拥有其存在根基的现象,应该承认在意识之外的现象存在的根基。作为反思的条件,作为"反思前的我思",意识的存在是"存在为意识的对象"的条件,而这个意识并不具有对象特性的整体。而意识对象的特征总是在外的,是在意识之外的。所以意识本身显示为一种绝对的空无,一种虚无。

胡塞尔意识理论并不能完全使萨特满意。首先,萨特追求建立一种具体处境下具体的人的哲学,而他认为胡塞尔只关心最抽象层次上的理论性的主体。其次,萨特设定的具体主体的特点是其不可超越的偶然性,而这在胡塞尔的体系中并不是什么重要的角色。因此,萨特求助于海德

---

1 《存在与虚无》,法文版,第 27 页;中文版,三联书店,1996 年修订本,第 19 页。

格尔。他和许多同代人一样，从存在的立场出发接受海德格尔的哲学，主体对世界和人生的现象的构成来说，不再是绝对的根基，而作为揭示世界的根据，主体只是被其"在世的存在"所规定。主体一方面总是外在于自身，是和自己不同一的存在，这个主体沉沦在世界之中，并且被抛在处境之中，主体是一个偶然的存在。主体在日常行为中成为了哲学分析的对象。这意味着海德格尔的结构分析，是把主体把握为在作为"焦虑"的存在的原初层次上的主体，而不是作为理论的或实践的主体。这就意味着对人的具体、整体结构的新的领会。[1] 最后应该看到，萨特受黑格尔《精神现象学》以及1933—1939年科热夫在高等研究学院开设的《精神现象学》课程的启迪，无疑在《存在与虚无》中有所体现。特别是借助黑格尔的辩证法思想，萨特得以解释"存在的前存在领会"，把海德格尔的"被抛"的存在作为"否定之否定"，并且和意识的结构联系起来，从这个观点出发，

---

[1]　海特曼（Hartmann）认为，《存在与虚无》的理论是一种"批判本体论"。他指出，在《存在与虚无》的导言部分，可以看到萨特和海德格尔的两个共同点：1. 二者都是通过对认识论的反思建立存在论。2. 二者都认为认识理论必然会被改变成为存在论，这种存在论反过来对认识理论具有奠基功能。这种必然的改变来源于根本的自主性，这也是认识论反思要达到的。参见海特曼：《一种认识形而上学的原则》（*Les principes d'une métaphysique de la connaissance*, Aubier, 1945—1946）。这个看法值得注意，但更值商榷。因为事实上，萨特一开始就在根本问题上有异于海德格尔。特别是对于"Dasein"及其相关概念的理解，萨特受海德格尔的法文译者的影响，存在着很大的偏差，但这也正是萨特思想特点之所在。这个问题待另文再论。

意识显示为存在的单纯否定。

在第三个阶段,即《辩证理性批判》阶段,萨特把《存在与虚无》中对诸多问题的理论探索付诸于历史—社会范畴。在《存在与虚无》中,仅仅把"个体实践"视作具体的辩证法的整体。而萨特认为他的思想内部的矛盾,也就是在具体和抽象、唯心与唯物、个别与普遍之间的矛盾,需要有一个中介来调节,在萨特看来,这个中介就是马克思主义。在这个新的阶段,自由和自我计划作为这个奴役社会的抽象可能性的条件,也就是基本人类学的结构确定了自己的理论地位。萨特把马克思有关异化的思想运用于个体实践的分析,认为在稀有的前提下,异化和阶级斗争是人类实践的先验可能性。稀有说明了历史的基本结构,也是阶级产生的根源,人转化为"非人"的异化的原始基础,还是暴力产生的根源。

总之,萨特思想发展的过程反映了萨特对解决"在与具体世界关系中的具体主体的理论"这个中心问题的始终如一的追求。但这种追求同样也使萨特不断对以前的论述进行反思。所以,在《自我的超越性》中阐述的"反思前的我思"在《存在与虚无》中显示为主体存在论的构成环节,而在《存在与虚无》中确立的个体计划和价值的理论,以同样的方式成为《辩证理性批判》的社会理论的构成环节。

二 否定的起源

　　萨特首先关注的非主体存在类型的特有的存在方式。对这种方式的规定是在"自在"观念的辩证法中进行的。

　　在《存在与虚无》中,萨特从胡塞尔的"现象"研究出发,提出了"自在"和"自为"这两种类型的存在。他真正感兴趣的是"自为的存在"以及"自为的存在"和"自在的存在"的真实关系。如前所说,他对这两种类型的存在的分析,实际上可以看作"主体结构分析"的辩证法。而这种辩证法的基础就是"否定"。

　　萨特的自在的存在是绝对的、充实的,既非肯定、亦非否定。从存在出发是引不出否定的。但是,只要意识向存在提出问题,二者之间就有了某种关系。提出问题本身就确立了一个否定的基础,也就是非存在的基础。换言之,从根本上讲,提出问题,就是对存在本身,存在的存在方式提出问题。而这个存在本身向我揭示了否定的存在本身。对提问者来说,存在着一种否定回答的永恒、客观的可能性。而只有对存在提出问题,才能够认识存在。这会让我们联想到海德格尔关于"对存在提出问题"的深刻思想,以及他对西方形而上学传统的反思。[1]

而普遍的经验还原为自身,并不能向我们揭示非存在。否定只是在一种判断[2]的行为中才出现。或者说,判断行为是否定的基础。否定不是在存在之中,而是在判断行为"终点"。否定就像两个充实的实在——自在的存在和判断表述——之间的一个非实在物,而二者都不要它:自在的存在因为知其所是,把它推给了判断,而判断由于具有心理肯定把它推给了存在,因为判断表述的是一个与存在相关的、因此是超越的否定。作为主观活动,否定判断和肯定判断是同等的。问题成为架在两个非存在之间的桥梁:人这一方面是"知"的非存在,在"自在的存在"方面是"非存在"的可能性。另外还有真理存在,它引出作为问题规定者的第三个非存在:限制(界限)的非存在。三重非存在制

1　在《形而上学是什么?》(《路标》,孙周兴译,商务印书馆,2000年,第119页)中,海德格尔指出:"世界关联的目标就是存在者本身——而且除此外无什么","科学根本不愿知道无",科学把无当作"没有"的东西抛弃了。在海德格尔看来,"无"的问题和"存在的问题"一样,都不能以传统西方哲学的提问方式"是什么?"来进行,而是要用"无之情形如何?"的问法提问。"无比'不'和'否定'更加始原。"(第125页)

2　"判断"这个概念有下面几种意义。心理学意义:1.人用反思方式来捕捉论点的内容,并且以真理的名义确定它。2.意在在不能达到确定认识的情况下形成意见以规范行为(洛克的《人类理智论》)。3.意在判断那些不是直接感知或严格揭示的东西。逻辑意义:4.在最广泛意义上讲,判断是确定(或以真理的名义,或以临时、虚幻、假设的名义)在两个或数个项之间被规定的关系的存在。还有分析判断、综合判断等。法律意义:5.审判的行为,听证的原因。6.司法结论。参见拉朗德主编:《哲学专业和批评词典》(PUF,1980)。

约着一切提问。萨特的这种"辩证法"鉴于这样一个事实：一种存在方式和存在本身一样，不可能逃脱现象性的条件，因此也不能逃脱与主体性、意识的联系。这也就说明，我们其实是被虚无包围着的，无论在我们之外还是在我们之中，非存在都在制约着我们对存在提出问题。

三　虚无的辩证法

萨特用以和自在相对的存在类型是"自为的存在"，而正是否定让自为得以诞生。萨特的辩证法[1]方法的运用，受到黑格尔辩证法的启发和影响。一般公认马克思是黑格尔辩证法的真正传人，再有就是萨特了。萨特是在对个体的否定描述中运用辩证法，而马克思则是把否定的辩证法用于"现实"。

不过，萨特不满意黑格尔认为"必须有一种哲学步骤以

　　1　黑格尔的辩证法思想发展分两个阶段：1.《精神现象学》阶段，主要研究人的意识形态、精神生活等现象。2.《逻辑学》《自然哲学》阶段，从反方向、从基础出发获取存在的理论、自然和人类的理论（参见甘凯[Guindey]，《辩证法的悲剧——黑格尔，马克思，萨特》[Le drame de la pensée dialectique-Hegel，Marx，Sartre，Vrin，1976]，第一部分第一章）。在《精神现象学》中，黑格尔通过对主体的矛盾过程的揭示，发挥了"否定性"的辩证法思想。否定性原则就是内部矛盾的展开。这里的否定性不是抽象的、全盘的否定，而是"规定的否定"或"特定的否定"。辩证法否定原则决定了发展过程中的新陈代谢，构成了前进运动的巨大动力。

在逻辑一开始就重新获得从间接出发的直接,从具体出发的抽象"的看法。他受到法国新黑格尔主义的影响,比如让·华尔就认为,黑格尔到了《逻辑学》的阶段,他的哲学就降级了。在黑格尔哲学体系的概念背后,有一种先于逻辑的经验。而萨特的辩证思想的立足点是存在。他在这个问题上和黑格尔有很紧密的联系,但也有不少差异。首先,萨特不同意黑格尔"存在是被理智确定"的思想。黑格尔认为在作为否定的否定的观念之外什么都没有,辩证法之前的存在是最贫乏的概念,任何实在都是辩证的。而萨特认为,如果向着本质的内在超越构成了存在的原始特性,那么理智仅仅局限于"规定或者仅仅保持这些规定",那就很不够。因为存在超越自身过渡到别的事物中,是不受理智规定的,它超越自身,就说明它最终是自己的超越的深刻起源,应该反过来向理智显现它是什么。萨特是在否定之前确定的"自在",自在是独立于否定的。黑格尔的否定制造了存在,而萨特的否定则是破坏了这个存在。[1] 其次,萨特认为黑格尔从逻辑角度把存在与虚无作为正反题对立起来,二者是逻辑同格的,所以对立的两面同时作为一个逻辑系列的两极涌现。萨特则以为,他们之所以能够具有同时性,是因为二者同样是肯定或否定的。"非存在不是存在

1　《存在与虚无》,商务印书馆,1996 年,第 42 页。

对立面,而是它的矛盾,这意味着在逻辑上虚无是后于存在的,因为它是先被假定为存在,然后再被否定……(黑格尔的)定义是否定的,因为他重复斯宾诺莎的公式'一切规定都是否定'。"[1]萨特认为,无论如何,如果把否定从外部引入存在的内部,那就使存在过渡到非存在。如果否定存在具有任何规定和内容,那就不能不承认,至少还存在着"存在"。是否可以说,黑格尔的辩证法是否定之否定的哲学,而萨特的辩证法是否定的哲学。最后,萨特不同意黑格尔"(存在与虚无)同样的虚空"的思想。萨特认为,黑格尔忘记了虚空是某种事物的虚空,"奇怪的是,黑格尔是第一个提出'一切否定都是被规定的否定'的人"[2],这和他否定依赖于一个内容的思想是矛盾的。萨特认为,存在除了自身的一致性外,缺少任何规定,而非存在缺少的是存在。所以应该对黑格尔说:"存在存在,虚无不存在。"从逻辑上讲,虚无后于存在,因为虚无以假设存在以去否定它。这不仅意味着我们应该拒绝把存在和非存在相提并论,而且还意味着我们永远不能把虚无看作产生存在的原始虚无。萨特是这样回溯到这个问题的根源的:我们这些处在存在中的人,今天所有否定的是,在这个存在之前还有过存在。这里

1   同上,第43页。

1   同上,第43页。
2   同上。

否定任何否定都是规定一个向着起源回溯的意识。所以，应该把斯宾诺莎的公式倒过来：任何否定都是规定。存在先于虚无，并为虚无规定基础，使虚无发生作用。不存在的虚无纠缠存在，从存在那里获得自己的存在。存在的虚无是在存在的范围内讲的。存在的完全消失并不意味着非存在的降临。相反，是虚无的同时消失。我们是否可以说：黑格尔的辩证法包括所有的现实。自然是伟大的否定之否定的一个环节(否定环节)，最后的环节在保存自然的过程中回归观念，在各类精神机体之下表现的世界中重新引出主体。精神在变成绝对之前(即同时是主体的和对象的)是客观的。而在萨特那里，自然是肯定的。自在于辩证法的运作始终是外在的，不相干的。萨特的辩证法始终是个体的辩证法，自然中没有辩证法。辩证法只在个体中进行，这是人的辩证法。

四　几点看法

1. 根据萨特的现象学存在论的思想，在存在的内部存在一种自我推进、活跃的自我普遍化的运动，这种运动不是上帝或先验原则所推动的，而是由于一种内在的冠有"异化""割裂""虚无化"诸多名称的动力引发的，这种内在动力永远是否定。从这个意义上讲，萨特的哲学是"辩证"

的。《存在与虚无》宣称一种自在的"实存",而虚无化形式下的否定只是在腐蚀自在,个体的自由于是变成其自身的一个目的。应该说,在这一点上,萨特使黑格尔同时是否定之否定的唯一否定有所改进,也可以说,他让辩证法脱离了黑格尔纯粹否定(négativité)的束缚[1],辩证法已经部分地被自己所否定。所以,《存在与虚无》和马克思主义一样,以各自的方式相对黑格尔思想有所进步。

2.萨特的这种在存在内部进行的个体辩证法,属于"否定"的哲学,"不"的哲学。这种哲学号召人在自由选择的行动中不断创造自己的存在,承担自由的重负,否定只此一次的存在,否定过去,否定外在,摆脱既定的一切。这其实是把哲学的权利向每个个人打开,把哲学从天上拉回到地下。在人性灭绝的杀戮之后,在奥斯维辛的噩梦之后,在不堪回首的浩劫之后,这种否定哲学无疑是非常宝贵的呼唤。存在的问题和"我"自己的问题第一次以完全解放和纯粹的方式成为哲学问题。

3.萨特是"整体知识分子",是主张彻底"介入"的思想家的最杰出的代表。雷诺说他是最后一个要用自己的思想改变社会和人的思维方式的哲学家。而这就会产生一个很

---

1 科热夫指出:其实黑格尔辩证思想的否定是包含肯定的,肯定是包含否定的。而萨特的存在是绝对肯定的,向存在提出问题才能引出否定。萨特于是创造了一个词négatité(否定性),而不是黑格尔意义上的négativité(否定)。

大的难题:如何把这种强烈改变社会、政治的渴望和对个体独立性的极度关怀协调起来。萨特始终忠实于他的"否定"原则,忠实于"个体绝对自由",这种把人的主体性,人的自由意志推向极致的哲学,在操作上会遇到复杂社会政治条件的限制,会在残酷的现实面前遭遇难以解决的困难,会做出或说出与他的早期意愿和作品精神相违的错事或错话。德拉康帕涅在今年年初的一篇文章中[1]指出,1961年萨特盲目支持法农的"反殖民主义"的暴力行为,导致一种血腥和残暴的语言;十多年后,慕尼黑奥林匹克运动会期间发生的巴勒斯坦极端分子制造的恐怖事件,萨特同样采取支持立场,这是萨特在政治上犯下的最严重的两个错误。这实际上也是萨特"普遍革命知识分子"的自由革命立场发展到极端的结果,也是宣扬"自由面前人人平等"的"否定"哲学、他的"虚无辩证法"走到极端的必然后果。这不能不说是否定哲学家的一个"悲剧"。在今天,这个"任何恐怖行为都能以正义和革命的名义行事"的时代,在这个"恐怖主义不仅仅变成为民主、也变成人性的敌对原则的时代",我们应该对这样的后果进行更加深刻的反思,对这种恐怖主义应该坚决地说"不"。

　　1　参见德拉康帕涅:《我们应感谢他的》,载《游戏规则》(Grasset),2005年1月,第27期。

我想用甘凯的一段话作为结束:"这个世界既不是荒谬,也非腐烂或从根本上坏掉。它没有结束,也不是完美的,受到不平衡和不公正和腐败的影响。我们要努力理解它之所是。我们还要努力改进它。我们的命运不是为了天而抛弃地,就像形而上学和神学那么经常主张的那样。但是,同样不应该同意另外一种形式的逃脱和超越:即让我们相信,一种革命会把人和世界变成另外一个人和世界。"

"正确"的悲剧

> 倘若我能使人们消除成见,我将认为自己
> 是最幸福的人。我这里所说的成见,不是人们
> 不知道某些事情的东西,而是使人们无自知之
> 明的东西。
>
> ——孟德斯鸠

　　有些人的人生悲剧是由于错误所致,而许多人则为正确所累。再读《雷蒙·阿隆回忆录》,长期萦绕心中的疑惑不禁又闪现出来……

　　雷蒙·阿隆(1905—1983)在 20 世纪法国学界是个很独特的人物。他与萨特、梅洛-庞蒂是同龄人,亦曾为并肩战斗的战友。他是一位知识渊博、著作等身、研究领域广泛、享有世界声誉的思想家,集哲学家、社会学家、政治评论

家、新闻记者、大学教授、作家等诸多身份于一身,学术成就堪称一流。但令人疑惑的是:为什么这位杰出学者在法国一直没有得到应有的理解和承认?为什么在半个多世纪的曲折人生中,他屡被误解,常受攻击,历尽坎坷与孤独?

《雷蒙·阿隆回忆录》并没有直接解除人们的疑惑。这部在他离世前几个月发表的七十多万字的鸿篇巨著无疑是不可替代的人生见证,从某种意义上讲,《雷蒙·阿隆回忆录》也是20世纪风云变幻、动荡起伏的年代的真实见证。年迈的阿隆对这一切的叙述平静而又睿智,表面看来几乎没有什么感情色彩,但这种叙述勾画的是由许多误解和错过的机遇构成的轨迹。这是他对人、对事的一贯态度:保持距离。远在二三十年代,他在莱茵河畔攻读德国哲学,为之沉迷(他在回国后向萨特介绍了德国现象学)。凭借有距离的观察,他身处魏玛共和国觉察到纳粹主义的兴起,从而一改初衷转向历史的哲学,转向政治和社会的分析。他是最先懂得时代、人、命运系于共产主义和纳粹主义对抗之结局的人之一,他的清醒与法国某些精英的懦弱、冷漠形成鲜明对照。第二次世界大战爆发后,阿隆毅然抛妻别女奔赴伦敦,参加戴高乐将军领导的"自由法兰西",并担任同名杂志的主编。在战争期间他在这份杂志上发表了六十多篇专栏文章,为抵抗运动作出了重大的贡献,但流亡法国人内部的正当对抗和个人冲突使早与戴高乐亦有距离的阿隆很矛盾:在法国和国外,《自由法兰西》被视为戴高乐官方代言人,而戴高乐本人又把它视作反戴高乐的中心。战争结束后,他因犹太出身受到排斥,与大学决裂,转入新闻行业,后加盟右派《费加罗报》。一方面,他的自由主义立场和他针对迷上了马克思主义的哲学家们发表的《大分裂》和《连锁战争》两本书,使他受到左派知识界的驱逐,先后与昔日的战友们决裂,成为孤家寡人;另一方面,他对戴高乐政府持批评的支持立场,他反对肢解德国,主张与德国和解,与美国结盟,建立统一强大的欧洲。结果是,"右派"与"左派"都对他耿耿于怀。凭借有距离的目光,阿隆对苏欧模式及知识分子状况进行反思,对所谓的"神圣之词"作冷静的分析,一部《知识分子的鸦片》继续并加剧了他与法国左翼知识分子的对立,使他备受指责并被列入"右派"阵营。而在40年后的今天,大概没有人能否认这部内容深刻的著作仍具有现实意义,依然是理解20世纪的一部主要著作。正如弗朗索瓦·菲雷所说:"(它)既是战斗的书,又是哲学著作。"凭借有距离的观察,他早在1968年"五月风暴"之前就看到了法国传统大学因循守旧的种种弊病,他的自由主义立场使他在"五月风暴"中成为大学生们首要的攻击目标,又成为保守的大学、中学教师学衔持有者协会的眼中钉……他对西方工业社会制度提出过尖锐的批评,指出西方文明的深刻危机,但他同时又认为西方民主制是世上最好的制度……他一贯积极投身捍卫"人权"的斗争,但又清醒地告诫当政者不要根据尊重人权的观念去制定外交政策……阿隆本应成为一个安安静静的哲学家,但20世纪的历史风云把他抛入时代斗争的旋涡。阿隆的悲剧在于:他太注重"正确",他要凭借有距离的目光接近真理,避免极端,希求完美。为了真理,他有时甘愿忍受当众丢脸的痛苦。而在历史发展过程中,人们往往只是在事后才接受"正确",当下的正确意义经常会受到非议,在某些历史特殊时期,大多数人甚至有意无意地只接受最不正确的意见。雷蒙·阿隆的回忆录可说是对他刚正不阿、追求真理的悲剧人生的历史记录;当然,里面还有他个人家庭所遭受的难以置信的不幸……

他一生都在为避免、消除各种偏见而努力,而人们对他的偏见是否能因《雷蒙·阿隆回忆录》消除一些呢?尼古拉·巴维雷兹在阿隆逝世十周年时发表了《雷蒙·阿隆传》,着重从性格、内心冲突及个人根源分析解释了阿隆的悲剧。我很欣赏传记前言中的一段话:"阿隆的个性中包含着真正的英雄主义,思想始终与时代普遍接受的看法保持距离的英雄主义,在冷战正酣时单枪匹马与众人斗争的英雄主义。"无论在法国,还是在其他国家,这种英雄主义都是很少的,也唯因其少,就更为可贵。

1998 年 8 月 24 日

他是一片净土

记得叶秀山先生在参加利科学术座谈之后,发出这样的感叹:"思想如此干净的老人!"我想,利科的"干净"大概首先在于他是一个纯学者,无论在什么样的情况下,他都坚守着思想的城邦。半个多世纪前,他接受基督教存在主义大师马塞尔的启迪,和他的许多同代人一样从接近胡塞尔和海德格尔的思想起,他在漫长的学术生涯中便经历了许多曲折、磨难,甚至误解,但他始终坚持自己的学术研究,并且致力于知识的传授、教学工作。特别应该提到的是他对德国现象学在法国的传播和研究所作出的巨大贡献。他在20世纪50年代初翻译了胡塞尔的《观念》(I),并对书中的内容作了大量详细的注释,这个译本几十年来成为各国现象学研究者的珍贵参考文献。后来他在极其困难的条件下与同行们一起在巴黎建立了胡塞尔档案中心。我们知道，德国哲学"传入"法国，是一件大事，法国20世纪的哲学状况因此而发生了根本性的变化。对黑格尔、特别是随后而来的对胡塞尔和海德格尔思想的法兰西式的解释和深入探究，促使法国当代哲学多元发展，形成了法国当代知识、思想界的独特风貌。这种影响关联着几代法国学人。在这个过程中，利科既是一个承前启后的关键人物，亦是融通各个思想流派的理论代表。

利科之所以能在当代法国思想界起到这样重要的作用，是因为他总是以一种纯净的宽容兼蓄之心对待各种不同甚至对立的思想倾向和流派。法国存在主义的传统一向拒斥精神分析。而在法国现象学运动中占有不可忽视的地位的利科却在接近结构主义时借鉴了精神分析方法，他实际上是要把结构分析和现象学的描述加以深化和历史化，把反思哲学和精神分析融合，用现象学去解释精神分析。他在《解释的冲突》《活的隐喻》等重要著作中，把这种解释和分析拓展到对意义、想象、符号等方面的研究。他在法国现象学、存在主义、人格主义、结构主义、解释学、语言学、文学批评、基督神学、叙事理论，甚至许多法国人感到陌生的盎格鲁—撒克逊思想等领域都有极深刻的研究和创见。但他却从来不愿把任何倾向推向极致，而是追求一种多种智慧的融通与和谐。这样的融通与和谐本身就体现着一种博

261

大精深的智慧。无怪乎有人认为,利科庞大而又丰富、复杂的哲学体系可说是在德国哲学、法国反思哲学与英美分析哲学之间的三角对话。

这种纯净的追求还表现在他对时间、历史、传统以及大量涉及政治、法律及社会的见解和论述之中。从 20 世纪 80 年代开始,利科发表了《时间与叙事》三卷本(1983—1985)、《恶的丑闻》(1988)、《作为他者的自身》(1990)、《论公正》等多部重要著作。他最新的一部力作《历史之下:记忆与遗忘》将在 2000 年由法国色伊出版社出版。大量问题的提出和思考都是建立在坚固厚实的西方哲学史的基础上的。利科确实如叶先生所说,不是当代法国哲学领域中最激进的一个,但却是基础最扎实、最为博学慎思的一个。他常说他更接近于胡塞尔而不是海德格尔,他更注重与西方哲学传统连接,因为他始终相信从柏拉图经中世纪到启蒙时期的理性传统仍然应该得到重视,我们需要继续研究传统留下的并未解决的问题,使传统、历史活起来、新起来。历史不但包括已经过去的事情,还包括没有实现、没有解决的事情。从这种厚重的基础出发才能保证哲学家在"纯粹干净"的纯哲学的道路上不落入歧路。利科的所有研究其实都是沿着这样的哲学道路进行的。所以,许多人很注意利科与康德传统的关系,但这种关系在很大程度上是由他对胡塞尔的长期研究所决定的。这使利科经常会回归康德："胡塞尔建立了现象学,但是,是康德限定并奠定了它。"不过,利科没有只停留在承认康德是现代思想的奠基者这一点上,而是通过康德回溯到直至亚里士多德的传统之中。利科的宗教哲学的研究也同样受到西方各国学者的高度重视,在此领域的研究过程中,利科还是始终参照两个传统,继承了两种历史遗产:犹太—基督传统和希腊逻各斯传统,特别是他对于"恶"的研究,更是由于融合解释这两种遗产以及奥古斯丁思想、希望神学、神秘主义等传统而独具魅力,发人深省。正因如此,利科重视解释。有人曾指责利科只不过在解释前人和后人的思想,没有新意;但是要知道,真正深入的解释本身就体现着一种更高层次上的创见。

20世纪90年代以来,利科更加注重政治、社会、法律以及一切与人类思想生活相关的问题,而这些都可回归于他一生都关心的伦理和道德及其相关领域。他曾温和地表示过对海德格尔的"没有伦理学的存在论"和列维纳斯的"无存在论的伦理学"的不同看法。在这个方向的研究中,他仍然是从西方哲学反思传统出发,但又注重"实践的智慧"。利科不同于许多当代学者,抱坚持原初肯定的思想,即最初的虚无和否定中存在着肯定因素,所以伦理是先于道德的。利科的伦理学是由三项构成的:重视自己(良好生活的目标和作为自我评价的解释),关心他人(对每个人的"自我"的关心胜于对"我"的关心），公正的制度。值得注意的是，这里有一个自我性与相异性的辩证关系，与列维纳斯的"为他人"的"不对等的关系"不同，利科在这里强调我与他人之间的平等。这种伦理学的基础就是每个"自我"都互相平等的"自我的现象学"。

利科在 20 世纪西方哲学中的重要地位在今天是不容置疑的了。但在法国，对他在哲学、思想界的贡献的真正承认却迟至 80 年代中期以后。他的著作与思想曾受到过不公正的、粗暴的对待。这和他在美国等地所受到的至高礼遇形成强烈反差。不过，与他的挚友列维纳斯一样，这份姗姗来迟的承认，更增加了他的思想的光彩。我想，作为一名从事当代西方哲学研究的中国教师，我应当把利科的著作和思想译介给国内的读者们，特别是青年读者朋友们，这是我的责任和义务。但是，我首先希望、也最应该先做的是告诉他们：20 世纪的法国，有这样一位思想家，他在长达 86 年的漫长人生和半个多世纪的学术生涯中，历尽波折与艰辛，甚至难以述说的人生创伤，却始终用理性，以纯净的心灵、宽容的爱心对待这个动荡的世纪和他人，从未放弃对真知的追求。他说："我要在这不公正多于公正、不平等多于平等的世界中追求公正和平等。"他同时还说："幸福，就是为他人。"

我还要告诉大家，他曾自豪地对北大的师生们说过这样的话:"我不是思想家,我是教师。我不能保证我的思想不艰深,但我能保证我的思想清楚明白。"我想,这"清楚明白"是否就是叶先生所说的"干净"呢?

1999 年 11 月

淡似水,清如风

女儿对父亲的思念

"淡"是由有限以通无限的连接点。

——徐复观

2011 年春天,父亲离开了我们。转瞬间,四年又过去了。女儿的思念随着时光的流逝愈加深切……时常会感到他在另一个世界注视着我,那目光就像他在世时一样温暖。六十多年前,父母骑马行军,不小心把我从马上摔下,父亲就是这样注视着我;我儿时常常发烧生病,父亲来到我的床边就是这样注视着我;上小学时,父亲在批改我每天必写一篇的作文时,也是这样注视着我;1968 年冬,他到北京站送我去柏各庄农场,坐在广场边的台阶上,也是这样注视着我;那年,在我遭遇人生难以承受的打击时,父亲也是这样注视着我;他的注视伴随着我慢慢向前走,直到我步入花甲的2006年,他说:"爸爸有福气,能看到女儿60岁。"他还是这样注视着我……他的目光默默的,淡淡的,但始终是温暖的……我常想,若没有父亲这温暖注视的目光,没有母亲十指连心的牵挂,我如何有可能保持"健康"到如今?每念至此,我都会陷入深思,不能自已。感谢老家、特别是父亲母校霞浦一中(原福建省立第三中学)的乡亲父老,给我机会写下这篇小文,诉说和老父亲共存于世半个多世纪的女儿难以言尽的思念。父亲对母校感念很深,尤其在晚年,曾多次和子女及孙辈谈到母校,回忆老师和同学,并且对家乡的文化教育事业尽自己可能的支持和帮助。这也是促使我安心做教师、四十余年从事教育而无怨无悔的一个重要原因。[1]

在此,我并不想列数父亲过去的"事迹",也不想讲述他的工作"历程"和"特殊贡献"。因为,他的很多事情,我不可能知道。我只能从女儿的视角,追寻记忆的点点滴滴,诉说对父亲的思念。我想,一个人逝去后,生前的职务和官衔绝非最佳的评判根据,也并不一定是得到后人尊重的最可靠的理由。一个人身上最宝贵的,应当是他在生命长河

---

[1] 父亲本人在大学毕业和参加革命之后,多次在学校工作,离开大夏大学,他曾赴家乡福建省立乡村师范教书,此后又在承德军政干部学校、承德省立师范学校(后并入承德联合中学)、冀察热辽联合大学等处任职任教。

中流露的真实,是他在与外界与他人交往中显示出来的品格和精神,也就是在"大历史"下面自己书写的个人历史。这些才是真正值得记忆和怀念的。

在女儿心中,父亲留下的最深刻的印象,是他坚守一生的在世原则——"平淡"。

表面看来,父亲性格内向,不擅交际,甚至有些"刻板"。他说话很少,有人说他在很多时候是"能不说就不说",表面看来这是淡然的处事态度,其实在很多情况下,沉默不说正是明确地表明了一种态度。在家里他的话也不多,但作为家人,我们都会明白他对一件事情的态度。就是这样一位从世俗观点看来似乎"不合时宜"的长者,却得到了很多朋友——甚至是对他不太熟悉的人——的尊敬。父亲过世的第二天,他的生前好友杜导正叔叔很早就赶到家中吊唁,他在一篇文章中写道:"他是一位可敬的长者,也是我多年的朋友……(他去世的第二天,)我来到北长街48号杜星垣家的灵堂,向他表示哀悼……"他在吊唁本上留言:"星垣,昨晚听到噩讯,今日上午来看你了。非常难过。……你不只是资历深,重要的是你的人品,在大是大非上,你能挺住,站在人民的一方……在中国近代史上你留下了重重的一笔,人民,会记住你的,历史会记住你的。"多年一起工作、交往颇多的田纪云在一篇文章中说过:"(杜星垣)这个人,少言寡语,性格倔强,为人正直……"导正叔叔说:"(田纪云)这个评价与我对杜星垣的印象一致。杜星垣是个默默工作的人。除了与老朋友交往,他从不参加公众场合的活动,也从不给国务院添什么麻烦。甚至老朋友在一起要聚餐,他也不参加。"我的一位中学同窗在吊唁短信中说:"又一个两头真的老人走了……从小我就佩服你父亲……"还有一位朋友说:"我曾经是你家的邻居,见过你父亲,对他一直关心也很敬佩……"更多的年龄不一的朋友会发出同样的感叹:"你父亲,好人啊!"

淡然的处世态度得到了认可和尊敬。作为女儿,我为这些真情话语深深感动,我想,父亲的在天之灵也许要对之报以会心一笑;早在战争年代,人们对时任四野政治部宣传部长的父亲的评价就是:两袖清风,一尘不染。"似水之淡""如风之清",他受之无愧。"淡"乃生命境界的高度;"清"为人生价值之极致。

在我看来,父亲的一生走过来很不容易。从我记事起,父亲给我们展现的就是"繁忙"和"多病"的形象:他总是忙忙碌碌——在水电部、在四川——在国务院,岗位变换,辛苦劳累长年如一;二是经常出入医院,父亲一直体弱多病,长期受胃溃疡和失眠的折磨,多次与死神擦肩而过。而政治风云的变幻难测使得工作和身体都承受了愈来愈重的压力。

父亲出生于闽东霞浦三沙的一个贫苦家庭,很小就失去父母，由叔父杜仰高抚养。父亲曾和我谈到过他父亲去世后母亲抚养他和弟、妹的艰辛。有一次，一个班长到家里无理捣乱，欺负他们孤儿寡母。事后母亲流着泪对父亲说："孩子，你要努力，你以后当个排长就能不受欺负了……"这莫非就是父亲对"不公"的最初认识？抑或成为激励他刻苦学习的最初动力？后来他在叔父杜仰高的帮助下，在霞浦读完小学、中学。亲戚之所以乐于资助他上学，是由于他的学习成绩一直优秀，以至1931年能够离开家乡到上海求学。据父亲回忆，他当时还考上了中央大学及另外一所大学，但最终还是选择了在学费、食宿方面条件优惠的上海大夏大学，先后在此校的高等师范和教育学院学习。上海这一阶段的学习和生活对父亲的影响极为关键。在此期间，父亲加入上海抗日救国青年团，并投身上海地下革命工作。1937年8月，刚从大夏大学教育学院毕业的父亲，在"民族救亡"的感召下，毅然徒步北上延安，因为匆忙，没来得及领取毕业证书就离开上海。直到今年，他离世四年后，家人才从华东师范大学档案馆领到了他的大夏大学教育学院毕业证书，距父亲毕业，七十多年过去了。2013年，我曾去华东师范大学讲课，课前我曾对在座的父亲的后辈校友们说到我的父亲也是从这所学校毕业的。我猜想，他们中会有人疑惑不解：对一个大学生，有什么比毕业证书更重要呢？所以回顾这段历史，是想强调以下两点：一是父亲多次谈到的中国杰出的新闻出版界前辈、进步青年领袖、思想家和教育家邹韬奋对他的深刻影响。在《生活书店》做编辑期间，父亲写的一篇《想起了修道院》的新闻评论（后被收入《邹韬奋全集》）曾经得到韬奋先生的首肯，他还特别为文章写了评论。父亲和母亲都说过，韬奋先生当年称赞二十出头的父亲是"有为的青年"，令父亲备受鼓舞。在《可贵的心胸，高尚的境界——纪念邹韬奋同志逝世43周年》[1]一文中，父亲指出，正是韬奋同志对当时众多青年心中存在的"世界大势"和"中华民族出路"这两大问题切中要害的解答，启迪和教育了包括他在内的许多青年，让他们走向进步，走向革命。其次，应该注意，因为陆续在家乡福建省立乡村师范、在上海《生活书店》等处工作，父亲当时的收入稳定，经济宽裕，生活是不错的。应该说，父亲那一辈的很多青年学生，绝少出于物质需求和利益驱动而投身革命，他们大多对现实功利看得很淡，更多追求的是"公正"和"平等"的精神和信仰；历史的风起云涌，世事的沧桑变幻，只会让他们更加清楚、坚持自己选择的信仰，更加理性思考如何扫除违背初衷的障碍。越到晚年，父亲越会对自身信仰和现实之间的种种差距、矛盾多有纠结，甚至痛心疾首。他之所以一直坚守着信仰，大概就是因为他初始的

1　这篇文章发表在 1989 年 12 月 1 日的《光明日报》。

选择出于"真"心。

　　怀着这样的"真",父亲才可能在后来半个多世纪的起伏、动荡岁月中,不改初衷,看淡了许多被世人视为紧要之事。其实,在女儿眼中,父亲更像传统读书人,他喜爱书法,酷爱京剧,珍爱书籍,被一些朋友称作"秀才"……直到今天,一些到过家里的朋友还会对他丰富的藏书念念不忘,津津乐道曾经借阅过的好书。父亲也希望他的孩子们能够多读书,做有用的人,其他一切都不重要。他坚持"原则"的"死板"和"固执"是出了名的,因此家人绝少会想去沾他的光,也不可能沾上。我母亲因为他按"原则",直到离休,20世纪50年代初评定的级别始终未变。母亲在北京工作,从来没有搭过他的车,一直是乘公交车上下班,虽然完全可以顺路;2000年那个冬天,大妹妹和妹夫临时拦截出租车送病重的母亲去医院,在寒风中屡遭拒载。母亲这次入院后就再也没有回来……父亲自己退下来后,也从不提任何要求,谢绝了一些领导同志的特别关心。他最常说的理由是:当初我不是为着这些参加革命,所以,他几乎没有积蓄,没有有"价值"的收藏,即没有私人财产。父亲去世后,我常常后悔在他生前没有对他诉说我对他的感激。说心里话,对于他的严格要求,对于他的淡然,我有过不满,有时也偶有微词,但我今天由衷地相信:他的淡然和清廉虽然没有让后代"富贵",却换来可贵的安心和平静。现在看来,靠自己的工作过平常人的日子，这是父亲希望我们过的平淡生活，也是我们最值得珍惜、最应该去护卫的生活。

怀着这样的"真"，父亲也经受住了多次政治磨难，没有被压倒。听说，建国以前，父亲在上海、延安、湖北等地就有多次"不公"的遭遇。我要说的是20世纪60年代初期的事情：那时我上初中，有一段时间，我发现家里气氛有些紧张，几位在机械部工作的叔叔来家里，经常与父亲谈到深夜，神情严肃、紧张。后来父亲病倒了，病得很重；再后来，父亲获准住院治疗、养病。其间我和母亲赶去探望。记得父亲对我说他是开会时在卫生间里突然发病，肠胃大出血，几乎送命。也是他命大，浑身是血还坚持自己爬出来，终于获救，可说是死里逃生。多年后，我才知道父亲在国防工委三级干部会议[1]上受到不公正的批判，对父亲打击很大，精神和身体都受到严重伤害。而父亲当时对此很少谈及，就是提到，也是用很平淡的语气简单带过。"文化大革命"中，造反派、专案组多次找到父亲，要他揭发一位原重要军队负责人，就是他在三级干部会上发难，质问父亲："你那么年轻（47岁），如果没有和彭黄的特殊关系，怎么能担任

1　1961年11月召开的国防工委三级干部会议本来是要对国防工业中的质量问题进行整风，但由于"左倾"思想的影响，庐山会议结束不久，会议方向改变。会上有人认为时任中央军委国防工委副主任的赵尔陆（1905—1967）、张连奎（1912—1978）、王西萍（1914—1993）和父亲等人对抗党中央和中央军委指示，甚至说他们是彭黄反党集团在国防工业战线的代理人，漏网分子。

如此重要的职务?"但是父亲以沉默拒绝了专案组的要求,对往事仍旧"淡然",这些我也是后来才听说的。"文化大革命"开始时,我不在国内。我还记得,1967年初回京,第一次回家,父亲就难过地对我说:"赵伯伯走了。"父亲告诉我,赵伯伯走时,是坐在椅子上,手上的烟都没灭,烧到了指头……以后,父亲经常去东四赵家看望赵尔陆的夫人。我要在家,也会陪父亲同去,那时我们已经搬到演乐胡同,所以都是步行前往……

父亲一生"淡然",在我看来,这种淡、清的风骨并非简单。"淡"是吃不出来的味道,却是尝尽了人生的酸甜苦辣百味、也是看遍世间苦乐万象之后,才能体会到的"味";"淡"是非经过心的领悟而不能尝出来的,所以有人说"平淡乃味中之至"。老子说:"道之出口,淡乎其无味。"看似一种与世无争的态度,实为经过独立反思后的是非判断。这也可以解释,父亲为什么越到晚年、经历事情越多,越倾向理性、越敢说内容并不"平淡"的"淡言"。正如一位南方报人所言:与其说是"淡然",不如说是哲理上的认同——他曾在那个难忘的夜晚冲到街上,大声疾呼,老泪纵横;他曾为能见他所敬重的、受到极其"不公"待遇的老领导四处奔走,对阻挠者直言相斥,毫不留情;在生命的最后几年,他仍然不忘的是要解答"世界大势"和"中华民族出路"的问题,直到去世前两周,早就不能说话的他还用笔困难地和前来看望的朋友交流,还是谈的当今中国的前途……我终于明白:父亲在世间表现出来的"淡然",其实是他生命深处的"激情"的绽放……

父亲离去已经四年了,真的非常想念他。我不知道,他在另一个世界里会如何评说此一世界发生的一切;我也不知道,他驾鹤西去的那个世界,是否像导正叔叔希望的是一个无限自由的世界,可以自由歌唱的世界。但我知道:那是父亲在此世希望的,那样的世界是他坚持到生命终点这一头的"真"。

迟到了二十年的道歉

　　1991 年利科去巴黎某大学参加论文答辩。一位中年教师来到他面前,对他说出这样的话:"二十年来,我总想对您说:当年是我打的您,是我把废纸篓扣在您的头上。"这位二十年前的尤里姆街巴黎高师的学生,请求利科原谅他……

　　二十多年前的 1970 年年初,巴黎农泰尔大学局势紧张,从某种意义上讲,紧张程度超过了 1968 年的"五月风暴"。法律系已经临时决定关闭,动荡波及其他文科系。此时,利科任这所大学的文学院主任。他是前一年才被正式任命就职的。这位纯学者型的主任,他要领导的是一艘难以驾驭的航船,这使他成为失控形势的牺牲品,成为"新的政治文化的受难人物"(阿兰·图海纳语)。上任不久,

276

他就为支持另一主任 R. 雷蒙的任命屡遭极端学生的围攻、谩骂甚至殴打。学生会随时闯入他的办公室，把办公桌上的材料和文件扫到地下，用脚在地毯上踩灭烟头，并会把窗帘扯掉撕碎……但是，利科仍然坚持工作和教学。一位师从利科做论文的女生莫尼克执意要见导师，竟然得以穿过学生和警察组成的人群来到利科讲课的阶梯教室，她被眼前的情景震动了："他在讲课，背后是涂抹着大块乱七八糟颜色的污秽墙壁。这真是介入形势、履行职责的绝妙方式。这太令人钦佩了！我感到这近乎某种贵族风度！"在那段特殊时期，利科的这种"表现"特别激怒了极端学生。他们抨击所谓的学院哲学，他们的宣传小册子中称利科教授的解释学是半宗教、半哲学的异种。一位学生认为：这是不折不扣的反动哲学。他还讥讽地问道："如若这就是哲学，为什么利科不干脆去神学院教书？"此时的利科不但要承受精神上的巨大压力，还要教课，要指导本年的 80 份论文，真可说是心力交瘁。1 月 26 日，疲惫的利科在课前去咖啡厅用咖啡，他穿过乱糟糟的走廊，以避开二十多个学生要进行的"截击"。不料，这些学生决意等他回来，并趁机把一个废纸篓塞满。当利科重新出现时，他们就朝他脸上吐唾沫，一个学生把塞满脏物的废纸篓扣在他的头上。利科此时的立场是决不向着新的挑衅让步：不惜代价。他慢慢把废纸篓从头上取下来，然后默默地走向他要授课的阶梯教室。

他像平日一样登上讲台,打开讲义和备课本。但是这次,面对台下对刚才发生的一切一无所知的学生们,他只说了一句话:"不,我不能上课。"说完,他不加任何解释,收拾了自己的东西,在学生们惊异的目光下离开了阶梯教室。他坚持走回到办公室,但一到那儿,他就躺倒了,他的承受力到了极限……很快,媒介就大肆炒作"废纸篓事件"。可悲的是,新闻宣传没有引起应有的社会震动,反而引发了普遍的嘲笑:头顶废纸篓的系主任,这个形象紧紧粘在利科身上,挥之不去。正如有些回忆录所指出的,这件事本应局限在小范围内,人们本以为披露它可激发内部的愤慨和外界的同情。这是错误的估计,失败的战术。所以,在这个事件中,真正的受害者其实就是一个:那就是在复杂多变的形势中始终要维护学者尊严又毫无防卫力的利科。

当然,学院里的绝大多数的教师还是同情、支持利科的。一些学生也以不同形式表示他们对这个事件中激进学生的立场。但是,大学局势仍然紧张、难以控制。利科遵从医嘱在家静休两周。在这期间,雷蒙独自支撑局面。从2月3日起,形势进一步动荡:50多名反对派学生扣押了学院的两位办事员,进行了一场公开审判;他们的证件被没收,脸上被涂上了黑颜色,其中一位被赶到一张桌子上,据称是为了让他作"自我批评"……随之而来的是更严重的暴力:因为两派学生组织发生激烈的对抗,一位雷诺工厂的工会分子 12 日前来支持一派组织,在冲突中头部被击破裂,送入医院弥留 8 天后死亡。一些学生还企图冲击学院办公机关抢夺档案……利科在这种形势下结束病假又回到学校。事态的严重令他沮丧、茫然,他不明白这一切的发生都是为什么,后来事情的发展使利科又一次成为受害者。教育部、内务部指示学校要保证校园的安全,校方作出三项决定,一是校长郑重发表学校不安全的声明,二是将实行校园"正常化",谁都明白这项决定的危险性,但利科心想这可能是只有在特别严重的情况下才会实行的决定,他想错了。如果这两条还不足以保证安全,那最后就只有关闭学校。

以后发生的事情是利科始料不及的:教育部、内务部早已等得不耐烦了,他们利用校方的声明急着要实行校园"正常化"。2 月 27 日,内务部派了五辆警车在校园周围巡逻,而利科只是在半夜接到内务部秘书的一个电话才得知此事的。内务部秘书告诉他,第二天清晨七点,警方将进入学校。利科说,你们不能做这样的事情。但对方的回答斩钉截铁:"你放弃了权利,我们要介入。"就这样,警察入校,学生修筑工事,双方发生暴力冲突,学生之间的各种冲突、矛盾也越来越深。在媒介的宣传下,许多学生则把发生暴力的起因归咎于利科。一些学校的同事和朋友也表示了他们的不满和批评态度(杜夫海纳、杜梅里,特别是利奥塔尔,他甚至批评利科与内务部长同流合污)。利科感到自己在承受废纸篓的重压后,又戴上了人们强加给他的警察入校的帽子,他尝到了失败和不公正的苦涩。利科于是辞职。1970年5月12日,雷蒙这个利科昔日的助手,在新的选举中当选为新主任,直到1976年。经过这一系列事件之后,利科则离开了农泰尔大学去了芝加哥大学。

他真正为法国人理解和接受,则要等到80年代以后。再后来,就发生了本文开头提到的道歉,利科认识这个昔日高师的学生,但无论是当时,还是在二十年后回忆起这件事时,他都没有说出他的名字……他在一次讲话中表示:我为这迟到的道歉深受感动,我原谅了他。

和所有学科对话的哲学家

> 但愿在我死亡之时,上帝把我变成为他所
> 希望的。
>
> ——利科

今年5月20日,93岁的利科(1913—2005)走了。那天,我正好在法国南部的格勒诺布尔与法国朋友聚会。得知这个消息,心里一下子变得空落落的。浮现在眼前的是这位睿智而又慈祥的长者的谦和笑容和锐利目光,犹如在耳的是他那清晰而又深刻的言谈。很难让人相信,他已经永远离去。有朋友告诉我,2004年4月,利科还参加了法国塞尔夫出版社为让-马克·费里的新作《理智的语法》举行的讨论会,主持者为法国著名德国哲学专家韦斯曼(H.

Wismann）。据说,曾多次被传已经病重的利科在讨论中谈锋犀利,反应敏捷,发挥超常,神采飞扬,让对话者费里显得难以招架,步步后退。那大概是他最后一次参加辩论,莫非是他向人世的临行告别?利科说过:"在即将死亡时,没有人是垂死的,而且可能在某一时刻——我希望自己能够这样——面对死亡,种种语言的面纱及其限制和密码都消失了,这使某种可能真正属于经验范畴的根本的东西得以表达出来。"一如他的两位好友列维纳斯和德里达,利科在晚年也经常坦然而又智慧地谈论即将面临的死亡。两位哲学家朋友分别在 1995 年和 2004 年离开人世。如今,利科也走了,三位好友,三位 20 世纪的法国杰出思想家终于在另一个世界重聚了。联想到近几年陆续谢世的德勒兹、米歇尔·亨利、布尔迪厄、利奥塔尔、德桑第等,不禁为法国这一灿烂星群的陨落唏嘘不已。

一

有人说过,利科的人生就是一部孤儿的历史:1914—1918 年的战争早早就夺走父亲的生命,母亲不久也随之而去。利科由汉纳的姨妈们抚养,可以说,他是在对战争亡灵的祭奠中长大的,这样的童年经历深刻地影响着利科在 20 世纪 30 年代的反战态度以及他的和平主义、非暴力倾向的形成。中学哲学老师达利比叶是最早把弗洛伊德介绍到法国的研究者,利科在这位曾经做过海军军官的老师的启蒙下,开始对哲学产生了浓厚兴趣,并且坚定地走上哲学研究的探索之路,从来没有动摇过。[1] 他是出类拔萃的学生,22岁就通过了大中教师资格考试。他的硕士论文题目是《拉舍利埃和拉缪的上帝问题》。在这一时期,他还积极参加新教的各种活动,也是在这时,他结识了后来相守一生的夫人西蒙娜。30年代末,战争日渐逼近,紧张局势日益加剧,利科开始对政治制度法律和个人伦理反抗之间的平衡问题的思考和研究,并且在巴黎的讲座中初识现象学大师胡塞尔。战争爆发后,利科应征入伍,1940年被俘后被送到波梅拉尼战俘营,做劳工达四年之久,也就是说,战争期间他基本上是在战俘营度过的。在战俘营,他得到一册胡塞尔的《观念》,他把书藏在床垫下面,并且在书页的空白处开始翻译。这个译本在法国解放之时出版,也使利科成为最早译介德国现象学的学者之一。1948年,利科到斯特拉斯堡大学任哲学史教授,直到1956年。在1995年发表的自传中,利科称在斯特拉斯堡度过的时光是他一生中最幸福的一段学院生活。

1　利科在《我的第一位哲学老师》中回忆过达利比叶对他精神上的启迪:"我的老师说过:不要避开你们害怕遇到的事情,永远不要回避困难,而是要勇敢面对它。"

1956 年以后，利科开始了十年索邦大学的教学，他迁居巴黎南郊的沙特奈—马拉波利的"白墙"，这里风光秀丽，离夏多布里昂的故居很近，是一些属于人格主义以及有《精神》杂志的倾向的知识分子的"领地"。比如《精神》杂志创始人，人格主义重要代表人物慕尼埃。利科定居于此的时候，慕尼埃已经去世，但其家人仍在)，还有宗教历史学教授马鲁，巴黎综合理工学校毕业生、基督教学生青年会前秘书长巴布莱纳，曾任《精神》杂志主编的历史学家、中国问题专家让-马丽·多米尼克等。利科在这个时期的思考对于他的解释学转向具有决定性的作用。他从现象学研究开始，进而深入对现象学的解释和批判，认为任何哲学都要求助于非哲学的根源：《圣经》、神秘主义、文学、精神分析……而从 20 世纪 60 年代末、70 年代初以来，利科在法国学界感觉到了深深的孤独：先是他在法兰西学院的教职竞争中败给了福柯，有一些人总是粗暴地指责利科"只会讲述别人，只会调和各种不同的流派，没有自己的东西"；更有甚者，他 1965 年发表的《解释，论弗洛伊德》一书在英语世界获得成功，但在法国却很奇怪地受到名气极大的精神分析学家拉康及其追随者的非难，并毫无道理地被指责为拉康的抄袭者；再后来在 1968 年"五月风暴"及随后的农泰尔大学学生和警察的冲突中，他又成为了替罪羊和牺牲品。很多人都知道著名的"废纸篓事件"，在一次纷争中,一个左派大学生把一个废纸篓翻在他的头上。这个事件深深地伤害了利科。但是在整个事件中,利科始终保持着自己知识分子的独立和尊严,他在1991年的一次访谈中说:"我总是与他们争论。我拒绝任何保护,我的办公室是开放的,定期被占用,但我很耐心,我等着他们离去,我对他们说:'我永远将最后一个离开我的办公室。'"最终他辞去大学的行政职务,随后离开法国,去了美国芝加哥大学哲学系工作,直到1992年。也是在此期间,他不断地从英美分析哲学那里汲取营养,丰富自己的哲学思考。做到这点并非容易,因为在20世纪的法国,分析哲学和精神分析曾经是两个经常遭到非难的对象,始终没有得到很好的理解和研究。利科在此期间还用一半的时间承担在法国的教学和研究,继续和列维纳斯共同在农泰尔大学教书,并积极参加法国胡塞尔档案中心的工作。但应该说,在那个时候,他的学生中,外国人要多于法国人。20世纪80年代开始,特别是在90年代以来,利科在法国国内的影响越来越大,他著述丰富并且备受关注,比如1990年出版的《作为他者的自身》被学界视为法国当代哲学的一部经典之作,其意义尤以融会贯通古今西方思想及其传统为重。他晚年的另外一些著作(《思考〈圣经〉》《公正》《记忆,历史,遗忘》等等)都以同样的学术理路和人文精神受到法国内外的高度重视。近些年来他屡屡在国际上获奖,频繁在世界各地访问讲学。2000年,利科登上在索邦举行的一年一度的马克·布洛赫讲座的尊贵讲坛,我有幸聆听了这次演讲,当环形的大厅中的数千听众全体起立为利科晚到的成功长时间热烈鼓掌时,那庄严辉煌的场面不仅仅让我看到了法国人对优秀学者的由衷尊重和爱戴,而且更让我感受到利科那些苛刻的同胞对他的承认和接受。利科用他的勤奋、博学、耐心、宽容、友爱和善良,也用他最可贵的兼容并蓄的学术态度最终赢得了自己应有的地位和声誉。虽然和那位用废纸篓侮辱利科的学生二十年之后的当面道歉一样,这种承认和接受的确过迟了。

二

多年前,利科为悼念法国著名哲学家慕尼埃写过这样一段文字:"我们的朋友不再回答我们的问题了。死亡的残酷在于彻底改变了正在进行着的文学事业:不仅因为它不再继续,它终止了——就这个词的所有意义而言,而且因为它脱离了把作者置于生者之中的这个交流、提问和回答的运动。它就永远变成了一种文字著作,仅仅是文字的。和它的作者的断裂完成了:从此,它进入了唯一可能的历史,那就是读者的历史,即那些它滋养的活着的人们的历史……而最没有准备进入这种关系的生者,肯定是那些熟知并且热爱(活着的)作者的人……而每一次再阅读都在他们之中更新、并且可以说都祭奠朋友的死亡。"利科这段悼念文字,今天借用于利科本人,借用于值得怀念的作品及其作者,是再合适不过了。因为这些文字揭示了伟大作品的意义和伟大作者的特性:那就是"友谊"和"对话"。

利科最令人尊敬的,正是他自始至终坚持的这种"友谊和对话"的立场。话说起来简单,但在20世纪的法国,在各种思潮、流派林立,各路"精英、大家"迭出的时代,承认"他者",聆听"对方"甚至"敌人",和各种意见甚至是反对自己的意见进行"对话",而且是真正的对话,能够做到的人其实是凤毛麟角。而利科做到了:无论是学生、同事、博士生、记者,还是各种不同流派的学者,都会得到他的"善待",因为他总是习惯说,他不希望有什么"弟子"和"同道",而只是希望拥有朋友。正是出于这样的意愿,利科几乎涉足20世纪的所有哲学、社会科学流派:现象学、存在主义、人格主义、结构主义、马克思主义、解释学、语言学、符号学、政治学、宗教、精神分析、分析哲学……但他从来不拘囿于任何什么"主义"。他是一个出色的跨学科和流派的人物,他告诉我们,永远不要满足于表面光彩诱人实际上是过早下结论的"综合"。利科最早其实受到的是来源于笛卡尔和康德的法国反思哲学传统的教育。战争结束后,利科作为哲学教师在一个新教派聚集的村庄短期居住,并在那里写出了他早期最重要的著作《意愿的哲学》(三卷本,1950—1961),这是和笛卡尔、萨特等人对话。意愿与非意愿并非两个对立的存在维度,而是互补的,人之所以容易犯错误,是由这二者的不对称造成的,人的错误选择,人对恶的趋向,也是由于不能在我们有限的身体和向无限开放的理性之间准确定位。任何人的存在都是不稳定的平衡,一种受错误可能性制约的过程,也就是在意识和在意识本身所逃离自身的东西之间的一种对话。在和胡塞尔现象学(《致现象学派》)、存在主义、结构主义(《活的隐喻》)的对话中,他努力通过主体意识描述经验的结构并奠定主体,并且从现象学走向了解释学的方向。他避开了笛卡尔、费希特,甚至胡塞尔的理性、透明的主体的理想,认为直观的认识只是一种幻想。也是由此,解释学这源于《圣经》注释、传统语文学和法律解释的科学,成为了利科的重要研究主题。在 1975 年发表的重要著作《活的隐喻》中,利科也是在进行一种对话,他极力避免在当时两种主要思想潮流中偏重哪一方。一方面是存在主义——绝对纯粹的主体主义;另一方面是结构主义——主张除了文本、著作,没有其他,只有主体。利科是少有的说"不"的人,他认为存在主体,但那是只能通过著作被认识的主体。

利科在接触任何著作或思想的时候,都首先力求去理解、阐释:"更多地解释,是为了更好地理解。"他的独特在于,他总能一开始就给对话者部分真理。这往往会让人产生错觉,以为他同意所有的互相对立的意见或流派,其实不然,他并非全盘同意什么人,而是表明一种立场,那就是对任何他者的思想,首先不是要表明同意或不同意,不是赞扬或诋毁,而是要在一开始就承认:在多种多样的思想中,最值得考虑的首先是某种一致,而从这种承认出发进行"对话"。在《时间与叙事》等著作中,对解释、叙事的同一性、时间性和叙事之间的关系的分析,实际上都是在实践"对话"。同样的对话涉及记忆、伦理、社会公正、政治权力,涉及弗洛伊德、本维尼斯特、雅各布森、罗尔斯(1921—2002)等的研究,不单单是一种理智的对话,而首先是在对话的"形式"下对每个人的主题进行考察。这真是一个宏大的"对话"事业。利科的对话其实借鉴了不少科学哲学、分析哲学的认识理论,他否定存在主义倾向的现象学"我思"的直接的透明性。对他者的认识需要对话,也可以说,对话就是我思和他者的中介。同样,我自己的思想也不可能一下子就被理解,也必须有一个中介:要认识自己,必须和自己对话,即把自己当作一个他者,"我是我向我自己叙述的东西"。我的身份不是直接给出的,对它的认识,必须有词语作中介,词语创立并且揭示这种认识:"如果没有符号、象征和文本的中介,自我不可能理解自我"。这也是《作为他者的自身》一书的中心思想所在。其实,利科在叙述别人时,就是在与别人对话,在与各种思想对话时,就是在说自己的思想,古往今来的大家,不都是在解释、评述他人的过程中,讲述自己的观点、立场和新意吗?正如利科在《作为他者的自身》中所说:"如果不谈到所有对我有影响的人,我就无法说出我是谁。"每一次想到这句话,心里都会油生敬意,我知道,要坚持这样的学术准则,要承受这大千世界的如此压力,需要怎样坚定的信念,又需要怎样顽强的毅力啊!

三

2005年5月26日傍晚,我从里昂赶到巴黎卢浮宫附近的奥哈托尔新教堂,和没能参加三天前丰特乃—马拉波利墓地的葬礼的近二百多人一起悼念利科。在那些白发苍苍的教授中间,人们看到了同样有新教背景的法国前总理若斯潘和他的哲学家夫人。追思仪式由神甫致词开始,利科过去的学生、研究者、传记作者们分别致悼文,并且朗读了利科著作的选段,其间还穿插着竖琴演奏和经文咏唱。优美和悠扬的旋律仿佛把我们带回到那遥远而又清晰的记忆之中……

早在20世纪80年代,我就陆续读过利科先生的一些著作,还有李幼蒸、裴程等先生译介利科的文章,特别是在读到法国历史学家多斯的利科传记《保罗·利科——一种生活的诸多意义》后，更是对这位法国思想大家充满由衷的敬意。我也写过一些关于利科的小文。但我第一次见到利科本人则迟至1998年。那是为了利科到北京大学访问讲学事宜。那年夏天我在巴黎访问，本来我在电话里对利科先生表示我应该去"白墙"登门拜访，但他说自己刚好要到巴黎来参加一个活动，他认识我住的絮若尔之家，因为他曾经来这里会见过伽达默尔。我只得同意他的安排。到了约定的那天，好像是个下午，我提前到门口守候。远远看见一个人拉着拉杆箱走近，但走过絮若尔之家门口向另一条街走去，我不能肯定这是不是利科先生；又等了一会儿，这位拉着箱子的人又走过来，我看清楚是位老先生，他没等我开口就先问我："您是杜女士吗？"我知道这就是利科先生了。后来，我请利科先生上楼，在我只有9平方米的房间坐了许久，他面露歉意告诉我，在活动之后匆匆坐地铁赶来，不想记不得路了，所以绕了很久……我们就是在这次定下了利科访华的具体日程和内容。我曾把这次和利科先生见面的细节向很多朋友复述过，这些普通不过的细节却让几乎所有的听者感动不已，可能是由于在人们眼中极不普通的人自然而然地做普通的事情，是会深深感动我们这些普通人的。

利科的中国之行得以实现，他在中国的访问能够顺利进行,应该首先感谢法国驻华大使毛磊及其夫人。毛磊夫妇和利科是多年好友。毛磊先生在俄罗斯任大使期间,曾特意邀请利科到莫斯科访问讲学,而且请他下榻大使官邸。毛磊夫妇与许多学界知名或不知名的学者结下了深厚友谊。在法国时,就听到过不少学界朋友谈到这对不寻常的外交官夫妇,他们没有丝毫常见的"官气",有的是绝非作秀的"书卷气"。他们自始至终支持利科的北京大学访问计划的实行,因为工作安排不开,没有按惯例在使馆宴请来访的法国学者,但仍然抽了一个难得的空档到利科先生住的勺园五号楼套间拜访,单独与利科先生交谈了一个多小时之久。利科后来对我谈到毛磊,用的也是"不寻常"这个词。可尊敬的毛磊先生和夫人离开中国去梵蒂冈赴任已有几年。毛磊先生在告别招待会上对我说的最后一句话是:"我们做的是精神的事情,一定要继续做下去!"我会长久记住毛磊先生的鼓励,继续做事情,为许多像利科这样的人。另一位给了我们许多支持帮助的是法国使馆文化专员戴鹤白先生,后来他也成为我们许多北大教师的朋友。如今他已回到巴黎十大继续教中文和中国文化。今年6月在巴黎我还去他家做客,我们谈到了利科,谈到德里达……我又看到了他美丽温柔的妻子和四个活泼可爱的孩子,最小的"洋娃娃"是在中国出生的,利科、德里达都见过他们,喜爱有加。

总的说来，利科的访问是顺利、成功的。在北大，利科作了两次演讲，参加三次座谈，并且与著名佛教学者楼宇烈教授会谈一次。他的学者风范，他的谦虚、宽容，他对他人的关切，都给我们留下了极其深刻的印象。我们最后把这些演讲和谈话整理成集（《利科北大讲演录》，北京大学出版社，2000 年）。从后来的反响可以看到，中国师生不单单折服于利科的学问，更崇仰他的人品和精神：我不会忘记他与北大师生对话时的关注的目光，不会忘记他在谈到一些伤害过他的学者时平静而又客观的态度，更不会忘记他在谈到他一个至亲的家人非正常死亡时，缓缓说出的一句话是"……幸福，就是为他人"，不会忘记他在历经人生艰辛、创伤和波折之后，仍然从容地坚信："我要在这不公正多于公正的世界追求公正，在这不平等多于平等的世界中追求平等！"

我在 2002 年和 2003 年都到马拉波利拜访过利科，他曾写信表示他还希望能再访中国。有一次希望他能来参加一个国际会议，但终因种种原因未能成行。再后来，我自己家中屡有变故，一直到今年 5 月才又可能去法国。本想这次一定能到"白墙"看望利科先生，因为有位朋友告诉我，利科先生在一次讨论会后曾向她问起过我，说："怎么许久没有 Madame Du 的消息？"没想到未能如愿。记得那年在利科的布洛赫讲座开始之前，在大厅里见到德里达先生，我们那时正在筹划他来访中国。德里达对我说，利科对他说自己对中国之行非常满意。德里达还说，他非常高兴能够去中国。我告诉他，利科在中国的一次讲话中提到，德里达和列维纳斯是他一生中最好的朋友。德里达听后，沉默了一会儿，然后轻声说："我备感荣幸。"德里达是 2001 年访问的中国。

　　每想到以后再去巴黎，又少了一个可拜访的长者和对话者，而且将来还会继续减少，心中的伤感难以述说……

有些事是难以忘记的

我是 1965 年从女十二中高中毕业的。转瞬之间，40年过去了，那时天真幼稚的女孩现在即将步入老年。但时光的流逝，却带不走许多难以忘记的事情。真可说是"如烟往事不如烟"。

1962 年，我从别的学校转进女十二中高中部入学。很快就适应并喜欢上了这个学校和我的班级。学校校风良好，学习气氛浓厚，老师敬业勤恳，同学平和友爱，而且课外活动丰富多彩。我在这里确实度过了难忘而又有意义的三年。

马玉文老师是我们的班主任，跟了三年。她那时非常年轻，教书、工作非常认真努力，给我们留下很深的印象。去年，我们班聚会，她也来了，仍然是那样朝气蓬勃，很难看出岁月的留痕。

几位任课老师给我留下深刻难忘的印象。那时，我们班在外语课上要分两部分，因为有一小部分人原来初中学的是英语。我就是属于这个英语小班。教我们这个小班的是谢家峻老师，他不修边幅，但英文极好，口音纯正，讲解清楚。记得当时我们小班有个同学叫王爱莲，英文成绩突出，常常得到他的夸奖。我的英文学得还可以，但粗心大意，常出小错，没有少受谢老师的"数落"。如今我做教师也几十年了，有时脑海里会浮现出谢老师戴着眼镜认真评论学生作业和朗读时的神态，不知谢老师现在可好？是否还记得这些当年挺淘气的孩子？

　　教我们解析几何的是潘老师，她是我一生中最喜欢、最敬重、也是对我影响最大的老师之一。那时她也很年轻，眼睛又大又亮，常着合体的旗袍，端庄秀丽，大家风范。她讲课有条有理，清楚明白，把枯燥无味的几何课，讲得有声有色，生动有趣。记得我开始学解析几何，因为心不在焉，有次小测验不及格，沮丧、懊恼自不必说。潘老师把我叫到办公室，非常严肃地批评我学习不认真，并且诚恳地劝说我不要偏科，说在高中打基础，文、理科都要认真学好。她最后还说了许多鼓励的话。以后我的成绩很快就上去了，绝大多数都是5分。我至今对潘老师心怀感激，不仅仅因为学习成绩。

　　还有一位老师我非常怀念，那就是教我们化学的尉豹隐老师。好像有人告诉过我，尉老师曾经是神父，我还很奇怪：为什么他会教化学呢？尉老师穿着朴素，和蔼可亲，讲课也很出色，慢条斯理，但清楚明白，简明易懂，我那时非常喜欢化学，和尉老师的课讲得好有很大关系。离开学校近四十年，也回过几次学校，但都没有碰见过尉老师，真是很想念他。

我们的高三(2)班也是一个值得回忆的班集体。好像我们被评为学校的优秀班集体。班里很多同学都给我留下难忘的印象。记得我们一起排演过大合唱、小合唱、朗诵，还有现在被称为"小品"的节目，都是自编自演，挺受欢迎。我们的文艺委员林蔼青多才多艺，什么都会，带领大家排了很多节目，我们毕业前排演了一个话剧，就是她导演的。那时的学生都特别单纯热情，记得高三时，大家提议创作一首班歌，由我执笔。通过之后，我们给瞿希贤写了一封信，请求她为我们班歌配曲，没想到，瞿希贤很快就回了信，并且寄来了谱好的曲子，还配了和声。我们班在一次汇演中唱了这首歌，真是很激动、兴奋。前次同学聚会，很多人都还记得这首歌。当然，现在看来，班歌的歌词非常幼稚、带着那个时代的痕迹，但我觉得那是我们当时的年轻和激情的真实记录。我们班还有许多有突出特长的同学，比如侯康姿，不但品学兼优，获金质奖章，而且是体操等级运动员，特别让人佩服。很可惜，那时由于时代和政治原因，她没有上大学，现在说起来，大家都非常惋惜。她后来在中学里教书，勤勤恳恳，是一位优秀出色的教师。我还记得，班上有几个同学特别会唱歌,比如林蔼青,还有何平、周萌蕾、齐均、潘亚琴等等。我们班的合唱在学校小有名气,不但因为前面几个同学领唱出色,也因为我们其他人的集体合唱非常和谐,还常常分声部。

当然,我们那时也会有一些不愉快,而且由于各种历史、政治等复杂原因,会做出一些错事和蠢事,存在着不公正的现象。但令人感动的是,几十年之后同学重聚,彼此之间没有隔阂。那是因为,我们那个时候,同学相处完全没有"功利"二字。在这么多年过去之后,自己经历了许多波折,得到许多人生感悟之后,就会越发感到那时的同学情谊的可贵。这里要补充一句,我们当年的班干部张春妹,是全国优秀教师,多年来,不怕麻烦地为同学之间的联系奔波。多亏了她,我们能够多次重聚,真要感谢她。

因此,就写下了上面这些凌乱的回忆。人生在世,会遇到很多事和人,有些随着时光的流逝,会渐渐地忘记;但有些事、有些人是难以忘记的,因为这些事和这些人让我们回忆起的是真诚、友爱和单纯,这些才是世上的至宝。我想,在女十二中度过的三年中所经历的许多事、所相识的许多人(文中只提及十之一二)都应属难以忘记的。

女十二中 1965 级毕业生

杜小真

辑二

乔治·桑故居散记

在法国朋友的陪同下,我们参观了乔治·桑在安德尔省的故居。

安德尔省位于法国中部,它以迷人的中世纪式田园风光吸引着法国和世界各地的游客:安德尔河与莱格林河穿流于丘陵之中,因流经之地起伏不平,绿树浓荫,故有"黑色山谷"之称;沿着山谷顺行,高大的磨坊处处可见,水车哗哗的声响在幽静的河谷中回荡。在安德尔,无论走到何方,游人都可以看到宝石般晶莹闪光的池塘。有人说,这是克勒兹河与克勒兹河沿途抛散的珍珠。更令人神往的是,在黑色山谷的深处,在古木扶疏的树林中,在绿波荡漾的水塘边,中世纪的城堡星罗棋布,仪态万千……安德尔的土地上散发着大自然淳朴的美。

19世纪法国杰出女作家乔治·桑的故居就坐落在安德尔省西南角的诺昂村。正是这位被维克多·雨果誉为"19世纪的伟大女子"的乔治·桑，使得诺昂这个偏僻的小村庄成为一个著名的文化胜地。每年夏天，慕名而来的各地游客络绎不绝，附近以"乔治·桑"命名的咖啡馆、旅店、工艺纪念品商店经常是宾客盈门。

　　乔治·桑的艺术创作与安德尔的自然风光密不可分。她的《瓦连丁》《安吉堡的磨工》《鬼塘》《小法戴特》等名著都是以安德尔为背景的。乔治·桑活了72岁，可以说，诺昂是她72年漫长生命旅途中的活动中心。1808年她4岁时第一次来到诺昂就深深地迷恋上这里田园诗般的生活。后来，她从祖母那里继承了诺昂村这座路易十六时代的城堡，就再也没有间断过乡村别墅的生活。特别是1839年以后，她更经常来到这里，以躲避都市豪华但又近于疯狂的生活。也还是在诺昂城堡，女作家度过了她生命的最后几年，长眠在她所热爱的安德尔的土地下，安睡在城堡右侧的墓地中。正因为乔治·桑的一生与诺昂城堡紧密相连，人们都习惯地称她为"诺昂夫人"。

　　乔治·桑是19世纪杰出的浪漫主义作家。她一生追求自由、平等、个性解放。恩格斯曾经高度赞扬过她的自由民主思想。1830年，她与杜德旺男爵离婚，改了个男人名字乔治·桑，以示追求男女平等的愿望。她的原名奥罗尔·杜邦以后就很少有人谈起了。1832年,她以乔治·桑为名发表了《安弟亚娜》,一举成名。她生性放荡不羁,无所拘束,交际往来于艺术名流之中。她的风流韵事曾一度被视为社会丑闻。1834年,她与著名诗人、剧作家缪塞在威尼斯分手后,于12月回到诺昂,似乎要在都市交际场上的风暴之后寻求暂时的平静。在诺昂,女作家始终住在城堡二楼的一间卧室里。房间的四壁及天花板都裱糊以蓝色壁纸,地板上铺着蓝色毡毯。对看惯了灯红酒绿的女作家来说,蓝色大概是一种安静的颜色吧。然而,安静毕竟是暂时的。女作家一生漂泊动荡,她对幸福的追求,对美好生活的向往始终是那样的热烈。但她的情感和行为与当时社会的道德标准是格格不入的,因此,随着一次次狂热爱情而来的只是痛苦、矛盾、冲突、分裂……诺昂乡间别墅也就一次次成为她乱中求静的理想之地,以至于成为她的最后归宿。1837年,乔治·桑在诺昂接待了大音乐家弗朗茨·李斯特和玛丽·达库勒特。两位音乐家在城堡底层一间安有钢琴的房间下榻。乔治·桑常常在优美的琴声陪伴下写作。在这一年中,她写了大量的书信、短文、剧本及小说。巴尔扎克曾描写过她的这段生活:"晚上七点半左右,我看见乔治·桑穿着睡袍在炉火边吸烟……她这次来诺昂已经一年了。她神情忧郁,但拼命地写作……我们在一起讨论了婚姻、自由等重大问题。"

经李斯特介绍,乔治·桑1838年结识了波兰大音乐家肖邦。自1838年起,他们在一起生活达八年之久。在这期间,他们经常居住在诺昂。肖邦住在楼上右侧卧室里,现在房间里的桌子上还保留着肖邦的画像。据说,肖邦与乔治·桑经常发生口角、争执,最后终于分手决裂。为了抹去不愉快的回忆,乔治·桑改变了房间原来的布置。现在我们看见的肖邦的画像是后人为纪念他而安放的。在同居的八年中,乔治·桑的自由民主思想对肖邦产生了重大的影响。反之,肖邦的音乐激情也深深地感染了乔治·桑。肖邦曾这样写道:"奥罗尔的眼睛平时是黯淡的。只有在我弹琴的时候,这双眼睛才闪闪发光。于是,世界变得明亮而又美好。我的手指在琴键上轻轻地滑动,她的笔在纸上快速地飞舞,她竟能一边听音乐,一边写作。"李斯特与肖邦弹奏过的钢琴依然照当时的样子摆在楼下的起居室里。游客们经过这架钢琴时,都要即兴弹上几下,引以为幸。我们自然也不例外。法国朋友风趣地说:"中国人弹这架钢琴,这大概还是第一次。"

乔治·桑步入晚年后,创作热情有增无减。在最后十年里,她写了大量的作品。就在逝世以前几个月,她还发表了《贝尔丝蒙之塔》。女作家的艺术才华、广博学识与充沛情感吸引过许多风流名士。乔治·桑诺昂城堡的餐厅经常成为名流聚会的地方。现在餐厅的陈设完全保持当年的样子,餐桌上分放着十几副刀叉餐具,每副餐具前都摆着一张泛黄的名片,上面写着当年在这里做客的乔治·桑的朋友们的名字,其中有法国大作家德奥菲尔·戈蒂埃、小仲马、巴尔扎克、俄国文豪伊凡·屠格涅夫以及法国大画家德拉克洛瓦。法国大文豪福楼拜也是诺昂城堡的常客,他与乔治·桑的艺术观点虽不尽相同,但他们的友谊是深厚的,他们长期保持着密切的书信来往。1866年,乔治·桑两次到福楼拜在克罗塞特的家中小住。1869、1873年,福楼拜也两次到诺昂陪伴已入暮年的女作家。乔治·桑经常与这些朋友们一起谈论文学、艺术、音乐、绘画,一起在城堡周围的田间散步,有时还在楼下右侧的"小戏院"里共演木偶戏。这个"戏院"保存完好,左侧是一个五六米见方的小戏台,右侧靠墙的四个大玻璃柜里摆满了各式各样的木偶,形象逼真,服装艳丽。据说,这些木偶大都是乔治·桑的儿子莫里斯·桑制作的。演出时,乔治·桑亲自给木偶穿衣服。"小戏院"上演的剧目大都是当时的名剧,或者是乔治·桑的近作。附近的村民也常被邀请去看戏。直到现在,每逢夏季,诺昂的村民还要在乔治·桑城堡附近搭台演戏。方圆几十里内,人们穿着节日的盛装来到诺昂村,兴致勃勃地观看演出。乔治·桑城堡前宽阔的庭院已成为人们跳舞、唱歌、聚会的地方。这就是著名的安德尔"诺昂浪漫节"。遗憾的是,我们"来不逢时",未能亲眼看到诺昂的盛会。

1876 年 6 月 8 日，乔治·桑在她蓝色的卧室中与世长辞。家人把她安葬在城堡右侧的花园墓地中。后来去世的乔治·桑的儿子莫里斯·桑以及几个女儿、孙女也都相继被安葬在这里。女作家的墓十分简朴，因年深月久已呈暗灰色的白色墓碑上只刻着她的名字及生卒年代。

我们站在松柏相间的墓地中，放眼眺望安德尔的秀丽风光，不禁想起安德尔人常说的一句话："美好的诗歌起源于大自然，浪漫主义在大自然中永存。"大自然的美是永存的，艺术家们创造的艺术之美也将是永存的。乔治·桑离开人世已经一百多年了。她墓碑上的名字随着时光的流逝会变得模糊不清。但她那散发着泥土芳香、充满哲理的作品和她那追求自由、平等、和平的不衰激情将永远留在法国人民的记忆中。

1981 年 7 月于法国南锡

"却望并州是故乡"

记得小时候,曾背过贾岛的一首诗:"客舍并州已十霜,归心日夜忆咸阳。无端更渡桑干水,却望并州是故乡。"因为年幼,当时我并未理解其意。

而这次我客居巴黎,其间曾漂海远行。我从法国南部一个大港登上客轮。船起动了,我独自一人站在甲板上,望着地中海碧蓝的海水,心中突然涌起一种不可抑制的感情:我是多么想念巴黎,想念我在巴黎住的小房间,真想立刻回到那里。我在心中喊道:"那是我的家!"此时此刻,我的脑海里立刻闪现出贾岛的《渡桑干》。这次,我读懂了它!

是的,久居异国的思乡之情是复杂的。由于种种原因,客居他乡,日夜盼归而不得,但又要离开客居地远行,这时往往就会把客居地当作故乡来怀念。其实,这是一种更热烈、更真切的思乡之情。因为，在这背后，是对自己真正故乡刻骨铭心的爱和无法排解的思念。正如贾岛，他将作客之地呼作故乡，实质是深含着他对咸阳故乡的日夜思念以及不得回乡的悠悠哀愁。而我，在地中海上呼唤巴黎的家，其实是在我恋乡的心上又添上一层对祖国的怀念。我心灵深处默念的是我的祖国，而不是巴黎。

我接触到的许多法国朋友都十分赞赏中国人特有的执着而又深沉的感情。有一位法国中学教师曾对我说过："据我所知中国学者有两个特点，一是用功，二就是念家。"在海外客居两三年的学生尚且如此，那在国外旅居多年的华侨就更不用说了。许多几代在巴黎定居的华侨至今坚持说中国话，吃中国饭，看中国书刊。在华人区，至今还保留着许多国内已不复存在的风俗习惯。他们身在法国，可心却与万里之外的中国最相近。他们关心祖国的一切，为能为祖国及祖国来的人做一点事而感到无比欣慰。他们心灵深处珍藏的是对祖国的爱啊！

记得在巴黎，我遇见过曾在农场共同接受"再教育"的一位朋友。由于家庭原因，她漂泊海外，尝尽人间的辛酸。又因找工作十分困难，不得已入了法国籍，为此，她度过了多少不眠之夜！在一次春节聚会中，她含着热泪对我说了这样一段话："虽然我入了法国籍，但我的黄皮肤、黑头发时时告诉我，我的根不在法国，而是深深地扎在中国。我心中永远认为自己是中国人。我总觉得,这个安在巴黎的家不是我真正的家,我最后的归宿一定是在中国,总有一天,我要回到我自己的家!一想到这,我就会把异国的人情冷暖、世态炎凉当作压力,还要与命运争一争,好为我的祖国尽一点微薄之力。"思乡之情使她坚强了,故乡给了她力量!

我还想起,有一次,我和几个中国同学与一位旅居法国近四十年的老先生聚会,大家海阔天空地聊起来。最后,老先生问了我们一个问题:"什么是你们的精神支柱呢?"在座最年轻的中国学生得体地作了回答:"我们经历了许多风浪和波折,但我们并没有被压垮,因为我们相信祖国有美好的未来,我们热爱我们多灾多难的养育我们成长的祖国,这就是我们的精神支柱。"老先生听后沉思了。我们不愿反问这位饱经沧桑的老人,因为我们知道他的经历,知道他为什么能够在异国他乡没有被世俗偏见所压倒。他是一位在绘画、雕塑、书法、文艺理论等各方面都造诣很深的艺术家,又有坚实的文学、哲学根基,但因为国籍问题他未能得到应有的地位。他的许多学生在学术界的地位都比他高,而他并没有因此趋炎附势,而是更加努力地工作,为艺术不懈地奋斗,还准备回国办展览。我想他的精神支柱已不言自明。他始终把自己当作一个中国人,没有一刻忘记自己的祖国。思乡之情给了他勇气,故乡给了他力量!

法国著名文学家、哲学家萨特认为喜、怒、哀、忧等情感是意识的某种状态，它最大的特点就是那欲求脱离自身的超越性。我不知道思乡之情是否可属此列，但有一点是可以肯定的，那就是思乡之情可化作力量，它有时就像最浓烈的醇酒，可使人迸发出非凡的力量，超越人生道路上的痛苦、困难和悲哀……

香火最盛之处

　　我一向认为,人死后,其墓碑于他自己是毫无用处的。墓说到底是为生者的,墓前香火的盛衰,固然是对死者的一种评价,但更多的则是寄托着生者的感情,深含着生者的希望。参观了巴黎著名的拉雪兹神父公墓(IE Père-Lachaise)之后,更加深了我的这种看法。

　　拉雪兹神父公墓所在地,在17世纪原是耶稣派信徒的领地,路易十四的忏悔神父拉雪兹常来这里,因而得名。1803年巴黎市政府购买了这块地盘,并将它改建为公墓,又沿用了拉雪兹的名字。公墓里安息着众多的世界闻名的人物,比如著名文豪巴尔扎克、普鲁斯特,剧作家莫里哀、博马舍(Beaumarchais),诗人阿波里奈尔、艾吕雅,音乐家肖邦、比才，画家德拉克洛瓦以及现代著名的女歌唱家皮亚芙[1]等等都长眠于拉雪兹神父公墓里。

然而，公墓中香火最盛的并不是我们提到的这些赫赫有名的文豪、艺术家。在一片片的碑林中，有一处与众不同，这里拜谒者川流不息，花四季常开。不少法国友人都告诉我，这里是公墓中"香火最盛"之处。

这位死者生前并不是什么出名的人物，但他的坟墓在20世纪80年代的巴黎却是最吸引公墓的拜谒者的。他就是生在19世纪的神秘主义者阿兰·卡尔戴克（Allan Kardec，1804—1869）。

卡尔戴克墓的周围，环绕着一层一层的鲜花花束、花圈、花环，花都堆成了山。据说，每天都要收走一批花，才能保证次日的"献花"活动。墓旁花丛中，有的人默立；有的口中念念有词；还有的依次走到墓前，手摸墓碑，耳贴碑面，口中还在说什么……据公墓的守护人员说，这里天天如此，没有例外。我不禁茫然了。

在我的记忆中，卡尔戴克远不能算得上哲学家。他充其量只是个行秘术者。他是唯灵主义的创始人，著有《通灵者书》，宣传心灵感应与神灵至上。他曾提出，人死后一百年内是有灵的，生者可凭心灵感应与之对话。据传，卡尔

1　埃迪特·皮亚芙（Édith Piaf，1915—1963），法国著名歌唱家。

戴克就有灵,用手摸他的墓碑,意想你怀念的死者,即可与之对话。无怪乎有那么多人依次虔诚地俯身于墓碑。第一次看到这情景,我拿出照相机,想拍下这难得的镜头以飨国内的亲友。但有一些女士发现我要拍照,她们便大叫着:"不许拍照! 不许拍! 不许!"一个过路人悄声对我说:"别照了,一照相,墓就不显灵了!"我这才发现墓旁的一棵树上钉着"不许照相"的木牌。受了"惊吓",我只得收了照相机,怅然而去。可见,卡尔戴克的灵性在这些虔诚的信徒中占有至高无上的地位。

我心中不禁涌起一阵淡淡的悲哀。在这科学高度发达的文明社会里,许多人却不相信科学,去乞灵于死者,寄望于亡灵。我又联想起香榭丽舍大街豪华的商店里陈列着电子算命机,在弗纳克书店里排列着形形色色的手相书,算卦书……它们与我看到的卡尔戴克墓前的情景混融在一起,使我想了许久……看到我崇敬的那些名流的坟茔,我并不悲哀,因为死者已安息,他们创造的杰作永存人间。但我看到生者不在生的世界里追求,却在死的虚无中寻觅寄托,我真正地悲哀了。

记得一位巴黎大学教授曾说过:"在我们这个物质文明高度发达的国家里,现在存在着一种唯灵主义的回复,它意味着我们社会中的精神危机。"这位教授的话是对的。人是一种奇怪的动物,有物质要求,还有精神追求,仅仅有物质的满足是远远不够的。在这个富庶的文明社会里，人们却经常追求金钱买不到的东西，比如说友谊、真诚、信任等等。然而，这些精神上的东西却越来越少了，这更加深了人们对社会的失望，于是就越要寻找寄托希望的地方。唯灵主义的回复看来与这发达的现代社会并不协调，而实际上却并不难以理解。

卡尔戴克墓上方刻着一句他说过的话："生、死、再生；永不停息，这便是法则。"在花丛中的一束花上附着一张纸条，上面写着一首诗，诗的最后一句是这样的："在一切似结束时，幸福就开始了……"寄希望于来世，求助于亡灵，这正是卡尔戴克的信徒的心境。可惜的是，卡尔戴克对这一切是不复得知了。

哲学家的爱

如果有一天，生活让我失去你，

只要你爱我，

我都无所畏惧，

无论是你的死亡，还是你的远离。

因为我，我会随你而去，

我们会在浩瀚无边的蓝天里获得永恒。

在天上，毫无问题，

上帝会把相爱者联结在一起。

——埃迪特·皮亚芙：《爱的颂歌》

2006 年，一本只有 75 页的小书《致 D 书 —— 情史》的问世在法国书界引起轰动。第二年，作者与其爱妻双双自杀,共赴黄泉。这段长达 60 年的爱情故事的结局,让这本书在畅销书排行榜上的排名直线上升。写书的人大概没有料到,这纯粹记述两人感情经历的爱情告白,其影响远远超过了他以往写的任何一部著作,给读者、甚至是严肃的思想界的同行们带来巨大的冲击和感动。书中呈现出来的作者的形象光辉,盖过了他以往的任何一种身份。唯有执妻子之手、与之偕老的这个"丈夫"形象,才长久地留在世人心中,成为永恒。也是这个形象,让我们记住了他的名字——安德烈·戈尔兹。

戈尔兹(André Gorz, 1923—2007)出身于奥地利维也纳的一个商人家庭,原名为霍斯特,父亲是皈依天主教的犹太人。反犹运动兴起后,他于 1939 年来到中立国瑞士的洛桑读书,学的是化学。1946 年,他结识了来这里举办讲座的存在主义哲学大师萨特。1949 年他与女友多琳娜(Dorine,1924—2007)结婚并定居巴黎。他曾以米歇尔·博斯凯的笔名活跃在巴黎知识界。1955 年开始以戈尔兹为名发表作品。[1] 他承认,萨特对他的思想、事业、生活、写作产生了举足轻重的作用,影响深远。但在几十年后,在即

---

[1]　戈尔兹先是在《巴黎快报》工作,后在 1961 年进入《现代》杂志编委会,是主要策划者之一,直到 1983 年。他还是《新观察家》创办者之一,主持经济栏目。他发表的第一本书《叛徒》是自传体论著,由萨特作序。他的主要著作有《历史道德》(1959)、《困难的社会主义》《和无产阶级告别》《劳动的变革》(1988)、《现时的贫困,可能的财富》(1997)等。

将离开人世之际,他说出了他心中一直知道而没有明确的事情:在他的一生中,对他最重要的是他的妻子,是他们之间的爱;是她让他得以"真正存在",是她给了他生活的最终意义。如果没有妻子,那他的诸如哲学家、左派思想家、《新观察家》周刊创始人、《现代》杂志编委会成员、萨特的战友、作家、评论家、生态学家等等一切头衔,则毫无意义,一无所是……一如他在《叛徒》一书中要指出的,和妻子的结合是他一生的转折,和妻子一起"发现"爱情,导致他产生了"存在"的欲望,和妻子共同介入爱情,则成为他"皈依存在"的无穷动力。

《致 D 书——情史》是戈尔兹写给他妻子多琳娜的"情书",也是他的最后一部作品——爱情的墓志铭。哲学家戈尔兹用平实、朴素的语言向多琳娜回溯了这段刻骨铭心的情史。那时,他已经知道身患绝症的多琳娜医治无望,很有可能会先他而去。面对缠绵病榻、体重只剩 45 公斤、身高缩短了 6 厘米、在他眼里"依然美丽,依然优雅、魅力无穷"的妻子,他感到了比以往任何时候都要强烈的爱,以致抑制不住写信的狂热欲望,他要告诉她自己是多么爱她,多么后悔没有更多地向她诉说自己的无限深情,没有更早地表白人世间这可遇而不可求的真爱。他说要用这封信"重新组构我们爱情的历史,为的是把握它的全部意义。正是它,使我们得以——一个被另一个、一个为另一个——造就成为我们之所是"。他之所以要写这封信,还是为着理解他经历过的、也就是和妻子共同经历过的一切。

1947 年,来自维也纳的戈尔兹在洛桑与英国姑娘多琳娜相遇。多琳娜来自离异家庭,父亲在第一次世界大战中受伤致残,母亲离家,生活动荡漂泊。长期离开父母生活的她过早懂得了孤独和冷酷,也就更加懂得爱的珍贵。虽然他们相识初期彼此很少谈论过去,却一见如故,在三五次约会之后,他们闪电般地相爱了,开始了持续半个多世纪的共同生活。那时他还没有稳定的工作,家里空空如也,一张宽仅 60 厘米的破旧垫子,充当了他们的睡床,除此之外,房间里只有一个用木板和砖头搭成的书架、一把椅子和一个电热器。但多琳娜毫不犹豫,平静、自然地接受了这个"家",同样,戈尔兹对她的接受也没有感到任何意外。多少年之后,他明白了,是一条看不见的线紧紧地把两个如此相异的年轻人连在一起:某种本质上相同的东西,或者可以说是共同的原初创伤——那就是"不安全感"。他们都感到在这个世界上没有立足之地,只能靠自己去获取位置。这种共同的感受,让他们走到一起,决心相依相靠,共同面对这个根本拒斥他们的世界,携手共辟两人的天地。戈尔兹知道,他与多琳娜是天造地设的一对,他们俩真是为着呵护对方而来到人间的。

戈尔兹的情书似乎是要探寻为什么那条看不见的线会

引出了他们爱情的开始，并牵连着他们共度半个多世纪的风雨，无论什么患难挫折都无法中断这条线。戈尔兹说，在认识多琳娜之前，他也和一些女孩子交往过，但每每过不了两个小时，戈尔兹就会感到厌烦，他甚至认为自己可能有交往心理障碍。但是，自从结识了多琳娜，幸福开始降临在他这个一文不名的奥地利小伙身上，从此，他与她爱了一生一世，爱情与他们的生命共长久。他们的婚姻善始善终，无论在精神还是身体上，彼此都忠贞不渝，从未有过任何"绯闻"。这在盛行夫妻(情侣)之间保持"自由"、各自拥有众多"情人"之时尚的巴黎知识圈里，堪称凤毛麟角，格外与众不同。今天，按照戈尔兹在《叛徒》一书中运用的萨特的回溯—前进的精神分析法，从这条线的终点回溯到开头进行分析，我们似乎可以找到戈尔兹和多琳娜爱情持久的原因，他们有共同的"过去的体验"，又有后天的共同选择，他们对"何为生活之重"，有着共同的看法，视真诚情感为至高无上。也就是说，他们对爱情有着共同的价值观：相爱的快乐，不是物质的索取或给予，而是"在于两个人的相知相悦"。相爱的双方拥有非世俗化的、无法用语言表达的共同感受，他们共同反对社会强加给他们的角色，反对单一的文化归属。在一般的哲学评论中，戈尔兹的《叛徒》是承继萨特的《存在与虚无》主要思想的作品，展现的是亲历经验的现象学，即要创建使个体从他所造就的过去中解放出来的条件。但戈尔兹在《致D书——情史》中，却说出了《叛徒》一书的真正旨义：那是为"你"——多琳娜——而写的文本。他清楚地意识到多琳娜给予他的是什么："你贡献了你的一切，让我变成了我自己。"正像这本书扉页的题铭所言："献给你(凯)，你把自己贡献给我，并且把'我'给了'我'。"

20世纪60年代以后，戈尔兹和多琳娜的状况有了很大的好转，戈尔兹已经卓有成就，多琳娜一如既往地支持和陪伴着他，是他忠实的伴侣兼"档案员"，他们共同参加各种学术、社会活动，生活简单而不失优雅，两人感情恩爱如初。但时至1973年，多琳娜被查出患有重病，那是在八年前体检时照X光造成的结果：因为当时使用了射线造影剂，这种化学物质颇具杀伤力，但没有引起重视。透视之后，放射科医生非常轻松地对多琳娜说："过不了十天，这些东西就会在你体内消失。"不幸的是，预言没有实现。八年之后，严重的事情发生了：一部分化学颗粒留在多琳娜的头盖骨中，另一部分则进入颈部造成囊肿。医生作出判决：她患的是难以逆转的绝症，蛛网膜病变，无药可治。多琳娜后来又被查出患有子宫癌，动了手术。在与病魔争斗的日日夜夜中，戈尔兹始终不离，他放弃了一切，守在爱人身边。也是在这种情况下，戈尔兹和多琳娜开始关注生态、环保问题，并在1983年离开巴黎到郊区农村居住。23年过去了，戈尔兹决定为多琳娜写一封情书。书成之后，戈尔兹在得到多琳娜的同意后，决定出版这封情书，让更多的人知道，在这个如此浮躁、功利的世界，还奇迹般地存在这样的爱情；他更要告诉多琳娜："（我）一如既往地关注着你的存在，并且希望让你感受到这种关注。你把全部生命和你的一切都给了我，我也希望在上帝留给我们的最后日子里，能够把我的全部生命和我的一切献给你……"已经83岁的戈尔兹对即将82岁的病妻说："我们共同生活了58年，我比以往任何时候都更加爱你。现在，我又一次爱上你……"他想到了后事："夜间，我会在空无一人的路上，在空旷的田野上看到一个跟随灵车的男人影子，这个男人就是我。我不愿意参加你的葬礼，我不愿意接你的骨灰瓮……"

戈尔兹和多琳娜最后双双弃世的决定是最自然不过的结果。戈尔兹，已经看到爱人灵柩的男人，终于作出了最终的抉择："我们都不希望我们两人中的一个在另一个死后继续活着。"这让我们想到古希腊的梅洛和利安得[1]，想到罗密欧与朱丽叶……哲学家戈尔兹最后选择的不是哲学家的选择，他说为爱而死是唯一不能用哲学解释的观念，当爱成为两个人在身体和精神上发生共鸣的方式时，就已经超

1　梅洛是阿佛洛狄特的女祭司，在节日中与青年利安得相识相爱。利安得每天晚上过河与梅洛相会，梅洛在塔上高攀火炬为之引路。一天夜里大风吹灭了火炬，利安得溺水而亡。后尸体漂到岸边，梅洛见到悲痛万分，坠塔自杀身亡。

越了哲学……

关于爱的相守，在法国当代哲学思想界，大概还有一位可以与戈尔兹相提并论的学者，那就是保罗·利科。他和夫人亦相依相守几十年，被传为佳话。夫人先他几年离世，每念及此，他都黯然神伤。1999 年来北京大学讲学时，利科夫人去世不久。我们都还记得，他多次谈到他的夫人，谈到她晚年的病痛，他告诉我们，最后几年，夫人已不能行走，是他每天推轮椅带她散步……记得当时在座者无一不动容，包括当时还非常年轻的"70 后"的同学……

"我们过去经常说，如果能有来世，我们还要共同度过……"戈尔兹和多琳娜用生命演绎的情史，在有些人看来可能是过时的老古董。不过，我发现，人们还要不断地为这样的故事，为这样的人流泪。毕竟，永恒的爱情是人们向往的，虽然它非常稀少，而唯因其难得、稀少，就愈加让我们感动，虽然难以得到，但总有可希望的：比如说这部《致 D 书——情史》，比如说已经飞向"另一个地方"的戈尔兹和多琳娜。

2008 年 4 月

香颂是她的生命

生活中只存在一种道理：

无论富甲天下,还是一文不名,

如果没有爱,

人就一切皆非。

——埃迪特·皮亚芙

　　法国著名演员玛丽昂·歌迪亚(Marion Cotillard)由于在影片《玫瑰人生》中成功演绎了埃迪特·皮亚芙而荣获今年奥斯卡女主角奖。

　　皮亚芙在中国可能并不太知名,也许名声还不如十多年前来中国开演唱会大获成功的米海伊·马蒂厄(Mireille Mathieu)。而在法国、美国,皮亚芙应属歌后级的歌唱家,众所周知,马蒂厄的成名在很大程度上是由于模仿皮亚芙——不仅是歌曲的选择和演绎,甚至在服装和唱姿方面。但并不是完全成功的模仿,按现今的流行说法,她们实际上"不在一个等级上"。30 年前,我在巴黎读书期间,收到的第一份圣诞礼物,就是几盘法国当代歌者的磁带,其中有两盘就是皮亚芙的专辑。记得送磁带的法国朋友当时惊讶于我对皮亚芙的"无知",并且非常严肃地对我说:"你一定要听她的歌,她太不一般了!"确实,皮亚芙绝非一般,她是那样超凡特殊:她的歌声,她的激情,她的人生,还有她的爱情和悲伤……

皮亚芙成名前的人生多舛,阴冷黯淡,远非"玫瑰"。1915 年,皮亚芙因为母亲来不及去医院而落生在巴黎贫民区美丽城街 72 号过道上。她父亲是流浪杂技艺人,母亲也卖艺,兼做小生意,都是下层平民。皮亚芙的早年生活贫苦,大多时间由祖母抚养,清苦度日,幼年曾经被妓女们收留,其间曾经有三年双目失明,好心的妓女们特地带她去祈祷、医治后才康复。皮亚芙在 10 岁时,以她唯一会唱的《马赛曲》开始街头卖唱生涯。卖唱的经历在皮亚芙的生命中打上了永久的烙印。她后来说过:"我的少年时代,可能显得可怕,但却是美好的……我哪儿都住过:红灯区,比加尔……我挨过饿,受过冻,但我自由自在。我可以不起床、不睡觉……酒醉……梦想……希望。"她 17 岁时,曾经爱上一个 18 岁的送货的穷孩子,并与之生下一个女孩,两年后不幸突发脑膜炎而死,而他们连 80 法郎的丧葬费用都拿不出来,真是走投无路。多亏贫民区好心人的帮助才得以把孩子下葬。

转折发生在 1935 年,皮亚芙在特洛庸街头唱歌,她衣衫褴褛、头发散乱、双腿赤裸……那天她唱的是一首 Lenoir 的歌:

> 她像一只小麻雀那样出生,
> 她像一只小麻雀那样生活,
> 她也将像一只小麻雀那样死去……

一位名叫勒伯雷(Leplée,影片中由法国巨星德帕蒂约扮演)的酒吧老板路过特洛庸街头,被皮亚芙的声音吸引,发现了这个只有 1.47 米高的女孩的歌唱天赋。他让皮亚芙到他的 Gerny's 酒吧唱歌。他要向酒吧的来客(其中不乏文化名流)展示一位未来的歌星。初次登台,皮亚芙身着一身旧黑衣裙,上衣甚至缺了一个袖子来不及补上,临时拿了一个白色披肩应付。勒伯雷向客人们这样介绍首次正式演唱的皮亚芙:"几天前,我路过特洛庸路,看见一个女孩在人行道上唱歌。她脸色苍白,神色忧伤。她的声音刺穿我的五脏六腑,她感动了我。这个巴黎女孩感动了我,我要让大家认识她。她没有晚礼服,她现在知道向你们行礼,还是我昨天教的。我要向你们展示我在街头看见她时的样子:不施粉黛、不着丝袜、穿廉价短裙……这就是她……小麻雀皮亚芙!"那天晚上,皮亚芙演唱了三首歌,她的歌声征服了在场的所有人。如果说以前,她的歌声被穷人和士兵喜爱,那么在这天晚上,她的歌声为"上流人士们"所欣赏:若斯福·科赛勒、莫里斯·舍瓦利埃、密斯汀凯特、费尔南戴尔、麦尔默兹……她述说他们一无所知的贫穷和苦难:她的美丽城,她的街头,离香榭丽舍如此遥远的一切……她成功了,一种新的生活向她召唤,"她志在必得",她充满了希望。

但不幸的是,一年之后,勒伯雷在为皮亚芙录制了唱片《乡下姑娘》后不久,遭到流氓劫财而被杀。这牵连了皮亚芙,她受到警方的传讯调查,成为小报、流言的牺牲品。在困难情境中,对皮亚芙久有倾慕之心的文人阿索帮助了她。他们在一起的四年让皮亚芙脱胎换骨,阿索决心要把皮亚芙打造成为"明星"。他严格要求皮亚芙,教她如何表现自己,如何着装,如何控制音色,如何表达情感,如何优雅走步……阿索还为皮亚芙写了很多歌,请最有名的作曲家专为皮亚芙作曲,说服巴黎上流俱乐部 ABC 的老板瓦特-米蒂和她签约演出。与此同时,他还引导皮亚芙去阅读真正的文学作品,培养她的艺术品味。就这样,小麻雀皮亚芙成为了大歌星埃迪特·皮亚芙,她完全进入另一个世界,媒体惊呼:"在 ABC 的舞台上,一个伟大歌星诞生了!"皮亚芙的辉煌时代开始了,人人都谈论她,媒体追逐她的一切,逐渐形成了她至今令人难以忘怀的艺术形象:永远向着远方、憧憬奇迹的眼神,向往解脱痛苦的绝望目光;酷似学生制服的黑色衣裙,科莱特式的蓬松短发,敏感女人的裸露双腿稳稳支撑着她那弱小而有力度的身体……她并不注意观众是否接受她,她唯一的欲望,就是演绎歌曲,就是展现自己,她的全部歌唱技术在于把这种演绎置于激情之中,并且自己一点一点地化作最强烈、最真实的乐曲本身,也可以说,她自己就化成了歌唱本身。她真的成功了! 小麻雀成为了大歌星埃迪特·皮亚芙! 不过,成名前的经历在皮亚芙看来是造就她后半生的基础,没有这个"前面",就没有后来的皮亚芙。她最终还是一个"平民"歌手。

爱情和不幸,这是皮亚芙歌曲的两大主题。这两个词也真实地概括了她 47 年的短暂一生。成名之后,她曾被鲜花和掌声包围,但她的爱情追寻却始终无果。她敏感、暴躁,经历了多次失败的感情。1944 年,她与从意大利来巴黎寻求出路、身无分文的"乡下小伙"伊夫·蒙当相爱,她的爱情呵护对伊夫·蒙当在歌坛、影坛上的巨大成功起了举足轻重的作用。她从未进过学校,却为爱人写下她平生第一首歌词,那就是至今不断有歌星翻唱的脍炙人口的

《玫瑰人生》："我被他拥抱，我听他低语，我看到的是玫瑰人生……"这首歌获得了国际声誉，被翻译成12种语言。这首歌的名字也是她的传记影片的法文原名（La Môme —— La vie en rose）。皮亚芙还和伊夫·蒙当共同主演了影片《黯淡之星》。但是这段爱情在1947年结束，皮亚芙随"歌唱伙伴"组合去阿尔萨斯演出后回到巴黎，从此就向伊夫·蒙当关闭了大门："我不想和他重新开始……让他走吧，不然我永远不能恢复……"无论伊夫·蒙当按铃还是敲门，她都拒绝开门，只是默默地流泪。而在门的另一边，伊夫·蒙当早已泪流满面。之后，皮亚芙出走美国。三年演出大获成功：在纽约、费城、波士顿，所到之处，无不收获赞扬和欢呼。每天晚上，好莱坞的明星们（亨利·方达、梦露等等）都会来为这位法国的娇小歌星捧场。也是在美国期间，皮亚芙又遭遇了一段旷世情缘：皮亚芙与法国拳王塞丹相遇、相爱，爱得惊天动地，刻骨铭心。但这段爱情却以悲剧结束：1949年10月，皮亚芙重返美国，塞丹要坐船与之会合，而在塞丹上船前一天，心急如焚的皮亚芙与塞丹通了一次电话，她对塞丹说她等不及了，她求他尽快过来，她要立刻见到他……坐飞机还是提前出发都行！塞丹回答："我明天就到，吻你，爱你。"不幸的是，这成为塞丹留下的最后一句话。塞丹永远不会到达纽约了，他第二天死于空难。得知噩耗的皮亚芙悲痛欲绝，沉浸在内疚和悔恨之中。

她在思念的痛苦中写下歌词《爱的颂歌》:"蓝天可能塌坍,大地可能沦陷,但如果你爱我,这都与我无关,我蔑视尘世上天!任爱情淹没我的晨光,任身体在你怀中惊颤,这一切我都不在乎,因为你爱我——我的爱恋……"这首歌也成为了皮亚芙的另一传世之作。而皮亚芙从此就再也没有复原过,她回到巴黎后,遭遇了数次致命车祸,精神和健康的双重压力,让她染上毒瘾,身体状况越来越糟。但是,她只要一登台唱歌,就会光彩四射,她不停地在巴黎、纽约、南美等地巡回演出,在生命后期再次迸发出惊人的能量和光芒,把对爱情和不幸的演绎推到极致,歌唱艺术也达到了顶峰。

皮亚芙生命的最后几年,健康已经被疾病彻底摧毁,但她却仍然要登台,要歌唱。在亲友阻止她上台时,她会大发脾气,她大声呼喊:"不要阻止我唱歌,这是我现在唯一拥有的了……"她还不到 50 岁,却已经驼背,行走困难,手脚发抖,医生坚决要求她静养休息。但只要可能,她就要演唱。在斯德哥尔摩、纽约等地演出时,她在台上突然晕倒,被送到后台,但只要一醒过来就要求返回舞台,她祈求着:让我唱吧,让我唱吧……她被扶上舞台,她对观众喊道:"我爱你们!你们是我的生命!"她在观众"坚持,皮亚芙!"的呼声中再次演唱,往往没唱几句,又倒在台上……她视唱歌为生命,其实香颂(歌)就是她的生命本身:不唱歌,毋宁死!去世前三年,她在奥林匹亚音乐厅举行演唱会,奉献了

《不，我不惋惜》这首经典歌曲，将其称之为她的"遗言"："不，我不惋惜……不，我什么都不惋惜……享福还是受难，一切都不足惜！一切都无所谓……过去，已被清算、涤荡、遗忘，我毫不惋惜……'今天'啊，我的生命，我的快乐，都和你一起开始！"这也是皮亚芙发自内心的最后的呐喊。

皮亚芙去世前一年，与比她小 20 岁的希腊歌手萨拉伯（Sarapo）举行东正教婚礼。萨拉伯是理发师的儿子，年轻、帅气、随和、无名、无财。而此时"功成名就"的皮亚芙疾病缠身，身心疲惫，几乎破产，且时日无多。但皮亚芙要用最后的爱，要竭尽生命最后的力量把萨拉伯打造为成功歌手，这个意念重新燃起她生命的火光，萨拉伯为她的最后时光带来慰藉和支撑。她为萨拉伯写了歌词《爱有何用?》："爱有何用? ……你是我想要的，你是我需要的。我爱你到永远，爱，就在这儿有用!"这首歌和其他为她的爱人所写的歌一样成为经典。1962 年底，她在奥林匹亚与萨拉伯的共同演唱，成就了萨拉伯。《爱有何用?》成为她最后爱情的见证，也是她留下的最后一首歌……

皮亚芙 1963 年初在里尔歌剧院的演唱，是她的最后一次。之后，她的健康迅速恶化，经常昏迷，最后几个月她的体重只剩下 33 公斤，只有那双蓝色眼睛，依然清澈，闪闪发光。她不怕死，但她知道，她永远不能再唱歌了，这才是她最害怕、最伤心的……1963 年 10 月 11 日，皮亚芙在戛纳去世,被安葬在拉雪兹公墓,成千上万的法国人——有平民百姓,也有知识精英——在 14 日为她送葬。她真正实现了生前的诺言:结束唱歌之时,即生命终止之日。七年之后,负债累累的萨拉伯因车祸也随皮亚芙而去……

半个多世纪过去了,但皮亚芙那"来自地狱的天籁"般的声音,她的爱情和苦难,她来自身体"底层"的呼喊,连同她创作和演绎的歌曲,仍然感动着我们:

爱情
需要眼泪
获得爱的权利
需要那么多、那么多的眼泪
(《这就是爱情》)

如此伟大的声音,永远不会消失。如此伟大的歌者,永远不会被遗忘,皮亚芙永在!

参考资料:

Edith Piaf, une femme faite cri, Gilles Costaz, Ed. Seghers, 1988.

Quelques femmes remarquables, Eve Ruggieri, Ed. Menges, 1980.

吃和记忆

很喜欢法国当代著名历史学家保罗·维尼的说法："历史不过是事件的叙述。"但历史学家的历史叙述和亲历者的叙述差异很大，前者多用现在的认识解释过去的事情，而后者则是对过去事件形成记忆，这种记忆更多的是一种个人的回味。由此想到了记忆和有关吃的事件的密切关系。

在中国，可以说记忆与那些和吃有关的事件联系最多，不仅仅是对饕餮之徒而言。这当然因为中国人无比重视吃，"民以食为天"，很多事情要靠吃的活动进行。还因为这重要的吃，不但发生经常，而且方式多样，真是我们保留记忆的好帮手。

记得上小学时读鲁迅先生的《社戏》一文，印象最深的不是社戏，而是那香喷喷的罗汉豆（蚕豆），这似乎是我眼中的鲁迅先生童年的一种象征。鲁迅先生的描写生动、形象,那味道、气味,读者都好像品味到了。最后鲁迅先生说:"真的,一直到现在,我实在再没有吃到那夜似的好豆——也不再看到那夜似的好戏了",读之令人唏嘘。我不禁想到在福建渔村长大的父亲,说起他的童年,回忆最多的是地瓜干和腌咸鱼,每当他念及这两样后来碰都不碰的食物,我都会感到他是在品味童年的温馨气味。我儿时在广州居住数年,对羊城那段生活的念想,不是学校和住所,而是每每想起来就会让我激动不已的芝麻糊、盐焗鸡……那种味道至今难忘。后来离穗北上,其间也去过广州多次,但再没有找回过那种味道。因为它们只是我童年滋味的象征物,其中的美好只定格在那段时间,只能留在记忆之中体验……

还想起儿时有过接触的父辈一代的人物,他们之中有些人应属名流,其经历堪称惊天动地。但我对他们最深的记忆却往往还是与吃相关:一次,我和父亲做客陶铸伯伯家,那时我可能刚上初中,陶伯伯拿出一个大梨,边叫着我的小名边用刀削皮,完后得意地把一个看似没有去皮的完整的梨放在我手里,惊喜的我万分不舍地揭去那条旋转未断的梨皮,吃下了这只梨。直到今天,只要想起陶铸伯伯,谈到他,或看到他的名字,我就会想到这只梨。多少年沧桑变迁,如今我都过了伯伯离去时的年龄,在我的记忆中,伯伯永远是那个有本事削梨皮不断的伯伯,那个带着得意微笑、让我一想起来就感到温暖的伯伯。别人说什么,也改变不了这个记忆……

母亲生前多次对我们谈到一件事:"文革"初期,母亲受禁,不得回家,一夜流落某公园。一平素来往不多的女同事悄悄地端来一碗热馄饨。可以想见,这件事对于母亲的震撼多么强烈!这碗馄饨的滋味长久留在她的记忆中,伴随她直到最后。和吃相关的记忆,往往温暖人心;和吃相关的记忆,永远要比文字历史触及心灵,特别是在这样或那样的年代……

受苦的回报是快乐

有时候,快乐需要自己去寻找;有时候,快乐的获得需要受苦……

20世纪80年代初,我在法国学习。读书的最后一年暑假,一对法国夫妇朋友带我去科西嘉度假两周。之前,科西嘉,这诞生过拿破仑的美丽海岛,我只在梅里美的小说中遇到过:神秘而又充满魅力的地方。这次能如愿前往,真是喜出望外。三十年后,回想起那次旅行,许多具体细节都记不得了,即使记得,也印象模糊。但唯有"为着幸福的受苦"这句话至今记忆犹深,难以忘怀……

先说说这对夫妇朋友:他们当时正值壮年,有令我这个穷学生羡慕不已的工作、家庭和舒适、宽裕的生活。但他们每年都要在夏天带着三个孩子去科西嘉。科西嘉是旅游胜地,但他们每次都不住酒店,而是开着车渡轮过海,带着各种生活必需用具,然后在科西嘉首府巴斯提亚附近的丘陵上的一块山中平地落脚。我们的宿营地旁边就是一个小村庄。白天,我们去旅行,去小村庄与本地朋友聊天。吃饭用带来的煤油炉做,隔天到山下的城里采购食品、蔬菜、水果。就餐时常常是和猪、羊、马同席,它们会和孩子们争抢美食,互相取乐,煞是有趣。晚上则在帐篷中露宿夜地,卫生间倒很大,荒山野地即是……我住的帐篷很小,支在一棵栗子树旁边,睡床是一个气垫,夜晚躺在上面,别具情趣。最初还好,但几天后,气垫破裂漏气,着实让我狼狈了一番,加之正值炎夏,蚊虫肆虐,我们几个大人和孩子浑身上下都被咬得伤痕累累。我身上的血疱直到几年之后还没有完全褪去。我在这里待了两个多星期,而这家五口每年都要在科西嘉山上度过整个暑天长假。当时我并没有完全理解他们的"快乐",只觉得想问:这是图什么呢?这不是自讨苦吃吗?

但这家人却对科西嘉的生活热爱无比,科西嘉给他们带来快乐!他们说,这里山水相间,海天一色,青山绿树,风光秀丽……这里的人热情、好客,特别是科西嘉本地人悠闲自在的心态,让人羡慕不已。有人说:"科西嘉是自由的土地,这是针对人、也是针对动物说的。"这一点不错。我们认识的本地朋友多米尼克非常典型,他自由自在地生活,每天的工作是放猪。科西嘉的猪不上圈,早上在山上一吹口哨,猪闻声而来,主人就为它们喂食。多米尼克近中午下山,下午准备饲料,之后就没有什么事情,于是穿戴整齐,在村子里散步、聊天、消磨时光。多米尼克说,他除了当兵去过阿尔及利亚,途中路过马赛,就没有离开过他的村庄。虽然他钱挣得不多,没有汽车,没有各种现代设备,但他觉得就是这里最好,满足于这种没有喧闹的平静生活,离不开他的猪和驴子,自觉很幸福。除了科西嘉带异国情调的风光,恐怕这种生活态度更是吸引我的朋友一家的原因。他们觉得,受点生活之苦而能得到快乐,得到幸福的感受,真是太值了!

所以,有的快乐和幸福,是要以"受苦"为代价的,这和中国古话"吃得苦中苦,方为人上人"不尽相同。后者是为了一个功利的目的,而前者的受苦只是为着心灵的快乐,这样得到的幸福感是真实的……

我不禁想起中学时代读过莫泊桑的一篇名为《幸福》的小说,说的是一位法国洛林地区上流社会出身的美丽、富有的姑娘,为了爱情跟一个父亲麾下的下级军官私奔,到科西嘉一过就是 50 年。富家小姐已经变成一位地地道道的农妇,睡草垫,用陶土餐具,吃粗茶淡饭,讲故事的人问她是否幸福,她回答说:"是的,很幸福,他使我很幸福,我没有什么可遗憾的。"这位不惜抛弃珠宝、精致生活,只要有"他"则别无所求的"她",她的付出,她的"受苦"也是值得的。莫泊桑说她不可能比现在更幸福,因为她"受苦"的回报是快乐……